青山看我应如是

静水边 著

广东旅游出版社
GUANGDONG TRAVEL & TOURISM PRESS

中国·广州

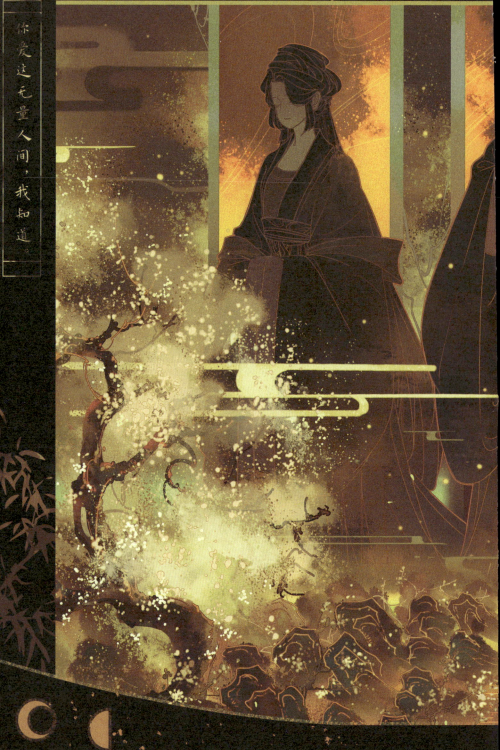

你爱这无量人间，我知道。

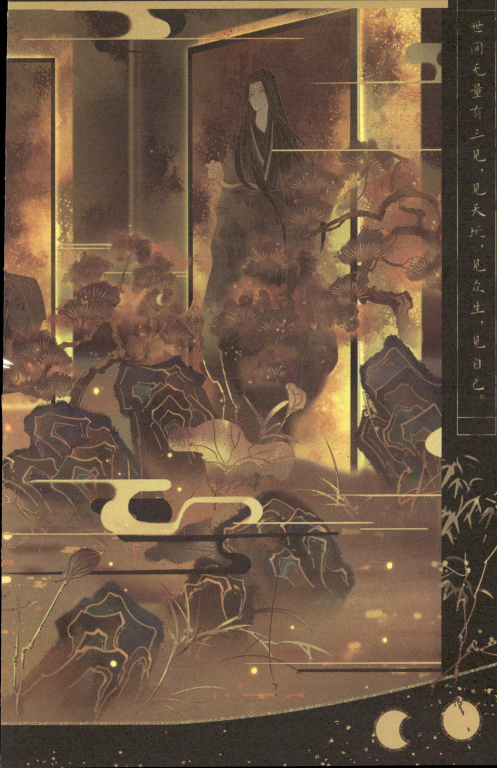

世间无量有三见，见天地，见众生，见自己。

目录

青山看我应如是

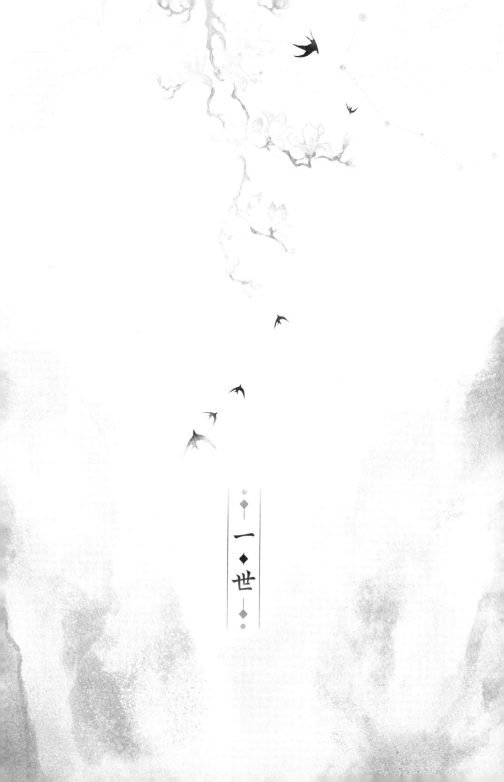

一
世

| 楔子 |

嵇清柏坐在无量殿中，他身后浮着莲花座，身前一堆跪着的小仙，叽叽喳喳吵个没完没了。

"佛尊到底什么时候回来啊？！人间无量撑不住啊！"

"和尚吃肉说姻缘，道士入魔还和狐狸成亲，这天下得乱啊！"

"我这儿今天来个灭门，明天多个没事闲的，连狱里的死囚都给我放了……"

"你还好呢，我这块地出门三步就是天灾，往左又是风调雨顺，十二时辰一年四季，要不要来试试？！"

"……"

嵇清柏抚着脑袋，太阳穴一鼓一鼓的，觉得这晨会要开不下去了。

他说："佛尊去度个劫，你们才撑几天？就这副死德行？"

南师的真身是一只白虎，在这比天界还要高一层的佛尊之境，寻常不到嵇清柏这一境界的神，都只能维持原形。

所以看着一只白虎讲人话，嵇清柏还是感觉有些违和的。

"清柏上神你不要这个样子！"

嵇清柏默默地想：好吧，还是一只文绉绉的虎。

南师抖着胡子，他虎爪厚实，高频次踩着御窑金砖的地，跟踩奶似的："佛尊都下界历劫多久了啊！你一个人撑着这世间无量你不累啊？！快把他找回来啊！"

嵇清柏心想：我也盼着我家佛尊回来啊！他回来我还不用上班了呢！但人家是度劫啊！度众生之苦这么难的事情你以为一二百年就能搞定的吗？！

"镜中一年，人间十岁。"嵇清柏安抚众仙，"各位再撑个几年就都过去了。"

底下还在稀里哗啦地吵，嵇清柏忍着不骂脏话，一边"好了好了好了！要打出去打！""把毛给我捡起来！不要在这儿撒尿！"，焦头烂额，一边回头看那莲座，只听"叮"的一声，莲座上的一片金铜瓣缓缓展开。

众人："嗯？"

嵇清柏一句话都来不及交代，他念了个诀，人就没了。

红莲命盘下，一只鹤单脚立着，长喙叼着笔，在天方簿上誊写。

嵇清柏身后飘着一缕金光，落在红莲下，朝着鹤作了一揖："白朝上神。"

鹤看了他一眼，似是在笑："嵇玉。"

与众神不同，白朝很是中意自己的真身鹤姿，就算入了上神之境，到哪儿还是长着翅膀和羽毛。他与嵇清柏千年前结过怨，神仙嘛，寿比日月长，爱啊恨的似乎保质期也跟着无边无尽起来。

现如今嵇清柏有求于他，于是哪怕对着一只鹤，称呼都非常恭敬。

"无量佛尊如今在下界历劫，不知白朝上神可否看到其命盘？"

白朝还是鹤的样子，说话时鸟嘴都不动："佛尊的命数高于天道，是悲是喜只在尊上自己的一念之间，我可看不见。"

嵇清柏心想我信你个鸟，不过面上没多变化，看上去特别老实地道："尊上要在下界度八苦，小神我不放心。"

白朝又笑了，鹤的样子其实啥表情都看不出来，但嵇清柏就知道他笑了。

"我都答应过送你下界了，用不着再提醒我。"

不怪嵇清柏这么着急，主要是一般到了佛境的尊者早该历了万劫，破了天道，与那世间善恶轮回再无关系，却不知到无量佛尊这儿出了什么问题，居然法门无序，再入因果。

掌管这天地无量的佛尊竟有朝一日突然旷了工，嵇清柏只是个当秘书的，真是打死他都撑不起这么大个盘啊！与其在这儿每天啥事干不了被底下员工投诉，不如去下界继续给他那位佛尊打工，助老板早日享尽众人之苦，历劫归位。

白朝当然清楚这位上神的打算，鸟眼都快翻出了眼珠子，冷冷地道："你现在下去？"

嵇清柏摩拳擦掌："当然越快越好啦！"

白朝鸟翅一挥，慢吞吞道："我给你盘的命数……"

"这都不重要。"嵇清柏给自己的神魂套了个咒，已经准备跳了，"是个人就行。"

白朝的表情讳莫如深，幸好他是张鸟脸，旁人看不出什么来："佛尊的脾气我记得好像不太好。"

嵇清柏愣了一下，还没说话，白朝鸟嘴里的笔轻轻一画，嵇清柏就被那笔中泻出的红莲花瓣卷进了命盘里。

"放心，你要是死得太早了，我就再给你盘个新的。"

嵇清柏的神识最后散去前，听到的就是白朝这么一句幸灾乐祸的嘲弄。

当然醒来时，一切都已经晚了。

雕梁玉器床，金缕被银纱帐，嵇清柏一边聚起自己的神魂，一边低下头，面无表情地看着自己胸上多出来的两团肉。

那只鸟大概就专等着这趟来报千年前的那个仇。

嵇清柏冷静地思考着，不知道自己现在就死回去和白朝打一场能不能当场打死他？！

一

大元朝，景丰十六年。

当朝丞相嵇铭权倾朝野，只手遮天。而新帝年幼，且暴虐无端，整日不是戏耍围猎，就是杀人取乐，从不上朝听政。如今朝堂之上都由嵇铭把持，而嵇大人唯一的遗憾就是他那先天失魂的独女——嵇玉。

说好听了是失魂，说难听了就是痴呆。

现如今嵇清柏的神魂入体，算是借着嵇玉的壳子醒了过来。

嵇清柏在院子里晒个太阳的工夫就差不多把这天下打听清楚了，当然，嵇玉醒来的消息也成了天子脚下的第一喜事，传遍街头巷尾，百姓都说是嵇大人治国有方，才能得上苍垂怜，令幼女开了灵窍。

听听，嵇大人治国有方，皇帝名号连提都不提，这景丰帝当得还真是憋屈。

嵇清柏初入这小女孩儿的凡胎就觉察出了不对，此人三魂六魄全无，神海内一片混沌，这反而令他的神识无法全聚，跟着对方的神海横冲直撞，好不容易聚起三魂，剩下的六魄没个十年八载根本修复不了。

因着这具凡体体虚气弱，嵇清柏的神识方能保全自己的灵智，别说有余力强身健体了，他连最基本的仙术都用不出来。

真的好想重新死一次啊！

嵇清柏第八百四十九遍地思考该怎么努力去寻死。

其实如果认真修炼个十年八载他是完全能将女体变成男体的……

可他是来帮他老板度劫的，又不是来修仙的！

虽然到了嵇清柏这样的上神境界早已不分男女……

但他万年前的真身真的是个公的啊！

嵇清柏觉得自己不能再想下去了，继续想下去他能连怎么杀那只坏鸟的一百零八式都想成立体环绕式的了。

至于他的佛尊是谁，嵇清柏脑筋都不用动，就知道是那位景丰帝。

无量佛尊，他在佛境里是无悲无喜、无欲无求、无爱无恨的佛，正因如此，方能掌管这天上地下，六界的悲欢离合，可一旦佛入了劫，那必是破了六界轮回，因果反噬，下界之内必将八苦入命。

通俗点讲，就算没有精神病也得变成有精神病的。

嵇清柏是真的头痛。

要是白朝给他找个好好的凡胎，他投了就是个人间散仙，干啥事帮啥忙都能作点小弊，指点江山，让他那上司快点度完这一世的苦，入下一世的劫。

现在倒好，先不说变成了个刚及笄的小姑娘，现阶段他还走路得扶，吃饭得喂，药跟不要钱似的喝，家里老母天天哭，老父又从来见不到人。

只有一点好的。

每天都能知道他的佛尊又杀了多少人。

嵇清柏默默听着家里丫鬟八卦他的佛尊，形容成三头六臂、吃人肉喝人血的夜叉，他的嘴角忍不住抽了又抽。

他这几天因着能走几步了，所以经常一个人去外头院子里晒太阳，虽然神识还不能完全控制这具肉体立马开始强身健体之路，但补补钙总是好的。

当然补着补着，嵇清柏又忍不住低下头，把目光落到了胸上。

嵇玉躺了这么多年，啥地方都瘦，细腰拂柳，但就这两团肉，真是逆天般地苗壮成长，发育良好，远超这个时代的平均水平。

丫鬟端药过来时，就看到自家小姐一脸复杂地双手托着"自己的"胸。

嵇清柏看到来人就把手放下了，丫鬟以为他哪儿不舒服，小心道："姑娘要不要穿件胸衣？"

嵇玉因为身体不好，还有哮喘毛病，从来不穿这时代女性的胸衣，怕勒着。

嵇清柏摇了摇头，努力无视这胸前累赘，皱眉看着药碗，忍不住问："还要喝？"

丫鬟为难道："姑娘身子弱，这药方可是夫人特意问宫里太医要的。"

说来奇怪，嵇铭虽然是个能当枭雄的佞臣人设，但硬是走了贤良忠诚的清流路线，每天除了苦口婆心地上奏让景丰帝少杀点人，就剩下帮着昏君兢兢业业地治国安邦。

嵇清柏甚至忍不住怀疑自家佛尊在这一世可能是那便宜爹的野种。

外头说书的一定敢这么吹……

嵇清柏正神游着，旁边丫鬟又开始催着喝药："姑娘，快凉了。"

嵇清柏伸手一捞碗，递到唇边，仰头咕咚几声，喝完了，他擦了擦嘴，开始想着怎么能见到他这一辈子的老板。

结果没想到，第二天，宫里就来了人直接给他这准备打瞌睡的递上了枕头。

"太后召我？"嵇清柏打量着面前的嬷嬷。

嬷嬷一看就是伺候人从小到大的，年纪摆在那儿，笑起来皱纹挤成了一朵花儿："郡主和皇帝可是定过娃娃亲的，早年郡主病了，这事儿就没提，如今老天开眼，您醒了，太后又是高兴又是求神拜佛的，忙着让郡主您进宫给她老人家瞧瞧呢。"

嵇清柏："嗯？"

他是来帮他老板度劫的，没料到还有这种风险啊！

而且景丰帝都这年纪了为什么还没立后他们母子心里就没点数的吗？！

｜二｜

嵇丞相家的马车很是朴素，完全没搞什么驷马并骑、玉鬃金鞭的累赘。身为当朝文官之首的独女，哪怕是宫里来的人都对嵇清柏非常客气，嬷嬷又在絮絮叨叨地和他八卦，就连太后今日几时起的、中午吃了啥、抄了多少经书都说得一清二楚。

当然还有景丰帝的。

这一世他的佛尊名讳还是叫檀章，字乿涯，迎财神那日出世，相传白日便现了紫微星，亮得闪瞎眼的那种。嵇清柏倒是不意外，他跟了无量佛尊万年，就算这老板平日里与他说话一个月不超三句，但一些小性子清柏上神摸得却很透。

要不然身为佛尊境的大通，名讳和表字压根儿不屑知会旁人。

嵇清柏还知道对方真身乃是一条上古虚境里诞生的混沌龙，真正与天地同寿，能比得上的也就几位早已神肉化地的天尊了。

天尊早已消殒，他这位佛尊，如今就是天上地下，六界独一。

嵇清柏想到这儿，又忍不住默默在心里叹了口气，白朝这坏鸟说什么都欠揍，但有一句话没说错，佛尊脾气是真的烂。

掌管无量时好歹佛法无边，能控灵台一片清明，如今历劫就跟破戒一样，自然本性暴露无遗，什么慈悲为怀、仁济天下，对如今的景丰帝檀章来说，宛若屎壳郎，裹着一块儿滚就行了。

嵇清柏神识不稳，想多了就头痛，少女身娇体弱，柔荑撑着脑袋，脸色苍白，不过坐姿有些大马金刀地狂放，嬷嬷想提醒几句，每次话到嘴边，看嵇玉这孱弱的样子，就又放弃了。

进后宫无须过前殿，下了马车又换成软轿，几个宫人小心抬着嵇清柏，到了太后的凤仪殿门口。早就迎着的公公小跑着上前，弯下腰，恭敬道："咱家请郡主安。"

过了一会儿，轿帘被从里面"唰"地撩开了。

嵇清柏踏出一只脚，身子晃了晃，一旁的嬷嬷立刻扶住他。

"哎哟，郡主啊，"嬷嬷心痛道，"您可别逞强。"

嵇清柏黑着脸，心想这身子真的太弱了，胸衣一勒气都喘不过来了！

于是嵇清柏开始认真考虑起修仙的可行性来……

太后的凤仪殿倒是没嵇清柏以为的那么大，里外三间，下午阳光好，照着殿里倒是暖和。嵇清柏被嬷嬷带到了里间，他不用下跪行礼，直接被请坐到了美人榻上。

太后穿着也不隆重，看着他的目光非常情真意切。

"玉儿啊，"太后唤他闺名，泪眼婆娑，"你终于醒了。"

嵇清柏："……"不论天上地下，他都叫嵇玉，清柏是他的字，只是到了这大元朝，不读书的孩子爹娘似乎也想不到给起个小名。

太后没注意他脸色，拭了拭眼角的泪，嘘了口气："你皇帝哥哥知道你醒了，心里也很是高兴，今日啊你留在宫里，陪着哀家一块儿用膳可好？"

嵇清柏觉得用膳应该是真的，至于檀章因为他醒了高兴那绝对是胡扯。

他这几日梳理原本身体里的神海，发现了一件令人特别头皮发麻的事儿。

这嵇家小姐三岁前并不是个傻子，三岁生辰那年进宫受封郡主，太后非常喜爱此幼女，专门下了一道懿旨，给嵇玉和檀章赐婚。

嵇清柏心想这当妈的真是未雨绸缪，一定早就看清了自己这精神病儿子的本质，早点定下娃娃亲，免得未来他那佛尊"注孤生"。

只可惜当娘的想得是美，可当皇帝的儿子做的那就是件彻彻底底的鬼事。

景丰四年，正殿太和的后面还种着一方葱翠竹林，嵇清柏身着下界前的雾霭云衫立在一根竹枝上，他化了虚形，在原身的神海里倒是来去无阻，畅通自由。

三岁的嵇玉被套了脑袋，几个小太监将人扔到竹林前，后面缓缓跟着顶龙辇。

檀章面色冰冷地坐在上面。

嵇清柏神色复杂地看着自家老板年幼的脸。

超脱三界后，只要入了仙籍，人脸美丑就已如同世间万物一般平常，越上层境界越是不在意，这也是为何白朝长年保持鹤姿，懒得化人。然而就算如此，无量佛尊万年来少有的几次出镜仍旧被奉为"天地之姿仪，六界无色颜"。

被众路神仙都吹到天上的脸，落入凡尘自然也能吓死个人。嵇清柏仔细看了一圈，发现檀章的左眼下不知怎的，居然多了一朵红莲胎记，正怀疑着是不是又是白朝那只坏鸟搞的鬼，嵇玉的哭声隐隐传了过来。

三岁的嵇玉连话都不怎么会说，被几个小太监用石头砸着脑袋，檀章像是在看戏，坐在龙辇上，嘴角竟还带着笑意。

嵇玉没多会儿就被砸得没了声响，最近的小太监跪在檀章脚边。

嵇清柏就看到檀章撇了撇嘴，闭着眼，甚是觉着没趣地道："扔井里去。"

嵇清柏："……"

他那佛尊真是个鬼啊！

嵇清柏擦了擦头上的冷汗，心想这劫度到最后会被天打雷劈的啊！

| 三 |

嵇玉当年到底是没死成，但三魂六魄损了也和身死没多大区别。

嵇清柏怜惜这小姑娘神识，想着等三魂稳了就去找附近的地府，给这孩子寻个好托生，也算为他那佛尊积点善缘。但又一想这么多年来檀章杀的人，嵇清柏就觉得眼前一黑，仿佛在给有精神病的老板擦屁股。

但其实生死都是劫，虽然佛尊超脱六界，不受世间命数所缚，可越是如此随心所欲，越是受因果反噬，苦难深重。

嵇清柏真是急着想见到檀章，又怕见到檀章，毕竟如今的景丰帝一个不爽就弄死他的话，回头他还要求白朝那只坏鸟盘新的命盘，谁知道下一次能不能当人呢……

太后留了嵇清柏用晚膳，特意传了嬷嬷去叫景丰帝来。

结果没多会儿嬷嬷就回来了，说檀章今日龙体不适，就不来凤仪殿问候了。

人生八苦，五阴炽盛。

佛尊到了下界，不但精神得受苦，肉体也得受苦，可说是从上到下都是病痛。

嵇清柏又想起神识里看到的那一小朵红莲胎记，忍不住皱了皱眉。

太后给他夹菜："今日见不到你皇帝哥哥有些可惜，不过再过几日就要立秋宴了，到时候你和你爹一块儿进宫来，哀家为你补办及笄礼。"

嵇玉十五生辰那日还是个痴儿，自然没过什么及笄礼，太后提出在立秋宴给她补办也不过分。

嵇清柏话比较少，第一他不怎么适应这小女孩的"萝莉音"，第二他一门心思都在想着怎么退婚，虽说"嫁给"檀章是最容易接近对方的机会，但他真的就是个始终坚持努力工作的秘书，其余都不擅长。

临近入秋，夜凉起了些雾，太后体恤嵇玉体弱，也没把人留得太晚，吩咐嬷嬷送人回府。

等出了凤仪殿，嵇清柏就想着今天还没锻炼身体，决定"自力更生"走到宫门口。

嬷嬷太监们都不放心，但嵇清柏不让他们跟太近，于是只能远远尾随着。

回宫门要横穿过整个金池园，嵇清柏走了一半，就有些吃不消了，他半蹲着喘气，只觉得胸前憋闷，回头看了一眼远远跟着的太监嬷嬷，嵇清柏没多犹豫，伸手到内衫里，直接把胸衣扯了。

太受罪了，嵇清柏抹了把汗，他虚得手都有些抖，呼吸终于是顺畅了些。

金池园的假山怪石嶙峋，松柏参天几乎遮住了云雾。嵇清柏坐在一块异石上歇息，手里还捏着胸衣，当扇子扇了会儿。

只是没清净多久，嵇清柏就听到身后传来了动静。

这么个大晚上，这么大个园子，就算嵇清柏是个神仙，也有些怵，更何况他现在还是肉体凡胎，魂魄不稳，别说仙法了，哪怕就和姑娘家打架，他现在这样大概也扯不动人家头发。

嵇清柏往后看去，没见到人，却闻到了血腥味，他心下一惊，以为遇到了刺客，刚想喊人，突然脚踝被人一把握住。

嵇清柏："……"

一地五六个死太监，是真的死了，透透的那种。

握着嵇清柏脚踝的也不是什么刺客，正是他家那位跟鬼一样的佛尊，檀章。

景丰帝捂着胸口，双目赤红，发冠凌乱，嵇清柏不用猜就知道对方这是内阴炽痛，发了魔疯，幸好杀了一圈人后体力不支，提不动剑了，只能堪堪撑着病体，要不然嵇清柏完全不会怀疑，自己已经回红莲盘下和白朝打起来了。

景丰帝还想提剑，嵇清柏立马后退两步，檀章一口气没能提上来，直接咯出一口血，跌倒在了地上。

嵇清柏又等了一会儿，胆子大了些，上前几步，踢开了对方手里的剑。

檀章转过头，一双血目冷冷地盯住他，左眼下红莲胎记的颜色比嵇清柏神识里看到的还要深，花瓣跟火燎一样，舔着他凤尾一般的眼。

对方这与无量佛尊一模一样的容貌令嵇清柏"压力山大"，他想了想，还是挪上前，小心翼翼地跪坐在了檀章的身旁。

在佛境时，每月檀章会从莲座上下来七天，无量佛尊掌管着天地善恶，自身虽然法法无边，但也不是完全不受影响。

这七天便是嵇清柏最忙的七天。

没错，他真身是一只食梦貘，专为无量佛尊滋养神海。

现下在凡界，嵇清柏虽然没有丝毫神力，化不了真身入梦，但也不是完全没办法来缓解檀章的阴炽之痛。

景丰帝只察觉到一双小手捧起了自己的脑袋，他心下惊怒，刚要挣扎，突然眉心一点清凉，嵇清柏的食指轻轻点在了那处。

三魂的神力真是薄弱得可怜，嵇清柏只能聚起些精气在指尖，为景丰帝疏经活络。他虽然长了双女人的手，但动作可没半分柔态，这种事对嵇清柏来说就是熟能生巧，万年资历沉淀下，他早已是名顶尖的推拿技师！

檀章忽觉眉心好似入了一股清流，缓缓润过四肢百骸，抚平内腹之痛。他在黑暗里睁着眼，看着嵇清柏的脸，一眨也不眨。

先前就说，嵇清柏这具身子弱得可怜。他精气聚拢不易，根本不能为旁的分心，被檀章看着又忍不住恼他乱杀人，于是干脆将手里的胸衣盖到了皇帝的脸上，哑着嗓子敷衍道："得罪了。"

檀章："……"

嵇清柏想了想，还是有点求生欲地补充了一句："我贴身穿着的，不脏。"

｜四｜

嵇清柏突然醒过来时发现自己还在假山底下，他一个激灵，抹了下嘴边的口水，一低头发现檀章睡在他的旁边。

自己大概是第一个因为耗费太多精气而打瞌睡的神仙。

嵇清柏不敢想了，因为这太丢人了！

嬷嬷太监都战战兢兢地等在外面，嵇清柏犹豫了一番，还是将胸衣垫在檀章的脑袋底下，撑着跪麻了的腿，站起来一瘸一拐地出去喊人。

檀章有龙辇，身强力壮的几个小太监将皇帝抱上去抬回了宫，假山底下的尸体也被收拾了，他们干这些事儿太习以为常，嵇清柏的表情复杂，只觉未来无光，道阻且长。

锻炼身体肯定是没力气了，嵇清柏乖乖上了轿子，出宫门后换了马车，一路睡着回了相府。

御龙殿中，太医陆长生正跪在地上给景丰帝请脉。檀章今夜犯了魔疯病后，他第一时间就赶来了，结果皇帝这次发病比往日还要严重，竟然人都不知去向，回来时一身血污，平日跟在身边伺候的几个太监人也没了。

陆长生心里其实非常慌，搭着对方腕子的手努力保持不抖，可凝神听了一会儿，却又有些意外。

"陛下平日五内热火过旺，才容易灼心烧肺，疼痛难忍。"说到这儿，陆长生小心翼翼看了一眼帐中的人，见没什么反应，才继续道，"今日发病后，陛下体内的阴炽似乎弱了很多，臣再为陛下开些去内火的方子，这几日陛下定能睡个好觉。"

檀章仍旧闭着眼，他枕旁放着一件女性胸衣，陆长生虽然心下奇怪，但以景丰帝的脾气自然是不敢多问的。新的小太监送来纸笔，陆长生誊写完药方，交给对方。

没有上头人的应允，陆太医也不敢走，只能继续低头跪着。

又等了一会儿，有宫人撩开了床帐，檀章神色恹恹地坐起来，难得没什么戾气，他开口，声音冷淡："相府的药，有继续在送吗？"

陆长生的额头都快贴到了地上："这几年从未断过。"

"没断过？"檀章似乎笑了下，"那傻子怎么醒过来的？"

陆长生闭着眼，汗湿了朝服，总觉得下一秒脑袋就要滚地上去："臣愿用性命担保，那药方绝无问题，但离魂醒来一事，的确多有蹊跷，还望陛下明察。"

檀章没有看他，应该说景丰帝的眼里从来没有任何人。

今日的阴炽之痛虽比往日来得凶猛，但对皇帝来说，也就是多杀几个人的事儿。檀章知道身边什么人能杀，什么人还得留着，所以一路杀到金池园后，哪怕力竭，他也不打算动隐在暗处的死忠。

结果没想到，居然碰上了嵇玉。

檀章扫了一眼枕头边上的胸衣，神情有些厌恶，他冷冷道："来人。"

小太监们早就等着吩咐了。

"把这拿出去。"皇帝本想说"烧了"，但原本眉心的那一点清凉，现下却像一小簇火，暖烘烘地煨着他的太阳穴。

小太监不知皇帝要干什么，捧着嵇清柏的胸衣面面相觑。

檀章张了几次嘴，最后抿紧了唇，表情似乎很是恼羞，他咬着牙，阴森道："拿出去，别让朕再看到。"

嵇清柏这边倒是非常心大，不觉得景丰帝认出了自己。

毕竟给的是胸衣，又不是手帕，上面还得绣闺名，一件胸衣而已，干干净净，何况嵇清柏怕勒，他为了舒服些，让家里奶妈给做的胸衣都比寻常女子穿的要大一号。

按嵇玉这个年纪来看，鬼都想不到他穿这个码子的。

当然，因为真身是食梦貘，嵇清柏在家里肯定啥也不穿。

小丫鬟又端来了药碗，嵇清柏这阵子已经喝习惯了，刚咽下一口，忍不住"咦"了一声："味道怎么不太对？"

小丫鬟笑道："姑娘身体好了不少，夫人给您换了味药，好好将养的。"

嵇清柏来了这么久还没见过自己那位娘，不过他也不好奇，点了点头，一口把药闷了。

小丫鬟高高兴兴地下去了。

嵇清柏坐在院子里，他跷着腿，双臂敞着，头发也没梳，因为昨夜帮上了自家老板的忙，先进秘书清柏神可谓神清气爽，闭着眼晒太阳时心里都能美得冒泡，也不太怨白朝那只坏鸟了。

他现在就期望着养好身体，快些稳住自己的神魂神魄，不知到时候自请去当檀章的医官，专门给皇帝当按摩技师可不可以……

正想着些有的没的，身旁的丫鬟突然小声叫他："姑娘……姑娘！"

嵇清柏懒懒散散地睁开一只眼，发现面前不知何时居然多了个人。

嵇铭神色莫名地盯着自己面前这个刚醒来不久，衣冠不整，披头散发的"女儿"。

嵇清柏："……"

嵇铭黑了脸："你去换件衣裳。"

嵇清柏闭了嘴，乖乖跟着丫鬟回房间穿内衣去了。

嵇铭坐在罗汉床上，等着嵇玉从里屋出来。

身为父亲，嵇铭其实对这女儿没太深的感情。新帝无端昏庸，中央虽有他这位丞相坐镇，但南疆元铁将军却也不是省油的灯，兵权在握，位高权重，十年不曾回朝，任何事出了那都是鞭长莫及，北边又有荆蛮虎视眈眈，嵇铭每天被国事搞得焦头烂额不说，嵇玉又从三岁起就成了痴呆，只吊着一口气，换了谁感情都培养不起来。

而且嵇玉离魂的事儿太过蹊跷，嵇铭对上首那位忌惮颇深，自己内宅也不争气，这么多年，居然除了嵇玉都无所出，逼着这位丞相只能走忠孝义廉的工作狂人设。

嵇清柏没什么政斗经验，毕竟当了万年上神，三境之上可谓人丁稀少，就他和白朝这种千年前结怨的都能记这么久，可见日子过得有多无聊。

他换好了衣服出来，嵇铭终于摆出了慈父的脸，示意女儿坐到身边。

嵇清柏也没多想，裙摆一撩，双腿叉开坐了半个屁股，两手按在膝盖上，面无表情地看着嵇丞相。

嵇铭："……"

他觉着有些怪异，但一个大男人指点闺秀家教礼仪又不妥，只好憋着，开口说别的。

"过几天立秋宴，太后要给你行及笄礼，你可知道？"

嵇清柏点了点头："知道。"

嵇铭叹了口气："你小时候和陛下定过娃娃亲，这事儿太后一定会在当日提及，你以为如何？"

嵇清柏皱着眉，直接道："我不愿意。"

"太后懿旨不遵就是抗旨。"嵇铭这点倒是和嵇玉统一了战线，思虑道，"爹也不想你入后宫，毕竟皇室复杂，爹又居高位，恐你受委屈，陛下还……喜怒无常，你刚醒来，爹怕你嫁进皇家不得良缘。"

嵇清柏挺高兴，嵇铭把他想说的话都说了，自己只要负责点头就行。

嵇铭看了他一眼："不过，说不定陛下心里也是不愿意的。"

嵇清柏继续点头，心说他当然不乐意，要不然当年也不会千方百计想要弄死嵇玉了。

嵇铭絮絮叨叨又是劝诫了一些寻常话才结束，嵇清柏最后怀疑他是来自己女儿这儿强行刷存在感的，但毕竟自己现在吃人家的用人家的住人家的，人家说啥都得听完。

幸好，立秋宴不过几日便到了。

大元自景丰帝登基后，因皇帝不喜这类宴饮，宫中喜宴便被减了大半，立秋宴却少有地被保留了下来。至于檀章喜欢什么，在人间嵇清柏是不清楚，但在佛境里檀章只要下了莲座，就喜欢干三件事：睡觉、喝酒、遛他。

其中两件事都与嵇清柏息息相关。

因为七天中天天都要帮佛尊滋养神海，嵇清柏便很少恢复人身，整天保持着真身模样形影不离地陪在檀章身旁，檀章喝酒他也喝酒，檀章睡觉他也睡觉，檀章精神好，便带着他遛一圈无量佛境，然后继续喝酒睡觉。

虽一月才有七天，但足足万年下来，加在一起也算得上朝夕相处，天长地久。

嵇清柏坐在宴席上，目光看向龙座的檀章，就有些怀念那时的日子。他陪着檀章如此过了万年，佛尊话虽不多，脾气也不好，但滋养神海时却从不吝于惠泽他精气法力，两人长久互通梦境，神魂相融，嵇清柏虽仍然窥不破无量佛的至高境，但这人的习惯他从来伺候得很是熨帖。

　　想到这儿，嵇清柏又忍不住考虑干脆去当檀章的嬷嬷，照顾帝王生活起居，他也是可以的嘛。

　　也不知是不是他看人的眼神太过炙热，太后频频望过来，最后笑着朝他招了招手："玉儿，上来，哀家还欠你个及笄礼呢。"

　　嵇清柏心想这及笄礼这么随便的吗？！

　　但看旁人似乎也没什么意见，他便卷起裙摆，慢慢登上玉阶。

　　太后从一旁嬷嬷手里拿了一支簪子，示意他靠前。

　　嵇清柏只能硬着头皮把脑袋伸过去，余光看到檀章的眼神落到了他的身上。

　　"玉儿长大了。"太后替他簪好了发，打量着，"样子真是周正。"

　　嵇清柏嘴角抽了抽，他又不是没见过自己这身子的容貌，难看是不至于，但好看也真算不上，说不客气点，嵇玉颧骨有些高，再加一双细长眸子，面相上看着刻薄。

　　不过太后夸了，他也只能谢恩。

　　只是谢完恩后太后却没让他走成。

　　"哀家瞧着玉儿喜欢，秀外慧中，能堪大任，皇帝，"她看向自己儿子，含蓄道，"中宫之位是该有个人了。"

　　嵇清柏真是吓得毛都竖起来了，他正想跪下，不料底下他那便宜爹跪得更快："太后，小女年纪尚幼，哪担得起后宫之责？再者，陛下贵为一国之君，合该寻一位心上之人，白首朝夕。小女之姿，入不得圣庭啊。"

　　嵇清柏在一边真是恨不得把头点下来。

　　太后大概也觉得自己有些强人所难："这……"

"谁说她入不得圣庭了？"

嵇清柏猛地抬头，檀章似乎并不在乎自己说了什么话，他许是刚喝了酒，舌尖舔过唇边盈润，微微歪头，左眼下的红莲花瓣张牙舞爪。

"朕挺喜欢你的。"檀章看着嵇清柏的眼，微微一笑，面孔却是冷了，他轻轻挥了挥手，像掸一层灰似的。

他说："明日，你便入宫吧。"

｜五｜

"入宫"就是字面上的意思。

嵇清柏纠结在是入宫为妃，还是入宫当嬷嬷上，当然也有可能檀章就是想弄死他，想着他入宫给他杀着玩玩，总之立后是不可能立后的。

嵇清柏这边生死由天，丞相嵇铭也好不到哪儿去。

人家恭喜他女儿入宫，以后为景丰帝生个一男半女的，他这个国丈未来仕途更加通畅，只有他自己知道，嵇玉送进宫就是去当人质的，小皇帝又抓他一处痛脚，逼着他励精图治呢。

但能怎么办呢，还是得把嵇玉送过去。

嵇清柏没做多久心理建设，收拾了包袱就带着丫鬟去了。

虽然没名分，不过檀章倒是给了他座宫殿，叫什么梦魇阁。嵇清柏挺高兴的，毕竟他在佛境万年都没自己的殿宇，到人间居然成有房族了。

因为带的东西不多，梦魇阁也不是什么冷宫地儿，嵇清柏和丫鬟倒是都不需要怎么打扫，两人收拾好，丫鬟就去给嵇清柏煎药。

嵇清柏继续搬了张椅子到院子里晒太阳。

药没多会儿就端上来了。

嵇清柏实在不想喝，问了句："还得喝多久啊？"

丫鬟笑："这药滋补，娘娘一直喝才好。"

嵇清柏被这声娘娘叫得头皮发麻，边喝药边含混道："我还没当娘娘呢，不要瞎叫。"

丫鬟笑着说："娘娘都进宫了，怎么能不叫娘娘呢？早晚的事，先叫起来也没什么错。"

嵇清柏面色复杂地看了对方一眼，很想说这剧情太宫斗了，话本子里这样的丫鬟死得都早。

檀章显然不怎么记得宫里多了嵇清柏这号人物，幸好他身边的管事太监没忘，关键还是因为景丰帝登基这么多年，后宫这是第一次进女人，又是位丞相府的千金，太监们想忘也忘不了。

以至于皇帝刚用完膳，就有人把嵇玉的牌子给递了上去。

檀章面无表情地看着托盘里的红绸子。

大太监低着头，恭恭敬敬："宫里好不容易来了位娘娘，皇上今夜要见一见吗？"

檀章似乎觉得好笑，问了句："见她干什么？"

太监很想奉承几句"共赴云雨""绵延子嗣"的吉祥话，但一想到这皇帝平日的做派，怕是说了，回头嵇玉就得"洗洗干净""抹脖子得了"。

檀章一只手把玩着托盘里的红绸，像是厌了什么似的，另一只手撑着脑袋，跪在地上的太监不敢退下，也不敢再说话，直到红绸被檀章挑落到地上。皇帝的声音淡淡的，听不出喜怒："把她带来。"

梦魇阁里的嵇清柏当然不知道自己这是遭逢了怎样的大起大落，他刚洗完澡，只穿了一件里衣，就被闯进来的太监宫女们用被子裹了起来。

他这里衣底下是真空的，虽然不是自己的身子，但这尺度也太大了吧？

宫人们哪管他什么反应，直接把人抬去了皇帝寝宫。嵇清柏一抬头看到"御龙殿"三个字，再联系周遭这情况，他开始深刻思考檀章这是要见见他还是要杀了他了。

御龙殿虽说是皇帝寝宫，但真的是大得完全不符合逻辑，以嵇清柏看话本子的经验，这地方适合皇帝和众嫔妃追逐打闹，培养情趣。

只是现在皇帝就坐在床上，丝毫没有跟他这位嫔妃追逐打闹，培养情趣的想法。

嵇清柏裹着被子跪在地上，他身上洗澡水还没擦干，黏糊糊的。

檀章居高临下地看着他。

嵇清柏发现就算和这人处了上万年，这一刻他也参不透对方在想什么。

也不知道过了多久，御龙殿的暖玉都快把嵇清柏烘干了，坐在床上的皇帝终于动了。

檀章赤着脚，走到嵇清柏面前，突然将对方连人带被地踢倒在了地上，力气不大，但一时半会儿嵇清柏也坐不起来，他只觉得肩头一重，檀章踩在他的脖子旁边。

皇帝的脚干干净净，白得都能看到青色的血管，十趾浑圆，连趾甲都是透明的。

"你当年怎么就没死呢？"檀章的声音响在嵇清柏的头顶。

嵇清柏："……"

檀章似乎觉得有趣，话里带上了笑意："没死就算了，这么多年，怎么又不傻了？"

嵇清柏一时不知该不该现在就说实话。

他其实就算告诉檀章"你是来度劫的，我是来帮你度劫的，你别杀我"也没用，人家毕竟是佛尊，超脱六界，只有自己想不想、乐不乐意、开不开心，担得起因果就行，压根儿不用在乎这命数能把他怎么样。

可现在摆前头的大问题，不是佛尊这劫这命数怎么样，而是不论嵇清柏说什么，檀章都压根儿不会相信。

而且说与不说，都不妨碍皇帝现在就杀了他。

嵇清柏心想我容易吗，我为了家里老板下凡就算了，结果还得操心今天死还是明天死的，这简直不是神仙能过的日子啊！

太难了，真的太难了。

檀章见嵇玉不说话，轻轻挑了下眼，他不发病时眼角底下的红莲胎记很浅，粉粉嫩嫩，花瓣儿开得温婉秀气，平添了几分媚眼如丝。

"说话。"檀章脚下用了点力，压了压嵇清柏的肩膀，后者一个弱女之姿，哪撑得住，嵇清柏几乎被压趴在了地上，动弹不得。

檀章嗤笑了一下，他其实并不在乎嵇玉真的能说出些什么来，单纯就是觉得有些意思，玩腻了也就腻了。他神色厌烦地收回了脚，命道："来人。"

嵇清柏一个激灵，就怕檀章下一句来个"拖出去砍了"，立马什么也不管了，反正横竖是死，豁出性命不如放手一搏！

檀章只觉脚踝被猛地抱住，他眉心一跳，低头看着嵇玉整个身子挂在了他的腿上。

嵇清柏为什么知道这招有用，是因为在佛境，他就惹过檀章生气。

刚入神境那一百年，嵇清柏了却凡尘，宛如稚子，他真身又是一只食梦貘，贪吃好睡，从不操当神仙的心，后来被召入佛境，为无量佛尊滋养神海，也没放在心上。一个月后，檀章从莲座上下来，找了半天没找到他那只貘，生平第一次给生生气笑了。

他从混沌真龙到如今的无量佛尊，十几万年的寿数，除了开天辟地的天尊外，还从没把什么人放在眼里过，如今被一个小小的梦神放了鸽子，当真是件趣事。

嵇清柏哪晓得自己惹了老板不开心？佛境有万重渊，他被檀章从金银财宝窟里拽出来时，还在帮凡人们做着发财的话本子梦。

檀章当时一方佛印便拍出了他的真身，嵇清柏吓得毛哗啦啦地掉，既怕被废了修为，又怕被贬去下界，四只毛茸茸的爪子牢牢抱住檀章的腿。

无量佛尊低头没什么表情地看着他的狮子脸。

嵇清柏平日极其精心护理着自己的那一圈鬃毛，柔软细密，手感极佳，于是也不管不顾了，抱着檀章的腿就开始像猫一样地蹭，来回蹭了一二十圈，脑袋都转晕了，无量佛尊拎着他的颈皮把他提了起来。

"睡觉？"檀章歪了歪头，眼神无波无澜，不过手倒是捏揉着他的毛，看似非常满意。

嵇清柏当然一嘴的"睡睡睡"，直接被檀章一路提回了莲座台。

既然檀章在佛境时都吃这一套，下界后总该比万佛之尊要来得好哄，嵇清柏想得简单，实施起来于是越发卖力。

嵇清柏正蹭得欢实，突然脖子后面一紧。

檀章冰凉的手不知何时握了上来。

嵇清柏忘了他现在没颈皮这种玩意儿。

檀章眯着眼，嵇清柏不敢再动了。

檀章等了一会儿，不怎么耐烦道："我让你停了吗？"

嵇清柏眨了下眼，他左右缓缓地摇了下脑袋。

檀章居高临下地看着他，冷冷道："那就继续蹭。"

｜六｜

老板说继续蹭，那当然是不能停的了。

嵇清柏很想做一只敬业的貘，但本身条件并不允许。

他这原身就是个十五岁的小姑娘，身体刚好一些，连神魂都不稳，过了点就犯困。于是嵇清柏抱着檀章的腿没蹭多久，头就一点一点地开始打瞌睡，他还是上神的时候就爱睡觉，食梦貘不睡觉做梦干什么？醒着被当坐骑吗？

檀章低头，看着嵇玉奄拉着脑袋的发顶，小姑娘睡得熟了，还有小呼噜声，他微一蹙眉，似乎有些嫌弃，但还够不上要杀人泄愤的程度。

抬了腿将嵇玉轻轻踢到一旁，檀章上了龙床休息，反正寝宫地上有暖玉，冻不死人。

也不知睡到了什么时辰，嵇清柏突然醒了过来。

他在佛境时，常与檀章共眠，佛尊的神海法力无边，虽需滋养，但反补的神力更是精纯绵延。

嵇清柏抬头，复杂地望了一眼龙床上的人，没想到到了这下界，他俩一块儿睡还能有这功效。

檀章似乎睡得熟了，眉眼都是放松的。嵇清柏跪在龙床边上看着他，试探了下自己神海里的神魂，果然充盈了三四分。

他有些跃跃欲试想窥探佛尊梦境，但又一时半会儿没那么大胆子，无量佛尊在九重天上便是万神敬仰的人物，端坐莲花台时已能威震八方，每回下莲座，跺个脚那都是地动山摇。

嵇清柏在龙床边上跪了许久，纠结半天，还是只敢分出了点精气帮着檀章抚慰了一下五脏六腑。

檀章现在是个人，每月都得受那阴炽之苦，发起病来痛成这样，这么多年下来能忍着没疯都是个奇迹。

折腾一顿，嵇清柏也是累得不行，他也不矫情，重新躺回了地上，靠着暖玉睡了过去。

檀章醒来的时候似乎觉得有些不妥，不妥的地方就是他睡得太好了。床边地上的人已经没了，他唤了宫人进来。

太监以为皇帝宠了女人心情大好，脸上便也带了三分喜色，磕头道："恭喜皇上。"

檀章揉着额的手顿了顿，他身子是挺舒爽的，但是心里头却不畅快，面上于是有些冷，淡淡道："喜什么？"

太监愣了下，小心觑了一眼皇帝脸色，支支吾吾道："那个……皇上与娘娘昨日行了周公之礼……奴、奴才愿皇上与娘娘恩爱齐眉……"

他话还没说完，檀章就笑了。

太监："……"

皇帝平时不是不笑的人，只是一般笑了，就得死人。

原本宫里见嵇玉待了一晚还能活着出来，都以为景丰帝转了性，想着这嵇玉不愧是嵇铭的女儿，十五岁就有如此手段，能让暴君怜惜，现在看来并非这么简单。

檀章短促地笑了一会儿，又没了表情，他挥了下袖子让太监滚了，自己坐在龙床上却没有动。

他在想昨晚做的梦。

没错，他做了一个非常清晰的梦。

梦里他既不是什么皇帝，也没有别的什么人，只有一只脸长得像狮子的獏。

满头的鬃毛被他捏在手里，呜呜咽咽的。

可爱极了。

另一边，嵇清柏完成了今日的任务，回梦魇阁时自然是高高兴兴的。

他的丫鬟大概也很惊讶他居然能毫发无损地回来，于是赶忙进小厨房端了药出来，送到嵇清柏面前。

嵇清柏没开始那么排斥吃药了，主要是遭逢昨晚那样的境地，令他幡然顿悟，没个好身子真不能干好活，嵇玉原身太弱，他得好好养着。

丫鬟见他把药喝完，也没旁的什么事情忙，陪着他在院子里晒太阳。

按照以往嵇清柏看话本子的经验，宫里娘娘陪着皇帝睡觉都只能睡半夜，虽然他万分舍不得檀章身上的法力滋养，但为了活命还是得守规矩。

嵇清柏边晒太阳边想着什么时候能夜夜有佛尊的神海反补就好了，不出几年他应该就能修复元神……

丫鬟知道嵇清柏不爱穿胸衣，倒也不勉强，十五岁的姑娘家便敞着宽大里衣抬腿坐着，宫里的太监来了，看到这么一番光景，都有些被吓到。

嵇清柏还知道要跪下来听旨。

太监忙扶他起来："娘娘现可是皇帝跟前的红人，折煞奴才了。"

嵇清柏听着这话浑身就跟虱子爬过一样，他不知道该说些什么，埋着脑袋听人传话。

檀章似乎心情不错，赏了他些东西，意思是今晚还要见他，让他提前准备着。

嵇清柏可高兴坏了，他谢了恩，乐乐呵呵让自己丫鬟送太监出去。

梦魇阁外围是一排青砖墙，嵇清柏刚来时非常喜欢墙边的玉兰树，每天亲自打理，如今已经盈盈开了好几朵，花坠子吊过墙，在风里晃荡。

太监站在花下，抬头看了一眼，对着丫鬟笑道："娘娘倒是风雅。"

丫鬟低头，恭敬道："公公谬赞了。"

太监摆了摆手，又问："药有好好吃吗？"

丫鬟："每日服着。"

太监点头："之前的药没用了，这次换了一服，皇帝没说断就不能断，你可得谨慎着。"

丫鬟跪下，磕头道："奴婢一日都不敢忘，公公放心。"

太监点了点头，又看了一眼那开着的玉兰，朝着风里嗅了嗅，轻哼了一声："还挺香的呢。"

檀章难得上朝，嵇铭在底下又是说南疆的元铁将军目无王法，又转回头骂北边荆蛮欺人太甚，皇帝听了半天，座上离太远，丞相也看不清他表情，自然得不到回应。

"爱卿。"景丰帝终于唤他。

嵇铭立马跪下，欣慰自己口沫横飞了半天得到回应："臣在！"

皇帝的声音悠浅，平平淡淡地从高位传来："朕很心悦玉儿，她聪明懂事，你教得很好。"

嵇铭："……"

身边的太监弯腰送上了一把玉如意，嵇铭面色复杂地接到了手里。

景丰帝见他接了，才又道："择个良日，朕到时候会给她个名分。"

嵇铭咬牙，只好磕头，唱了句谢主隆恩。

从朝堂上下来，皇帝便回了御龙殿，太监替他更衣，小声道："药有按时吃呢，主子不必担心。"

下头的都以为皇帝把嵇玉弄进宫里是准备放在眼皮子底下看着，到时候想弄死也方便。檀章没说话，他脱了袍子坐在御座上，难得觉着灵台清明，内腹温舒。

檀章默了一会儿，突然道："把陆长生叫来。"

太监不知这帝王喜怒，忙小心翼翼传了太医。

陆长生刚晒完药，跌跌撞撞地跪在地上，磕了头也不敢起来。

"嵇玉的药，"檀章顿了顿，问，"多久能有结果？"

陆长生额头汗津津的，但还算胸有成竹，道："不出一年。"

檀章的眼神恍了一下。

陆长生见皇帝久不说话，以为对方是嫌药起效太慢，急忙解释道："用毒和用药一样，断不能生猛，臣这味……无色无味，经年累月也绝不会被人察觉，嵇铭这人阴险狡诈，如若嵇玉去得太早，必将令他生疑，所以臣以为……"

"朕问你，"檀章突然打断他，低着头，面无表情地问，"这药能解吗？"

陆长生愣了愣，不知皇帝为何突然这么说，但还是老实道："慢慢解自然是行的……"

檀章蹙起了眉，他似突然又怒了，冷笑道："居然能解啊……"

陆长生胆都快被他这忽阴忽阳的情绪吓破了，颤颤巍巍地道："这药只有臣能解，臣绝不会将解药药方交给他人，皇上如若不信……"

檀章揉着额角，非常不耐："朕没有不信。"

陆长生："……"

他真是闹不明白了，这皇帝到底是要嵇玉死还是要嵇玉活呀？！

| 七 |

嵇清柏这边当然不知外头的诡谲暗涌。

嵇玉本身长得寡淡无味，还略显刻薄，只一双眸子像细长的柳叶儿，别有特色，与原本的嵇清柏就很像，不过再好看的眼睛长在这么一张平淡无奇的脸上，国色天香也是万万谈不上的。

丫鬟大概也不知道自家主子哪里讨得了圣上欢心，天色暗了后，就看见嵇清柏一脸欢欣鼓舞地等着太监来抬他。

檀章今晚倒不是很困，他虽不知道自己体内这阴炽之痛到底是怎么回事，但隐隐感觉，与嵇玉在一起时，这痛便能减轻个七八分。

皇帝不是三岁小孩儿，朝堂权柄本就是帝相之争，如今嵇玉在宫里，既是钳制也是机会，他能用人女儿威胁嵇铭，但嵇玉一旦得宠，嵇铭也能靠着幼女如鱼得水。

檀章为了王权自然不会真的宠幸嵇玉，可让嵇玉待在自己身边又不是没有好处。

帝王心情时躁时怒，连带着表情也不怎么好看，嵇玉被人抬进来时，便被檀章这么不阴不阳地瞪着，嵇清柏要是真身的样子，大概毛都竖了起来。

他寻思着昨夜挺好的呀，他没爬床，也没掉毛，守着这下界的规矩半夜偷偷就走了，怎么檀章还这么不好伺候呢？

但他不能问，也不敢问啊！

这几日本该是皇帝受阴炽之苦最痛的几日，原本傍晚后檀章腹内之痛就慢慢有了燎原之势，等嵇玉一进这御龙殿后，那点燎原火仿佛突然遇了场清欢雨，檀章闭着眼也能察觉出不同来。

他又看了嵇玉一眼，对方老老实实跪在他床边，低着头，脑袋上没缩发，松松垮垮地披着。

檀章始终平平淡淡的，自己歪在龙床上，等心里那股子别扭劲下去了些，才恹恹道："睡吧。"

嵇清柏眼睛一亮，胆子也大了，他大概是忘了自己的处境，下意识就想爬上龙床。檀章睁眼，眼神跟刀子一样看过来，嵇清柏心里才咯噔了一下。

他倒是忘了，此刻在下界，而不是佛境。

爬床这事儿，在佛境就是有说法的。

嵇清柏被檀章带去至高境时刚化神一百多年，他当时也不习惯变人身，被佛尊嫌弃了几次才堪堪化形，不再整日狮头猪身地四处晃荡。

貘没什么规矩，他就是为了自由奔放才成的神仙，为此不惜与一盏上古明灯合了神魂。

这也是为什么真身是区区一只貘的嵇清柏却可修炼成上神。

归根结底，还是他元魂的功劳。

这点根底自然瞒不过檀章的眼，佛尊法力登峰造极，嵇清柏神魂里的灯油都被滋养得清清亮亮，他起初不注意，化了真身毫无规矩地与檀章一块儿睡在莲床上，醒来后被佛尊很是不客气地踹下了床。

嵇清柏懵懵懂懂，不是很明白檀章是讨厌他的真身，还是嫌弃与他同床。

佛尊赤脚站在嵇清柏面前，当年的貘是真的怕他，瑟瑟团着身子，目光所及之处只有檀章的一截脚踝。

一对忘川铃，扣在佛尊的脚踝上，金铜色的铃铛正面刻着嵇清柏不认识的经文。檀章的脚踝不若女子纤细，踝骨的角如峻峰似的，利落折下，衔着冷雪一般的足。

檀章又捏着嵇清柏的颈皮，轻轻晃了晃："你毛掉太多了。"

嵇清柏哪敢多话，第二次就用人身睡在了莲床底下。

可醒来时，又变回了貘躺在檀章的旁边。

嵇清柏吓得从莲床上直接滚了下去，佛尊也被他闹醒了，有些愠怒："你做什么？"

嵇清柏怕得结巴："我、我掉毛……"

檀章："……"

嵇清柏："我不是故意上床的。"他其实也不梦游，一时睡蒙了，不知道自己怎么在佛尊床上。

檀章淡淡的："我把你拎上来的。"

嵇清柏："啊？"

佛尊看着他，有些意味深长，多说了一句："天冷了。"

嵇清柏："……"

嵇清柏算是摸清了佛尊的脾气，他春夏掉毛，佛尊每次醒来嘴里都痒痒，自然不喜他没规矩，但秋冬就不一样了，这阵子嵇清柏就算是满身毛地爬床，檀章都愿意迁就他，想怎么睡就怎么睡。

佛境里的习惯一时半会儿难以改正，下界这一遭，他居然也忘得没规矩起来。

皇帝一瞬不瞬地盯着嵇清柏已经跨上龙床的腿，表情看不出喜怒。

嵇清柏一头冷汗，灰溜溜自己下了床，重新趴回地上。

檀章讥诮的声音响在他脑袋顶上："想和朕一起睡？"

嵇清柏："……"

檀章哼了一声，慢慢道："胆大包天。"

嵇清柏当下什么也不敢说，心里却诽谤得厉害：想你九天之上、六界至尊的时候我都敢趴你肚子上，如今床上才上我半条腿你居然就骂我？！

不上床就不上床呗，还能怎么样？

嵇清柏心里抱怨半天倒也认命，毕竟现阶段最重要的是滋补神海，恢复些法力。

诚然，他还在六界之中，便要遵循这天道正统，嵇玉早就不该是这世间之人，嵇清柏再怎么修炼，法术方面大概顶天也就能化三四个时辰的本相妙诀，主要还是强身健体，延年益寿。

嵇清柏想得其实挺实在，佛尊的命数不在六界之内，檀章是随便怎么都死不了的，他要做的就是让嵇玉的身子康健起来，以便陪着皇帝更长的时间，助他度那万世之苦。

他这边想得好，檀章睡得却不踏实，倒不是说身子不适，就是太舒服了，反而睡不太着。

微眯着到了半夜，檀章便听见床边生了动静，嵇玉正揉着眼睛，慢慢坐起身来。

宫里的女人不能整宿宿在御殿里皇帝是知道的，但如今见了，却又觉得似乎有些妙趣。

十五岁原本就是嗜睡的年纪，殿中只燃了一盏晕灯，暗光隐隐约约落在嵇玉背上，少女体态孱弱，从背后看身段都没有，薄如一张纸，人显然没睡醒，坐在原地又寐了半天，才慢慢吞吞起身，结果起到一半又差点摔了一下，嵇玉嘟囔了一句，檀章没有听清，但瞧那语气该不是什么好话。

嵇清柏是真的不舍得走啊……他被滋养了神海，又困又舒服，边揉着眼睛边在床边拖拖拉拉的，结果一回头，就看到檀章撑着下颌，一双眼清明无波，静静看着他。

嵇清柏："……"

檀章沉声问道："去哪儿？"

嵇清柏嗫嚅着："回去……"

檀章嗤笑了一声，意味不明地道："之前不是还想着爬朕的床吗？"

饶是嵇清柏脾气再好，被这么激了几次也有些不耐，更何况刚醒，起床气比天大，被着眉，颇有些埋怨："陛下不是没让嘛。"

檀章愣了一下，倒是笑了，这一笑，眼下红莲的胎记又格外艳了几分。

皇帝心中早把嵇玉当成了嵇铭埋在他身边的棋子，并不掩盖嫌恶的神色，讥笑道："你倒是不矜持，急着媚上献宠，嵇铭真是生了个好女儿，全无半点闺秀的样子。"

嵇清柏眨了眨眼，心想他本来就不是什么闺秀，更何况嵇玉自身都痴了这么多年，礼仪规矩还是他接手后临时抱佛脚学起来的，这皇帝说的什么昏话，没脑子吗？

"我并不是要媚上献宠，"嵇清柏顿了顿，又补充道，"更不会与陛下共赴云雨，陛下也不用担心我为陛下生孩子。"

檀章："……"

嵇清柏认真看着他，目光非常炙热："我就是想和陛下夜夜一块儿睡觉罢了。"

｜八｜

许是嵇清柏说得过于正直，过于光明正大，檀章一时半会儿竟然咂摸不出别的味道来。

这"夜夜一块儿睡"的诚意嵇清柏是真的恨不得绑在脑门上，他算是仗着皇帝体内阴炽须得安平，连宿了好几晚御龙殿，檀章这阵子也没以前那么暴虐，动不动就杀人，不过还是不让嵇清柏上床，最多半边身子压在床脚边。

对嵇清柏这种锲而不舍的精神皇帝不知道该怎么形容。

说幼女无状，一心邀宠惑主吧，嵇玉还真就如他所说，只是睡觉，睡得哈喇子都沾毯子上了，也是心大得很。

皇帝不知这人里头换了核儿，早就不是个凡人，这朝堂，这东边西边，王权相权的，嵇清柏既无心，也没脑子能搞明白。

两人就这么一块儿睡了有三四个月，嵇清柏仍旧全须全尾乐乐呵

呵地活着，外人看来檀章似乎极宠他，虽不到日日召见，但七天中也有大半时日，晚上都睡在皇帝的寝宫里。

这后宫是什么地方？不知多少双眼睛盯着呢。

先前檀章暴虐无端，自然是没有哪家重臣舍得送女儿进来的，如今突然冒出来了一个丞相之女，活得平安不说，景丰帝似乎也转了性，居然还宠幸上了，朝堂前向嵇铭道喜的人跟流水似的，嵇丞相心里其实也在犯嘀咕。

丞相当年可是辅佐幼帝登基的功臣，如今权倾朝野，唯独子嗣不顺，当年其实他不辅佐，登基的也肯定是现在的皇帝。说来奇怪，这大元朝似乎后辈命都有问题，皇家儿孙少，重臣儿孙也少，民间一窝一窝地生，他们这些个达官贵人生孩子跟飞升似的，求都求不来。

嵇铭原想着自己一人撑着嵇家，开枝散叶成为盘树一般的世家心思早就歇了，不承想自己这痴了的女儿进宫居然受了宠，这脑袋自然活泛了起来。

凡人可能不理解其中的天道命理，嵇清柏怎可能不通透？他的佛尊到哪儿都是天，天就算遇到点雷鸣电闪的那也是翻个云就能解决的事儿，景丰年间危机四伏又怎样，檀章这龙椅，天塌地陷都能稳坐着。

嵇铭朝着宫里递话，想是准备敲打敲打女儿。

嵇清柏听完丫鬟通报，觉着很是匪夷所思，先不说他已经不是嵇铭女儿了，就算是，这丫头痴了这么多年，还哪儿来的父女情分呀？嵇铭想借他这枕边风做事儿，怕不是脑子里缺了根弦。

"我现在在宫里，怎么说都不能见外男。"嵇清柏坐在罗汉床上与丫鬟说话，他坐姿仍旧改不了，没人的时候就大开大合，"你就同父亲说，女儿已经是皇帝的人了，自然一颗心一条命都在皇帝手上，与旁人都没关系，此生无法在父母跟前尽孝，来生再还吧。"

丫鬟大概也被他镇住了，愣了许久才领命下去。

一回头，这话就传到了皇帝耳里。

大太监曾德是小太监时就跟着檀章的，心腹中的心腹，是皇帝发疯病时都不会砍的人。他把嵇玉的话一字不漏地说完，夸着胆子窥了窥天颜。

檀章没什么表情，低垂着眉眼，瞧不出波动。

也不知安静了多久，曾德就听皇帝问道："这些天还有什么动静？"

曾德恭敬道："太后传了懿旨，给您新择了人进来……"

说到这儿他顿了顿，又看了一眼檀章脸色："太后的意思是嵇女年纪太小，您总得为江山社稷考虑，所以才安排了人……没有拂您面子的胆儿。"

檀章从鼻子里笑了下，有些凉薄，淡淡道："以前都怕死，现在倒是不怕了。"

曾德当然不能多评价什么，毕竟他是一路看着皇帝身边的血海过来的，要昧着良心说好话，他怕遭天打雷劈。

不过自从嵇玉进了宫这转变可谓翻天覆地，连曾德都不能不承认此女大概是得了上天的福泽，连夜叉都能怀柔下来，怕是未来……未来……曾德没忍住，又看了一眼头顶上的皇帝。

嵇玉喝的"药"曾德是知道的，照理说他做奴才的不该劝说什么，但也怕皇帝动了心思，万一悔上了，到时候妙手难回春啊……

嵇清柏虽然不关心这宫前宫后的，但太后叫他去了几次，饶是"郎心如铁"也大概有数了。

太后许是对嵇清柏还挺愧疚，拉着他的手絮絮叨叨，什么"皇帝这么多年不容易""好不容易好些了哀家也想含饴弄孙啊""这些女的就是来为帝王家开枝散叶的，等过阵子哀家做主给你册封"。

嵇清柏听到"册封"两个字时觉得有些毛骨悚然，他其实知道佛尊下来是度苦的，这苦里有情爱之苦，帝王情爱哪里来？后宫三千一定管够啊！

嵇清柏想到这儿，就很想去看看那些刚进宫的闺女，要是这当中有一两个他能看出些东西来的，帮自家佛尊一把也不是不可以。

神游天外的时间久了，太后自然也瞧出了端倪，以为他呷了醋，心里头还是疼的。

"你不要多想。"太后软了声音，"瞧这小脸白的，伤神伤身哪。"

嵇清柏愣了一下，低头老老实实装乖道："奴是小日子来了，第一天总归不适些。"

太后眨了眨眼，终于明白了，忙催着嵇清柏回去休息，见人走了，又转了一圈眼珠子，唤来太监吩咐了几句。

于是当晚，皇帝在殿前看到玉盘里一堆红绸子时，半晌没什么声息。

曾德恨不得拿脚去踹端盘的人，这红绸铺满了，独独没有嵇玉的。

"回皇上话，"这太监倒也机灵，见上头龙威冷盛，忙撇清干系道，"嵇玉姑娘是小日子来了，第一日痛得起不来身，所以不能侍寝，还望陛下体恤。"

不过檀章的重点有些偏："起不来身？"

曾德赶忙上前圆话："姑娘身子向来羸弱，女子第一天总是难受些，陛下别往心里去。"

檀章没说话，但也没拉绸子，他转过身又回头去看御龙殿上头摆着的玉牌籍册，曾德赶忙撺着端盘子的太监下去，小心在旁伺候着。

也不知过了多久，大夜外头静得落针可闻。

皇帝"啪"的一声，合上了手里的籍册。

曾德一个激灵回过神来，他跪在地上，就听见檀章冷冷淡淡地吩咐："摆驾，去梦魇阁。"

| 九 |

嵇清柏觉得当女人太难了。

他与太后说小日子的事儿还真不是托词，嵇清柏自己都没想到第一天会这么痛，关键他的法诀还没什么用，被佛尊滋养了三四个月的神力也只能变点花花草草、虫鸟鱼蛇，连化形都很勉强。

痛得厉害了，先前被嵇清柏扔在犄角旮旯里的白朝就又被拖出来鞭尸，嵇清柏决定等这世过完，一定回去用真身和白朝打一架，势必要咬一撮他的尾羽下来，方能解恨！

躺在床上，嵇清柏弓成了虾子，要不是上神的包袱太重，他都想打滚了。

回头准备叫丫鬟倒杯水，结果一转眼嵇清柏就看见蚊帐后面站着个人。

一片黑暗里，嵇清柏压根儿不知道檀章在他床边站了有多久。皇帝背着手，居高临下地看着他，冰冷的眼里，映着嵇玉仓皇的面孔。

嵇清柏脑子轰鸣了半天，喃喃道："陛下怎么来了？"

檀章眯了眯眼，似乎在打量他的脸色，果然一张脸白得有些过分，混着憔悴，柳叶儿似的眼也肿着。

宫里女子来月事按规矩肯定是不能侍寝的，所以皇帝来梦魇阁于情于理都说不过去，自然太监不通报，丫鬟装瞎，一众人都以为景丰帝很是娇宠嵇玉，不知明儿又会传成什么样子。

至于嵇清柏，明日怎样他才不在乎呢。

他现在满脑子都是欢喜，积极让开半个床位，伸手拍了拍："陛下你躺着？"

檀章："……"

嵇清柏以为他想被人服侍，忙弯下腰去："我来帮陛下脱鞋。"

檀章抬脚轻轻踢开了他的手，语气冷淡又嘲弄："你不是小月子，身上不爽利吗？"

嵇清柏愣了一下，倒是一点不介意他的阴阳怪气，笑笑道："是有些不舒服，睡着就没事了。"

檀章皱着眉，他其实也不知道自己为什么要来找嵇玉，说是要找他吧，心里其实是嫌恶的，但这么久与他睡下来，内腹的热火当真有了大好转，只要人在身边就觉得清爽舒适，浑身自在。

这人就像一场及时雨，浇灭了他烧不尽的燎原火。

嵇清柏当然不明白帝王心内的矛盾纠结，他亲自服侍檀章脱下朝服，换了寝衣，还用蚕丝被周周正正裹住了皇帝，他在一旁撑着脑袋，笑眯眯地望着对方。

檀章好似有些羞恼，闭上了眼不看他。

嵇清柏拍了他一会儿，突然腹内一阵绞痛，他低头咳嗽了几声，从枕头底下抽出帕子捂住了嘴。

皇帝睁开了眼："怎么了？"

嵇清柏含糊说了句没事，帕子掀开时却多了几点红，他"咦"了一声，倒是有些意外，自言自语道："底下流血就算了……还能吐出来啊……"

檀章盯着他的帕子没说话，嵇清柏以为吓到了他，安慰道："我身子一直不好，您也知道，我会乖乖吃药。"

檀章猛地看向他，语气锋锐："吃什么药？！"

嵇清柏吓了一跳，不知佛尊动了什么气，挠了挠头，温和地解释说："就是之前家母给的滋补药，我醒来后一直在吃，说是能固本培元，好好治病的，我也不想早死呢，每天喝着。"

檀章嘴唇嚅动了一下，什么话也没有说。

皇帝沉默着，嵇玉打了个哈欠，是真的困了，就这么睡了过去。

檀章在黑暗里睁着眼，只觉身旁仿佛多了一汪暖烘烘的水。

恨不得融了他的血肉，化了他的骨髓。

陆长生大早上被皇帝召到御龙殿的时候真是困得神志不清，跪在地上后脑勺比脚还重。

皇帝坐在御座上，沉默不语，既不说事，也不降罪，脸色阴阴沉沉地盯着他。

陆长生快晕了："陛下……您……"

曾德见檀章还不说话，不得已，只能冒着生命危险，开了个头："昨日嵇玉娘娘吐血了……"

陆长生精神一振，赶忙磕头邀功道："臣这毒……药按照如此形势，已慢慢起效，陛下无须担心……"

"怎么解？"檀章低着头，居高临下地望着陆长生，冷冷打断他道，"这毒怎么解？"

陆长生眨了眨眼，一时不知皇帝到底打的什么主意，战战兢兢地回道："如今已经用了快半年的药，就算立马停了，毒也早进了血脉……解起来就不是一瞬的事儿了，而且'忘川'的确无药可解，只能以毒攻毒……"他说着，声音渐渐低不可闻起来。

檀章一动不动地坐着，他似乎突然觉得乏了，轻轻地笑了一笑。

曾德也跪下了，趴着头也不抬，陆长生再不敢说话，就怕多一句命就没了。

"你说，"皇帝突然自言自语似的问，"她为什么会醒过来，为什么不直接死了？"

陆长生汗流浃背，张了几次口，半个字都吐不出来。

檀章闭上了眼，他挥了挥手，面无表情道："朕不许她死，她就不能死，明白了吗？"

嵇清柏胸怀大敞着坐在院子里晒太阳，昨晚上虽然吐了血，但丝毫不影响此貘的好心情。

嵇清柏的内心真是激动万分，跟佛尊睡得近了果然有好处，他现在神元中的明灯灯油清莹滋润，连魂魄都稳了不少，要是能如此睡个大半年，变回本相指日可待啊！

嵇清柏正想入非非，他身边的丫鬟又把药碗递了过来，嵇清柏并不犹豫，一口喝进嘴里却愣了下。

他神色有些意味不明，含混道："味道怎么又变了？"

丫鬟赔着笑："娘娘昨晚不是吐血了嘛，夫人知道后吓个半死，赶忙又请郎中配了更好的滋补药方过来呢。"

嵇清柏看了她一眼，"哦"了一声，又垂眼看向药碗。

丫鬟催促："娘娘快喝吧，不要等药凉了。"

嵇清柏没说话，含着碗的边缘终是把药慢慢喝得精光。

| 十 |

这次的补药似乎的确比先前的来得奏效，最起码嵇玉这个身子是不吐血了。

只不过嵇清柏每次喝药时都心情复杂，至于复杂在哪儿，他现在也不能说得太明白。

自从檀章不发病后，这宫里的女人终于逐渐多了起来，大概是看皇帝不再随便杀人，嵇清柏偶尔还能在金池园遇到各色花花"蝴蝶"，"蝴蝶"们有胆子大的，也有胆子小的，嵇清柏混在女人堆里，耗费了不少神力来给美女们算命，硬是没算出哪条是和皇帝有关系的。

嵇清柏越算越苦闷，考虑着过阵子等神力再涨一截后要不要请土地月老来做趟法事，硬牵一条红绳算了……

当然想归想，嵇清柏是没胆子这么做的。开玩笑，佛尊又不是不回去了，一旦元神归位，佛境六统，发现自己敢在下界给他乱点鸳鸯谱，那嵇清柏的一头鬓毛大概都得被他拔光。

怀着对鬓毛深深的忧愁，嵇清柏在自己的殿里用完了膳，天冷后入夜得早，沐浴后嵇清柏便急着上床裹被子里了，以至于皇帝到时都没下去迎驾。

曾德替皇帝解了披风，眼角一直瞄着嵇玉，心想这娘娘真是恩宠隆盛，胆子肥得不行。

最要命的是檀章居然也不介意，表情淡淡地挥了挥手，让伺候的人都退下去。

嵇玉因为怕冷，床边围了一圈厚实的帐帘，檀章伸手撩开一边，探进半个身子时带进了一方寒气。

嵇清柏抽了口气，赶忙拉着他进来："冷死啦。"

檀章没说话，看了他一眼，脱鞋迈上了床。

也不知从什么时候开始的，皇帝晚上也不睡御龙殿了，夜夜宿在嵇玉的梦魇阁。

檀章躺下后问："暖炉呢？"

嵇清柏只好把藏在屁股后面的炉子让出来。

这暖炉很是奇巧，做得精致不说，保温效果也非常好，说是南疆那边的贡品，很难得一只，就被皇帝赏赐给了嵇清柏。

赏的东西还跟他抢，嵇清柏腹诽着檀章小气。

皇帝抱着暖炉烘手，待腹内的燎火渐渐灭了下去，他才慢慢道："再过一个月有冬场围猎。"

嵇清柏眨了眨眼，赶忙说："我和你一起去。"

檀章吸了口气，他斜过眼，目光落在嵇玉的脸上，巡了一圈，嗤笑道："你现在真是越发没规矩了。"

嵇清柏窘了窘，规规矩矩地坐起身，跪在一旁，额头磕在床板上，装模作样地乖顺道："臣愿随侍陛下左右，望陛下恩准。"

皇帝并没有马上答应他，只是伸出手，又跟撸猫似的，摩挲着嵇清柏的后颈，半晌，才好似终于摸顺手了，愉悦又冷淡地说道："朕准了。"

自从景丰帝登基以来，声色犬马的娱乐活动锐减，倒是围猎一年比一年搞得红火。

冬场围猎以熊鹿狼狐为主，天越冷，狼皮狐皮越好，熊瞎子也是吃得滚圆的时候，运气好还能捉到小熊。

皇家天仪浩荡，营帐占了小半个山头，嵇清柏在九重天上时就觉得还是凡人会玩儿，不论是蝇营狗苟，还是富贵泼天，都是欲念肆横的众生相，像他这种神仙反倒是清汤寡水难得闲趣。

大冷天的，虽然没下雪，但灰云滚滚，压着林风呼啸而来，嵇清柏被风声吵得耳朵痛，曾德等在他的帐外头，准备带人去御帐里。

嵇清柏裹成了一个球，出来时连弯腰都嫌麻烦。

丫鬟扶着他，低声对曾德道："娘娘刚吃了药，得睡会儿。"

曾德赔着一张笑脸，颇诣媚："陛下的帐子暖和得很，您在那儿睡得更好，陆太医也在呢，正好帮您把个脉。"

嵇清柏正跟着他往御帐走，听到这话有些莫名其妙："把脉干什么？"

曾德埋怨似的瞅了他一眼，似乎嫌弃人不懂事，眼神里写满了欲言又止，惹得嵇清柏满腹狐疑。

胡思乱想了一路，等到御帐里时，嵇清柏发现自己居然走得汗都出来了。

檀章今日换了骑猎装，白色的里衣束着金鳞甲，红绢披风搁在一旁，他梳了冠发，一张脸如同美玉。

嵇清柏不清楚自家老板这一世的身手如何，但按以往他发病时杀人的麻利劲儿，该是不错的。

陆长生果然也在御帐中，见到嵇清柏时显得特别弱小无助。檀章倒是没什么表情，也不理刚进来的嵇玉，低头绑着一把弓。

曾德将人迎到帐中的罗汉床上，陆长生显然一副等久了的样子，立马掏出帕子垫在小桌上，嵇清柏只能把手放上去。

一时帐中无声，只有风掠过帐顶。

嵇清柏无聊地抬着头，双腿也不老实，踩在罗汉床的脚凳上一晃一晃的。陆长生也不知把了多久的脉，神色严峻，额上隐隐憋了一层薄汗。

檀章抬起头，眼角的红莲隐没在阴影里，平静地道："怎样？"

陆长生嗫嚅了一会儿，没敢直接说，斟酌了一会儿，才道："娘娘体虚久了，补药什么的都得慢慢来，暂时看不到什么效果……"他话没说完，突然"铮"的一声，檀章手里的弓弦竟硬生生被扯断了一根！

嵇清柏吓了一跳，陆长生和曾德已经跪下了，皇帝没有动，指尖滴滴答答落下了一串红血。

"陛下！"曾德膝行向前，颤声道，"您要保重龙体啊！"

檀章似是一点痛都不觉得，死死盯着嵇清柏的脸，冷冷道："滚。"

除了嵇清柏，另外两人自然屁滚尿流地滚了。

嵇清柏："……"

他的目光落到了檀章手上，伤口可能还不浅，血一时半会儿都止不住，现在叫陆长生进来皇帝大概又要生气，嵇清柏想了想，扯下了一片衬裙裙摆跪在了檀章面前。

嵇玉的脖子非常细，这是檀章摸了几次后得出的结论，那是块他还算喜欢的地方，总觉得能很轻松就弄死对方。

面前的人低着头，露出姣好的脖颈线条，嵇玉似乎并不喜欢梳头，皇帝印象里这人的发髻来回就那么几个样式，简单且无趣。

嵇清柏当然不清楚自己那发发可危的脖子，他给檀章处理了伤口，不伦不类地止了血……还是用的法术。

结果一抬头，就看到檀章正看着自己。

嵇清柏没什么避嫌害羞的自觉，他坦坦荡荡地迎着对方的目光，最后倒是檀章先移开了视线。

嵇清柏笑了下，柔声道："陛下的弓我来做吧？"

| 十一 |

嵇清柏很会做弓，他的鬃毛是六界内最韧的神具法宝，当年那把后羿射日的弓，弓弦就是用他的鬃毛鞣制而成的。

回忆了一会儿光辉岁月，嵇清柏内心又长吁短叹一番，他盘腿坐在罗汉床上，边绑着弓边看着檀章，皇帝低着头不知在想些什么，复抬起脸，眉间有着愠色，冷冷地道："你在看什么？"

嵇清柏没想被抓了现行，有些尴尬，只能老实道："在看你呀。"

檀章许是觉得他放肆，讥诮道："信不信朕现在就把你的眼珠子挖出来喂狗？"

嵇清柏当然不想被挖眼珠子，于是人也不敢看了，偷偷念了个诀，从神识里抽了一根鬃毛出来。

他万年间兢兢业业打理出的一头漂亮毛，结果不是用在这种地方就是被佛尊往秃里薅，命途也是多舛。

嵇清柏绑好了弓弦，试了一试，弦声铮鸣清越，张弓后弓弦饱满，可见这么多年自己的手艺完全没有退步。

"陛下记得要戴指套。"嵇清柏把绑好的弓递给皇帝，殷切地叮嘱着，"免得划伤。"

檀章没说话，他似乎难得很满意，试拉了几下，便将弓放到了旁边，嵇清柏递上帕子伺候着他擦干净手。

皇帝喊了曾德进来。

总管手里捧着个匣子，打开了，呈到嵇清柏的面前。

"狼牙。"檀章低头看向嵇清柏，淡淡道，"上午朕亲手猎的。"

嵇清柏不是太明白地盯着匣子里的那颗尖獠，也不知檀章让人怎么弄的，牙尾穿了弯小巧的银钩，似乎能当耳饰，可嵇玉及笄后并未穿耳孔，看皇帝这架势……是准备当场给他来个洞，直接戴上吗？！

曾德似乎看出了他的为难，甚是体贴道："这可是天大赏赐，娘娘您尽管收下，回宫后自然有嬷嬷帮您穿耳孔，到时候戴上一定好看，陛下看着也欢喜。"

嵇清柏："……"穿耳孔是没什么问题，忍一忍就过去了，但戴个獠牙在耳朵上鬼才会觉得好看吧……

嵇清柏敢怒不敢言地瞟了一眼檀章，硬着头皮收下了这颗牙，还得磕头谢恩，将匣子宝贝似的揽进怀里。

因为御帐里暖和，嵇清柏由着体弱的借口，干脆也不走了，檀章用过午膳便带着几个亲近的侍卫去打些野味。

嵇清柏被单独留在了帐中。

装牙的匣子有些大，硌得人难受，嵇清柏想随手摆着又怕皇帝回来看见了不高兴，于是只能单独把牙拿出来，装进了贴身的荷包里。

许是抱着颗牙午睡总有些别扭，嵇清柏睡到一半的时候突然醒了过来。

他猛地坐起身，神海中一片翻江倒海，闭了闭眼，嵇清柏迅速地掐过双指，脸色渐渐沉了下来。

这大半年嵇清柏几乎日日与檀章同眠，神魂比早期稳了许多，再加上每日檀章的佛法滋养，他与皇帝可说是命脉相连，一方有个万一，他定不会断错分毫。

曾德在外头，显然无事发生也无人知晓，嵇清柏冷静下来，他整理好衣服，拿上檀章没带走的弓，掀开帐帘走了出去。

"哟，我的主子。"曾德见他突然出来，吓了一跳，"这大冷天的，别冻坏了您的身子！"

嵇清柏笑了下，他如今是最得宠的"娘娘"，真要做什么事儿，还没人能管得了："我在里面待得闷了，想出去玩会儿，劳烦公公给我匹马，再安排几个侍卫。"

顿了顿，又怕对方起疑，他神色大方地道："公公放心，有人跟着，我玩一会儿就回来。"

有一说一，佛尊下界来历劫，寻常魑魅魍魉绝不敢干预劫数，但问题就是，度劫就是受苦，该吃的痛是一下都不能少的。

嵇清柏身为上神，并不把小妖精们放在眼里，佛尊大能在前，换作是他，万一与檀章命数纠葛深一些都恐难自保。

雪落下的时机正好，白茫风林中很容易跟丢人，嵇清柏扯掉了外裙，只留一件中衣和外头罩着的狐裘披风，他催着胯下的马，神海内神力震荡，依稀间改变了样貌与身形。

嵇清柏其实心疼得在滴血，好不容易滋养了这么多日啊！这一朝造作掉实在是太可惜了！

想当年变化之术对他来说易如喝水吃饭，如今变回本相就恨不得伤筋动骨。

嵇清柏下马之前还因神海尚未平复吐了口血，他随手抹干净唇角，蹲下身找着地上的踪迹。

雪才下了一会儿，就已经积了薄薄一层，嵇清柏扒拉开雪泥，便闻到一股淡淡的铁锈味。他将马拴在原地，算准了方向提着弓飞奔而去，果然没奔出多远，已影影绰绰看到了人头。

檀章在里面自然是最显眼不过，他看着还算周全，身边仍活着两个侍卫，刺客似乎是江湖上的人，脸都没蒙，高瘦矮胖，兵器奇怪。

嵇清柏全然没有多想，折下一根树枝，夹在双指之间瞬时拉满了弓弦。

其中一个侍卫正狼狈地护着皇帝后撤，被高瘦的汉子直接削了，整个人直挺挺倒在了雪地里，檀章抽身不及，红绢披风上被沾了几滴血，他面色阴寒，冷冷地低头瞧着。

"您还真是个冷心肠的人呀。"高瘦的汉子怪笑起来，"这么听话的狗死了也不心疼下？"

檀章连表情都未动分毫，将身边另一个侍卫推了出去，矮胖的那个立马缠了上来。

高瘦的换了钩爪，似是准备抓活的，结果刚一抬手，一根树枝从后面穿过了他的左眼。

矮胖的解决掉了侍卫，分神看过来时一个大骇，吼道："金骁！"

高瘦的哪还能有什么反应，屈膝跪落在雪中，脑袋一点，已经没气了。

矮胖的倒也不笨，猱身上前，与身形异常相反，他分外灵活，直取皇帝的咽喉处，眼看皇帝躲不掉，又一根树枝飞来，射穿了对方的掌心。

檀章抬起头，看着从树上飞跃而下的嵇清柏，黑色的狐裘披风旋开，露出来人苍白清隽的面孔。

"卑职救驾来迟，"嵇清柏当即跪在了檀章面前，磕头表忠心，"望陛下恕罪。"

檀章盯着他的头顶，慢慢道："把头抬起来。"

嵇清柏犹豫了一会儿，还是扬起了脑袋，表情镇定。

皇帝细细地打量着他。

是张男人的脸，不过长了一双多情的柳叶似的眼。

矮胖的躺在旁边雪地上，痛得呻吟声一阵高过一阵，檀章终于把目光收了回来，他走上前，抽出腰间一根细软长鞭凌空甩了出去。

"谁派你来的？"鞭子缠住了喉咙，虽没看出来皇帝用了多少力气，但矮胖的一手抓住鞭尾，双目凸起，脸色急速地充血红紫。

嵇清柏皱着眉，倒不是怪自家佛尊暴虐，就他以往看话本的经验，这情形下肯定是什么都问不出来的。

人被勒了许久才死，模样惨得嵇清柏这么个神仙都不太敢看第二眼。

檀章收起了鞭子，递给他，有些嫌弃地吩咐道："弄干净。"

嵇清柏只能默默接了过去。

雪现下落得极大，赶回营帐根本不现实，嵇清柏打算得挺周全，想着自己不见了，曾德肯定会派人来寻，他和檀章找个地方躲起来等着就好，免得雪中在林里子迷路又碰到刺客。

最重要的是他的法力堪堪维持现状就已经是极限了，刚才那两根树枝又几乎耗尽了他仅剩的一点微薄神力，就跟大病之人回光返照一样，硬撑着的强弩之末罢了。

对于这名脸比较生的侍卫的安排，檀章难得没发表什么反对意见。

要在深山老林里躲起来倒也不是太难的一件事情，嵇清柏的真身毕竟是一只貘，找个山洞对他来说还是容易的。

将鞭子收拾好还给皇帝，又捡来干柴生起火，嵇清柏累得连说话的力气都没有了，默默随侍在一旁，努力降低着自己的存在感。

檀章并未理会他，自顾自卷起袖子，露出手臂上一条狰狞的青黑色伤口。

"陛下中毒了？"嵇清柏很是惊讶，毕竟之前皇帝是半点看不出来受伤的样子的。

檀章撕了一半衣袖下来，声音喑哑："弄点水去。"

嵇清柏赶忙拿着袖子去洞外包雪，就着火烧烫了，替檀章清理伤口。

皇帝抽出小刀，面无表情地又划了道口子，慢慢把毒血一点点挤出来。

饶是平时再强横，时间久了檀章也有些撑不住，失血多了容易发冷，嵇清柏看着皇帝乌紫的唇，将自己身上的狐裘披风脱了下来。

檀章只觉得肩膀一暖，抬头望去时一眼就见到了对方从披风里掉出的荷包。

嵇清柏跟着看了过去，下一秒，整个人僵在了原地。

荷包和胸衣不一样，上头是绣着名字的，而且里面装着的不是别的东西，正是上午檀章送他的那颗狼牙耳钩。

| 十二 |

电光石火之间，嵇清柏脑子里把自己怎么花式残忍地死几百次都已经想好了。

檀章一只胳膊还在放着毒血，另一只手上也沾满了血色，他神情始终淡淡的，伸出手，拈起了地上的荷包。

嵇清柏："……"

他就这么一个荷包，上面"嵇玉"两个字还是自己装模作样歪歪扭扭绣上去的，现在全染了颜色，以后怕是不能用了。

皇帝看得很仔细，一只荷包翻来覆去，最后抬起头看着嵇清柏，居然笑了一下："哪儿来的？"

嵇清柏想都没想，下意识跪在地上，大声道："捡的！"

檀章死死盯着他，内腹痛得翻江倒海，乌紫的唇动了几下，"哇"地吐出了一口血。

嵇清柏吓了一跳，忙上前扶住他软倒的身子。

皇帝脸色青白，一双眼恨不得千刀万剐了他："放肆！"

嵇清柏知道他动怒了，急得要死，慌不择言道："陛下明鉴，我是……与娘娘是清清白白的！"

檀章死咬着唇，看着嵇清柏不知在想什么，他显然是怒极了，眼白都泛了红，睑下绯色的莲花胎记像燎烧的火，轰轰烈烈。

嵇清柏满头大汗，他知皇帝是误会了，但现下解释感觉怎么说怎么错，于是干脆心一狠，冷静地道："我先帮陛下把毒解了，之后要杀要剐，但凭吩咐。"

檀章哪肯让对方碰自己？他痛得发抖，使了浑身力气扇了嵇清柏一巴掌，这人也不躲，生生挨了那么一下，痛倒是其次，皇帝手上的血却印了他的半张脸。

嵇清柏的神力早就在油尽灯枯的边缘，脸色比起檀章来也好不到哪儿去，如今苍白清隽的半张脸上满是血污子，乍一看似乎比对方伤得还重。

"你、你要是敢碰朕……"檀章的话还没说完，嵇清柏已经低下了头，含住了他放毒血的伤口。

皇帝中毒的时间并不短，刚又气急攻心，内腹阴炽跟着蹿上了头，嵇清柏边吸着毒血，边调出神力给他调理阴炽之痛。

说实话，嵇清柏都觉得自己真是太敬业了，就他现在还剩的那点斤两，既要维持本相又要照顾檀章，嵇玉要是身体再弱一些，他现下就能重新去找壳子了，不得不说这半年他被佛尊养得太好，元神稳固，灯油滋润，才能撑到现在。

檀章只觉着胳膊上一片温润，不仅伤口处的滚烫胀痛缓和了不少，就连内腹的阴炽不知不觉也被压了下去。

嵇清柏吸了几口血，抬起脸，吐到一边地上，来回几次后唇瓣殷红了一片，他也没发觉。一旁的火光摇曳映出他另一半沾着颜色的脸，檀章的胸口起伏不定，目光隐晦，看不清楚神色。

嵇清柏见吸得差不多了，才重新扶起皇帝坐直。檀章闭着眼，大概是刚才气狠了，现下两颊还飘着两团红晕，嵇清柏去探他的额头，结果被檀章一把抓住了腕子。

嵇清柏："……"

他忘了这是个鬼，荷包狼牙的事儿还没解决，力气恢复了大概就想着要怎么杀他了。

无论怎样，嵇清柏觉得他还是得再挣扎下："卑职之前的确说了谎，这个荷包不是卑职捡的，是临走前娘娘交给卑职的。"他觑了一眼檀章，皇帝没说话，火光照着他的眼，明明又灭灭。

嵇清柏只能攥着胆子继续编："娘娘担心陛下安危，托付卑职一定要找到您，这荷包就是让卑职带来给您的，说因为是陛下您送的，有着陛下的福泽，一定能平安护着陛下。"

没想到，皇帝似乎还真吃这套。

"你过来。"檀章突然说话，语气淡淡的，抓着他的腕子又用了些力气。

嵇清柏几乎是被半拽着拖到人面前，眨了眨眼，有些不明所以。

结果还没等他回过神来，突然耳垂上一痛，檀章不知什么时候手里居然拿着那狼牙耳钩，耳钩硬是穿破了他的耳垂，明晃晃地挂在了左耳朵上。

这手法太粗暴了，嵇清柏慢半拍地疼抽了气，檀章却还不放过他。

嵇清柏只觉得狼牙坠子被皇帝扯着，痛得只能低下头去，紧跟着耳垂一暖，对方的脸近在咫尺。

檀章抿了抿唇，倏地一笑，低声道："那这耳坠子你就替你家娘娘戴着吧。"

不出意外，后半夜嵇清柏的耳垂就肿了起来，洞外风雪漫天，曾德看样子是暂时找不过来了。

洞内虽然不灭篝火，但止不住寒风瑟瑟，檀章裹着狐裘都冻得脸色青白，嵇清柏当然也冷，冷到最后有些神志不清了。

皇帝侧过脸，静静地看着他，突然问："你以前在哪儿当值？"

嵇清柏原本想眯一会儿的，整个人僵硬了一下，这不能怪他装了个侍卫的身份，原本天上的时候他就一口一个"尊上"的称谓，规规矩矩，守礼乖顺，哪怕檀章如今下界变成了凡人，嵇清柏也没半点上神的自觉，当他面就忍不住做小伏低，恪守本分。

于是支支吾吾半天，说了个不在编的活儿，想着搪塞过去。

檀章不知为什么居然起了谈兴："你这次救驾有功，回去后就到朕的跟前来当值吧。"

嵇清柏觉得自己真是太难了，严肃地道："保护陛下是卑职的本分，卑职不敢求别的，只是平常闲云野鹤惯了，不适合朝堂纷争。"

他回去后，就这法力又得休养个大半年，嵇玉身子太弱，养不养得好还是个问题，但又不能把话说绝了，佛尊度众生之苦，难免遇到艰难险阻，不变本相更是半点忙都帮不上，以后总得有个合适的身份以便关键时候来救驾。

嵇清柏想了想，晓之以理、动之以情地道："卑职并非这世间之人，自有难言之隐，但只要您有万一，卑职一定赴汤蹈火保护陛下周全。"

檀章没说话，半晌像是听了什么笑话似的，嗤笑道："爱卿莫不是神仙？"

嵇清柏眨了眨眼，做出一副讳莫如深的表情，但对着檀章的脸又端不出上神的架子，咳了一声，假惺惺地道："陛下终有一日会明白的。"

檀章懒得再理他，闭着眼不再言语。嵇清柏瞧了他半天，也不知哪儿来的自信觉得佛尊一定是信了自己，最后居然还美滋滋地安然入了梦，准备借着檀章神海里的法印好好反补自己一天的辛苦。

大概就连皇帝自己都没想到，为什么会一觉睡得如此之好，以至于第二天檀章独自在洞中醒来，身上还盖着暖洋洋的狐裘，一派神清气爽，腹内温舒。

曾德一把眼泪一把鼻涕地跪在洞外面候驾，半天才终于看到了一双龙靴踩在他面前未化干净的雪里。

檀章围着披风，低下头冷冷地看着他，问道："嵇玉呢？"

曾德有些莫名其妙，但还是老实答了："娘娘之前说出去玩儿，许是迷了路，昨儿半夜听丫鬟说才回营帐，现下应该还在睡着。"

没盯住人这事儿，曾德的确办得不好，但他哪里知道嵇玉是换了个模样，再加上皇帝失踪，贴身的人早火急火燎地四处寻主，谁有工夫管个没名分的娘娘呢？

也不知哪句话又惹恼了这头上的人，檀章笑了下，语气意味不明，听不出喜怒："她倒是还睡得着。"

曾德不敢接话，战战兢兢牵来了御骑，檀章二话不说翻身上马，鞭子狠狠一抽，不管旁人，当先奔了出去。

｜十三｜

嵇清柏在半夜恢复了一些神力后，醒来便给山洞周围下了个防野兽的禁制，檀章一定睡得极好，毕竟梦神在侧，想失眠都难。

赶回营帐的时候天都快亮了，丫鬟因为他失踪，整晚都没睡，一眼看到他的时候还以为遇了鬼。娘娘出去一趟，外裙没了，狐裘披风也没了，就穿了件中衣，能不让人误会吗？

嵇清柏没工夫多解释，他又变回了嵇玉的样子，让丫鬟拿针线过来。

"您要针线做什么呀？"丫鬟犹豫着要不要找大太监，顺便请陆太医进来看看。

嵇清柏叹气："别问了，先拿来吧，再备点热水，我洗漱下。"

丫鬟没办法，只能出去备水。

嵇清柏拿来铜镜，手里捏着长针，在自己右耳垂上比画了半天，牙一咬，闭着眼狠心刺了进去。

不是他不想用法术把耳孔变没，只是因为那耳孔是檀章亲手给他穿的。

佛尊就算变成了凡人，神元仍旧是不死不灭的，再加上佛境中与嵇清柏魂魄交融了几万年，这人倘若想在嵇清柏身上留下什么东西来，那都是他这只区区梦貘之神抹到死都抹不干净的。

两个耳垂都穿了洞，虽说怎么看怎么可疑，但嵇清柏也没别的办法掩人耳目了，实在不行，他倒是不怕最后被皇帝发现什么，只要别误会他"红杏出墙"就成。

丫鬟端了水盆进来，看到他耳朵上簌簌冒出的血珠吓得差点叫出声，赶忙翻出伤药给他涂上。

"您急什么呀？"丫鬟怨着，"回去后让嬷嬷给您弄，老人手都熟，比您这么折腾要好多了！"

嵇清柏就怕她不误会，如此一来痛都是小事儿："我这不是想让陛下高兴吗？"

只不过正在赶回来的陛下并不怎么高兴。

檀章不是三岁小儿，帝王心术，重且多疑，昨晚那不清不楚的侍卫破绽太多，他见人演了一晚上，只觉得可笑，既可笑又觉得太过匪夷所思。

他这大半年同嵇玉相处颇多，那人身子瘦瘦小小的，胆子却比天大，同他说话像家常絮叨，没个尊卑，手下动作也不客气，似乎半点不怕他这皇帝动怒。

明明哪儿都不像，却做什么都一模一样。

阴炽之痛这毛病，檀章其实心里比谁都清楚，他燎火一般痛了这么多年，唯有嵇玉是那场及时的清欢雨。这雨就算变了模样，成了烂泥里的污泡，皇帝都知道自己绝不会认错。

神仙妖魔，人间鬼怪，不论什么东西，这人为什么就不能乖乖当个嵇铭的棋子，丞相的独女？

自己什么都能给他。

檀章想，也能要他的命。

御骑是匹神驹，乌云踏雪，汗如血色，皇帝纵马驶入营地时，下人通报的速度都比不上马蹄后头飞起的土。

丫鬟"娘娘！""娘娘！"地喊着，刚洗完头脸，还散着湿发的嵇清柏压根儿来不及盘头，赶忙掀起帐帘，眼前的马蹄高高扬起，檀章调着马头转了个圈，居高临下地看着他。

嵇清柏仰着脑袋，他半张了嘴，不懂皇帝这阵仗是怎么回事。

马上的人已经掀起狐裘，身轻如燕地跃了下来。

檀章见他大冷天的湿着发，不悦地眯了眯眼，扯下身上的狐裘，劈头盖脸地将人一把包住，眼睛都没露出来。

嵇清柏没能跪下磕头，因为皇帝已经拉住了他的胳膊。

"收拾你主子的东西，"檀章冷淡地吩咐丫鬟，"全部搬到御帐里去。"

嵇清柏有些摸不准檀章当下的脾气，再加从头到脚被狐裘包着，想看也看不到对方的表情。幸好没过多久，皇帝便松开了他。

湿发上的水还在往下滴，没多会儿就洇了一片，嵇清柏扯下狐裘，才发现自己被皇帝带到了御床前。

这床不比宫里的大，但也不小，底下垫着厚实的熊皮，非常暖和。

嵇清柏看着檀章伸手过来，右耳垂一痛，被他拽着。

嵇清柏："……"

檀章口气冷淡，问："刚穿的？"

嵇清柏故意把左耳也露出来，谄媚道："这边也穿了。"

檀章看了一眼，轻嗤了一下。

耳洞刚打，被人捏拽这么久不痛才怪，皇帝不放手，嵇清柏也不敢躲，哼哼唧唧地呻吟半天，感觉自己右耳也肿了。

他心里是真的苦，想着两耳耳垂都大一圈，肯定跟弥勒佛一样了。

檀章折腾够了，终于大发慈悲放开了他，见嵇玉头发还湿着，又让刚赶来的曾德递帕巾进来。

大太监连水都来不及喝一口，喘得跟狗一样战战兢兢伺候着。

嵇玉的头发虽然不是自己的鬈毛，但好歹长脑袋上，嵇清柏实在不想这么被皇帝糟蹋，于是被扯到几次后，按住了檀章的手。

"我自己来吧，陛下。"嵇清柏痛得眼角都红了，"小萝莉"的身子太娇，边抽鼻子边泪盈盈的，"我自己弄，一会儿就好。"

檀章总算没再为难他。

嵇清柏安安静静地擦干头发，他不会弄烦琐的发髻，随便绑了根辫子垂在胸前，抬头看到檀章正盯着自己，于是想着说些什么，结果还没开口，陆长生进来了。

陆太医现在见到嵇玉就脑袋疼，特别是看到对方还和皇帝在一块儿时，疼得都要裂了。

他恭恭敬敬跪下磕头，说："臣来给陛下诊脉。"

檀章遇刺的事情曾德先一步已经知道了，肯定会差太医来看伤，皇帝没拒绝，只挥了挥手："给她先看。"

陆长生一时没反应过来给谁看。

嵇清柏也莫名其妙的，坐着动也不动。

"嵇玉，"檀章突然叫他的名字，伸出手，"你过来。"

嵇清柏乖乖走了过去，见皇帝一直把手伸着，踌躇了一会儿，等靠近了才抬腕把自己的手放了上去。

嵇清柏让陆长生把着脉，这次时间更长，把完陆长生面如死灰。

檀章冷道："说。"

陆长生抖着唇是真的不知道该怎么说，嵇玉三岁离魂，为防止其醒来，他奉皇帝之命配了"长痴"，进而牵制嵇铭，不承想嵇玉居然没能一直痴下去，不但醒了，太后还属意她中宫之位，既然如此，这命皇帝肯定是留不得。陆长生其实制毒比制药还拿手，他的"忘川"

能在一年之内让中毒之人死于"体弱多病"，且查不出半点差池，原本此女每日服用得好好的，到头来皇帝突然反悔了。

解毒就解毒吧，陆长生"长春圣手"的名号在外，不会自己砸了自己的招牌，可没料到有"长痴"在前，"忘川"在后，嵇玉原本底子就羸弱，他用药不敢过量，生怕凶猛，最后这毒解得慢不说，人身子反倒是越来越差，陆长生这回把过脉真的是连自己坟头该安置在哪儿都想好了。

他不敢说什么"娘娘这身子怕是撑不过半年"之类的话，但表情作不得假，檀章见他跪地磕头，脑袋都不抬，心里跟着一点一点沉了下去。

"继续治。"皇帝居高临下，面无喜怒，只道，"配药去吧。"

陆长生抬头，想说什么，看到檀章表情，话到嘴边还是咽了下去，低声应了一句"是"，膝行退下。

他走后，余下的两人都半天没说话。

嵇清柏实在觉得尴尬，咳了一声，轻道："陛下的伤不看下吗？"

檀章低垂了头，静静看着他，说："朕没受伤。"

嵇清柏趁他不注意撇了撇嘴，心想你的毒还是我吸出来的呢，怎么回头就不认？太没良心了。

| 十四 |

刺客没抓到，围猎自然不能再进行下去，半夜御帐便提前撤了。有好事者一打听，原来不止刺客的问题，皇帝带来的那位娘娘说是身体不好，突然咯了血。

嵇清柏不知外头传他传成什么样，毕竟景丰帝情根深种这种话听着就很让他毛骨悚然。

咯血这事儿嵇清柏真不是故意的，他之前神魂好不容易被佛尊的法印滋养了段时日，一日被耗尽不说，嵇玉的身子本就弱得不堪一击，又是风又是雪地冻了一晚，换个铁人都熬不住。

皇帝的御辇金车玉石、络繁银鞭，地龙热两头围着车中的锦缎棉被，嵇清柏睡得昏昏沉沉，迷糊中被人扶起来喝药，他睁开眼，看到檀章眼角旁开得绚烂的一朵红莲。

"太苦了……"嵇清柏嘟囔道，他总觉得到了这下界后每日药石就没断过，喝得浑身都是味儿，嘴里就没干净过一刻。

皇帝举着碗没说话，一勺一勺亲自将药汁喂进了他的嘴里。

嵇清柏喝完药被裹在锦缎中，发完汗后头发湿乎乎地贴在额上，他睡得腰酸背痛，于是被檀章从后面拖着坐起来。

曾德可不敢碍人眼，收拾了药碗退下，车里只留了嵇清柏与檀章两人。

佛尊的法印绵密精纯，嵇清柏趁机修补神海，滋养元神中的灯油，他有了一些精神，看着像是陆长生的药起了功效似的。

檀章有意无意地看着他的耳垂，沉默了许久，才低声道："回去后朕重新给你弄一副耳挂。"

嵇清柏想到那一颗狼牙，很怕皇帝给他弄一对来，但又没胆子说不要，只能气若游丝地闭上眼装没听见。

檀章很容易看穿他那点小心思，轻轻笑了下，伸手捏着他的后颈。

这就跟猫被捉了皮一样，嵇清柏心有不甘，但整个人就是控制不住地软塌了下来。

刺客的事嵇清柏只字未提，他虽没什么政斗经验，但也懂得避嫌，佛尊是天命所归，谁都撼动不了他屁股底下的龙椅，但人嘛，贪嗔痴是七情六欲，没个妄念怎能当人。

就算没有朝中的嵇铭，也有朝外的别人，嵇铭的命格嵇清柏已经看过了，无甚新奇，不过朝外的他还没机会见着，得寻个时候掌一两眼。

至于为什么一定要看这么一两眼，也是说来话长。

像嵇清柏这种境界的上神，还在六界之内，每过千年就得顺着因果度一回劫，他和白朝会结仇就是在上个千年的劫数中出了差错。

度劫这件事，有时候不是一个神仙的因果，运气好的话，几个小神小仙的打打闹闹，影响不大，结不出孽缘；但运气不好，碰到个上古大妖之流，就算是嵇清柏这样的上神，都有可能犯了过不去的劫数。

嵇清柏自己不记得了，他历劫结束回归佛境，檀章说得也是轻描淡写，回头见着白朝，仙鹤难得恢复人身，在重新拼他的红莲命盘，见着他时的眼神能把貘一身皮给扒了。

后来白朝就开始与他不对付起来，但等嵇清柏再具体细问，对方似乎还被下了禁口，缄默再三不敢真的抱怨。嵇清柏只能零零碎碎拼凑出个大概：他历劫那会儿应该是碰到一只大妖轮回，差点没承住劫数。檀章在佛境里知晓后，亲身下界掺和了他的命盘。佛尊这么一插手，嵇清柏的劫是平平安安地过去了，但六界之内的因果轮回一下子乱了套，司命红莲更是承不住檀章的无量法印，碎了个天崩地裂。用白朝的话说，他就是那阵子以身殉盘重掌司命，也不想拼那红莲拼个几百年。

劫数度完，缘孽殆尽，嵇清柏是全然不记得自己在下界和那大妖发生的事儿，也不知道檀章为救他做了些什么。佛尊之后万年仍旧是那位莲座上清清冷冷高洁雅致的佛，他偶尔低垂眼，望向嵇清柏的目光不悲不喜、不怒不嗔。

如果硬要说有什么不同，大概就是檀章每月下莲座的次数变多了那么一两天。

嵇清柏哪怕来佛境这么久，仍旧保持着原身当年在人界的习惯，佛境万重，总能在河鲜多的花果林子里找到贪吃嗜睡的貘，也不知檀章何时找到的规律，嵇清柏不当值时还能被上司从万重佛境里抓出来，加班的日子过得相当憋屈。

只是后来嵇清柏发现，檀章找他出来倒也不是光睡觉。

花果林子大如天勺，中间一汪碧湖，连着高峰瀑布、河流浅溪，青草丛丛，树荫葱郁，花开时节馥郁漫天，芬芳国色。

嵇清柏平时爱在湖边垂钓，辛夷花树下风满花香，缤纷落了他一头一脸，顺着溪水打着旋儿地流到远方去，后来湖边坐着的换了个人，檀章赤着脚，踝上金色的忘川铃似泉水叮咚，停在了那一片落花处。

嵇清柏觉得自己会偏爱辛夷花不是没有道理，任谁看那般美景数万年，入了眼又进了心，必定是想忘也忘不了的。

如今人间的梦魇阁里，那树玉兰明年春天定是能花压满枝，芳香年岁，嵇清柏又想到佛境里万年的光阴流水，有些可惜自己怕是见不到了。

回宫后他就被檀章留在了御龙殿里，说是"留"，不如说被禁更恰当。原本梦魇阁的东西全都搬进了皇帝的寝宫，连他让丫鬟出宫偷摸买回来的话本子都到了檀章手里。

嵇清柏见皇帝晚上看他的话本，有些尴尬。

檀章无趣地翻了几页，倒不是什么才子佳人，都是些神仙志怪，于是扔到一边，让曾德拿下去。

嵇清柏眼巴巴地看着，心那个痛啊。

回头曾德又送来了药。

嵇清柏："……"

皇帝言简意赅："喝。"

嵇清柏只能两眼一闭，猛地一口气喝了。

| 十五 |

虽说被禁着，但嵇清柏的日子过得还是舒坦的。

曾德现在把他当菩萨似的供着，出去晃一圈后边都像跟着戏班子一样。檀章如今每天都上朝，非常勤政爱民，嵇清柏隐约听说嵇铭的权被削了不少，外头总有动静想戳他眼前来，嵇清柏只当啥也不知道。

不过躲得了初一，躲不过十五，宫里过年，按规矩后宫的亲眷都可进宫来共享家宴，像嵇玉如今这般地位荣宠的，嵇铭肯定是国丈的规格，这点面子檀章不会不给。

嵇清柏下半年来被养胖了不少，不过腰还是细，他发现嵇玉这身子就算长起来，该胖的不该胖的仍旧是分得清清楚楚。

御龙殿和梦魇阁不一样，后头种的是与太和殿一样的竹林，嵇清柏去了几次后，觉得没什么意思，就不怎么愿意逛了。结果没几天，丫鬟又哄着他去走走，嵇清柏被缠得没法，过去后发现竹子不知道什么时候被砍光了，居然全给换成了玉兰树。

南方的天气要是暖和，辛夷花的花期卡在年关就能开，嵇清柏原本以为离了梦魇阁铁定是瞧不见了，没想到居然还能看到。一半红一半白的花瓣婷婷袅袅地开在枝头上，嵇清柏坐在树底下，抬头静静望着。

檀章下朝后赶回殿中，到后头看到的就是这么一副光景。

曾德不敢打扰，对嵇清柏身边跟着的人使了个眼色，众人默默退下，留了方安宁给两人。

嵇清柏回过头，檀章一身玄色的龙袍，外头披着雪白的狐裘，站在盈盈花树下。

这阵子皇帝赏他的东西多如流水，嵇清柏今天除了这一身行头外，手上捧的炉子，脚下垫的垫子，都是檀章这几日亲自挑好了新送来的，只是他实在不会捣鼓首饰珠钗，脑袋、腕子上空空荡荡。

"陛下。"嵇清柏迎着檀章站起来，今天有家宴，他换了身丫鬟挑的华服，前后都绣着凤凰的图样。

照理说在被册封之前，嵇玉既不是中宫之主，也未坐皇后之位，穿凤袍该是逾矩了，但檀章也只是看了一眼，并未说什么。

"回去吧。"皇帝把狐裘脱下来，盖到嵇清柏的肩上，"明天再看。"

嵇清柏笑了下："花开太多了，压根儿看不完。"

檀章回头淡淡道："不论多久，日日来看，总有看得完的时候。"

嵇清柏愣了一下，他笑意敛去了一些，抿着唇没说话。

因为嵇玉怕冷，御龙殿里的地龙从未熄过，一行人跪着接驾，嵇清柏刚进去就看到成排的箱子堆在地上，掀开了盖，他的丫鬟忙前忙后地帮着收拾。

曾德满脸喜气，谄媚道："这些都是陛下挑了给娘娘的，娘娘看看？"

嵇清柏心情是真有些复杂，没想到有朝一日自己还能当个宠妃。

檀章接过帕子净了手，坐在罗汉床上，指了指地下："你挑几个，其他让曾德帮你收罗好。"

嵇清柏只好上去挑，一箱子头脸首饰，一箱子金银玉器，还有一箱子各式各样没见过的稀罕物件。他清心寡欲地当了上万年神仙，梦里才有的销金窟如今就在眼皮子底下，饶是清柏上神都有些眼花。

皇帝见他挑半天停不下来了，倒是有些不乐意，随手拿了串珠子，又让曾德把余下的放起来。

兴致勃勃挑了一半的嵇清柏收手收得有些尴尬。

檀章只当没看见，压低了眉，道："过来。"

嵇清柏乖乖走了过去。

串珠看着倒是普通的檀香木质地，但既然是檀章亲自挑的，嵇清柏也是打死都不敢摘下来的。

晚上的年夜饭在太和殿里吃，也不知皇帝是有意还是无意，下首两个御位，左手边太后，右手边便是嵇清柏。

于是嵇玉那位置，居高临下对着自己的便宜爹，离得远了，嵇铭的表情嵇清柏都看不太清楚。

嵇铭也是郁闷，照理说他现在是朝里朝外默认的国丈，家宴该能与嵇玉离得近些，结果别说近了，人都瞧不真切，嵇玉更是像不认识他似的，全程眼风都没瞟过来一下。

家宴吃得如此憋屈，嵇铭肯定食不知味，心里头难受又不甘，半途中皇帝举盏庆贺，嵇丞相自然不会就此罢休，离席道："小女自打进宫，臣心里就极为牵挂，玉儿身体羸弱，冬猎又遇了风寒，臣实在放心不下，想亲自好好看一看小女。"

皇帝笑了下，倒是和颜悦色，口吻温柔："玉儿不就在这儿吗？爱卿要看就看，朕怎会阻止？"

嵇清柏眨了眨眼，他端端正正坐着，非常泰然地让自己爹"看"自己。

嵇铭被噎得差点吐血，他跪在几十层的台阶下面，能看出个什么玩意儿来？！

檀章耐心等了一会儿，非常好脾气地体贴问道："爱卿看完了吗？"

嵇铭："……"

对嵇清柏来说，嵇铭怎么样他还真的一点都不关心，凡人间的亲缘要说有多深，作为神仙来看却是缘浅得很，区区八十年寿数，父母亲子最多半百，又怎比得过日月星辉？

面前的玉盘珍馐不曾空过，嵇清柏挑了几样菜吃，发现鱼肉都是剔好的，宫人一般没资格碰主子的吃食，他碗里又多是檀章赏赐下来的，这帮他剔鱼骨的人，怎么看都不会是旁人。

嵇清柏吃了几口，就忍不住抬头去看皇帝。

檀章的眉眼低垂，执箸的腕子微微动着，抬目见嵇清柏正望着自己，轻轻挑了下眼。

纵使天上地下有千般道不明理还乱的因果纠葛，在此间似乎也没了任何意义。

觥筹交错，玉树明灯，万千层楼染上了佛尊的眼角眉梢。

哪还有什么不悲不喜、不怒不嗔呢？

家宴散后还有守岁，不过与嵇清柏没多大关系。

结果回宫的时候还出了状况，嵇铭居然借着宫里安插的人向他递去暗话，打定主意势必要与他见上一面。

在后宫安插眼线这招，跟放个刺客进来没什么区别，嵇清柏脸都黑了，心里起了一股无名火。

嵇铭他当然不会去见，来的暗桩更不可能放了，对方以为他不敢声张，结果嵇清柏直接让身边的宫人当是刺客拿下，御龙殿中灯火通明，趁着皇帝在外头守岁，嵇清柏坐在殿内问话。

"总共有多少人被安插在宫内？"这话是丫鬟替他问的，嵇清柏刚从殿外进来，身上夜露凉寒，一回来就被灌了药，抱着暖烘烘的炉子。

暗桩对他那个"爹"倒是忠心耿耿，苦口婆心劝着嵇玉要为嵇家的千秋鼎盛奠基立业，话里话外还指桑骂槐，说他不忠不孝，没有祖宗家法。

嵇清柏听着可笑，他喝了一口丫鬟递来的茶，淡淡道："我三岁离魂，痴了十二年，在家里的时候也没见着丞相要我建功立业，为祖宗考量，怎么如今反倒又有念想了？"

跪在地上的人噎了半晌，又听嵇清柏说道："丞相是不是忘了件事儿，这天下百年后都不会是姓嵇的，一些妄念还是不要有的好。"

"他一把年纪了，要是想告老还乡，荣归故里，"嵇清柏搁下茶盏，发出"咔"的一声脆响，低头望着地上的人，冷道，"你回去告诉他，我倒是能帮这个忙，在皇上面前替他美言几句。"

曾德佝偻着腰小心翼翼行到檀章的身边，皇帝守岁也就是和几个外臣在金池园喝喝酒，讨论下风花雪月，诗词歌赋，只不过檀章始终提不起什么劲来，对酒色也是神色恹恹地漠不关心。

"睡了？"曾德还没开口，皇帝先问了一句。

就算不指名道姓，大总管也知道问的是哪位。

"刚躺下，睡没睡不清楚。"顿了顿，曾德将嵇清柏之前做的事儿说了个大概。檀章听完，表情看不出喜怒。

过了一会儿，皇帝才说："生气了？"

曾德犹豫了一会儿，苦着脸老实道："应该是动了怒，临睡前丫鬓理了帕子，说是上面有血……"

皇帝握着杯盏的手一顿，曾德眼见着酒水被洒出来大半，吓得跪在地上没敢动。

檀章的脸色铁青，沉默许久，才沉声命令道："召陆长生进宫。"

|十六|

嵇清柏还真不是因为动怒才咯血的，他现在命不由己，早些时候也许什么都能告诉檀章，前世因后世果的，跟佛尊说清楚也影响不了分毫，但现在反而什么都不能讲了。

也不知道是从哪里开始出的岔子，嵇清柏原本并不打算和佛尊的命数纠缠在一起。开玩笑，他的佛尊法印无极，超脱六界，要是一个不当心纠缠深了，等着嵇清柏的就是魂飞魄散，元神俱灭。

他只是想下界来帮个忙，结果帮来帮去，他成了檀章的因果，这罪过就真的是大了。

睡得迷迷糊糊，嵇清柏感觉又有人在灌他药，等终于喝完了，他才发现檀章来了。

见他醒了，陆长生终于长出了一口气，又说了一堆什么不可忧思过虑、易怒伤肝的话。

嵇清柏听得晕晕乎乎，只能伸手扯住檀章的衣袖，喘了口气道："我没事……什么时候了？"

丫鬟在旁边抹眼泪，抽噎着说："娘娘您睡了三天，吓死奴婢了。"

嵇清柏："……"他真不知道自己能睡这么久。

陆长生大概心里也苦，大过年的，提着脑袋来给他看病，而且还是治不好的那种，现在用啥药心里头都慌，如今看这位嵇玉娘娘就像看个死人似的。

嵇清柏躺了这么几天，外头也不安生，内宫里死了一批人，死状凄惨可怖，最蹊跷的是第二天尸体都被人灌了金水，送到了丞相府的门口。

那一日朱红门前尸骨堆成了山，丞相府的下人都被吓疯大半，嵇铭第二日便称病下野，上书却被皇帝驳了。

"玉儿这几天病了，朕很是心焦，爱卿要是这时候离开，她知道了一定心里难受。"景丰帝面色哀痛，一副情深不寿的模样，"等她醒了，爱卿的去留再议也不迟。"

话都说到这份上了，嵇铭怎么可能还不明白，嵇玉要是之后能继续好好活着，他凭着当爹的身份，也能保全一二；嵇玉要是这回没能撑过去，按照檀章的说法，嵇家上下几百口人都得跟着陪葬。

幸好嵇清柏这回是醒了过来。

前朝因他如何翻江倒海，嵇清柏是丝毫不知的，自从他醒来后他那便宜爹就突然不当官了，搞得他以为是上次自己那番敲打奏了效，心中甚是得意。

当然皇帝什么也不会告诉他。

等嵇清柏身体好了些，太后那边突然又有了安排，说要到寺里去祈福，保佑皇室宗脉。

说到皇室宗脉这个问题，嵇清柏不得不汗颜一下。

后宫是扩了，环肥燕瘦的美人们也都进来了，可这绵延子嗣开枝散叶的事儿仍旧是没个结果。

盘龙寺是先帝在时就建好了的，后宫祈福，皇帝就没跟着去凑热闹，不过临走前把曾德留给了嵇清柏。

有大总管亲自照拂着，光凭这一点，嵇玉在景丰帝心里的分量就不是单纯轻重这么简单。

与太后一样，嵇清柏有单独的车辇，里头炉子毯子一应俱全，他的贴身东西都是檀章亲自挑的，说是极尽奢宠都不过分。

嵇清柏躺着翻一本野怪闲书，一身素净，只有腕上戴着皇帝送的那串珠子。

太后差使了身边的人来送香火，嵇清柏因为自己原身就是个神仙的关系，对这些反倒不在意，他让曾德挑完，自己拿着看了几眼，觉得凡人还挺有意思。

无量佛的莲台也常在人间被烧香供奉，佛尊日日阅尽凡尘的善恶与生死，最后也只是檀章眼底那一抹香灰罢了。

皇家仪仗到了寺里也得遵循僧人的规矩，盘龙寺的住持法号怀让，见礼后由着几个小沙弥领路去禅房。

收拾好了行李，太后便带着嵇清柏去无量大殿中礼佛。

太后年纪大了，诵经不能太久，最后也就嵇清柏一个人跪在蒲团上。嵇玉这个身子不争气，跪了一会儿就也偷懒了，歪歪斜斜地坐着。

住持怀让进来的时候就看见嵇清柏这么一副懒得没骨头的样子，他念了一声"阿弥陀佛"，嵇清柏忙回了一礼。

怀让的目光落在了他的腕上，凝了一下，表情似乎有些意外。

嵇清柏眨了眨眼，跟着他低头看向自己手腕上的珠子。

怀让笑了笑，双手合十，低声道："原来陛下是为施主求的平安啊。"

嵇清柏都不记得自己这一路是怎么回的禅房。

曾德在门口跪着迎他他都没发现，丫鬟端了药碗来，他喝了一半就怔怔含在嘴里，神魂又不知游到了哪里去。

怀让的话犹在耳旁："陛下一人磕了千层阶，在佛前长跪一夜，为施主亲手穿了这串佛珠。"

说着，和尚又看了嵇清柏一眼，眉眼慈慧悲悯："贫僧感帝心诚，望无量大佛显灵，保佑施主日后福泰安康，长命百岁。"

嵇清柏闭了闭眼，满口都是药的苦味，他竟觉得有些许滑稽，混着心内激荡，隐隐作痛。

无量佛尊超脱六界，法印无极，这世间一切只不过是佛尊的眼底埃尘，因果孽缘，情爱悲恨，都只是下界佛尊这一世该度的苦。

檀章于此生所求，不论因果劫数，皆是永不可得。

他即是无量，无量即是他，人间无量做不到的，他亦做不到。

直到丫鬟惊呼着唤了一声"娘娘"，嵇清柏才发现自己不知何时居然落下了泪来，汹涌之下竟是止也止不住。

丫鬟转身去寻大总管，一回头见着嵇清柏弯下腰，"哇"的一声吐出了一口血，吓得脸色苍白，跟着跪下流泪："娘娘！您别吓奴婢啊！奴婢马上叫太医来！"

嵇清柏抹去嘴边殷红，脸上泪痕斑驳，却是没什么多余的表情，轻轻摆了摆手："没事，不用叫人来。"

丫鬟嘤嘤哭着，正犹豫不知该怎么办，一抬眼正对上嵇清柏亮如星辰的眸子。

"什么都不要告诉皇上。"嵇清柏捂着心口，此刻说话都犹感吃力，"太后祈福是件好事，不能因我坏了心情。"

丫鬟闭上嘴，不甘心地点了点头。

嵇清柏终于稍稍放下了心，他只觉脑袋一片昏昏沉沉，最后竟是无知无觉地昏睡了过去。

再醒来时，已是第二天的晌午。

嵇清柏睁眼便见到了守在床边的丫鬟，见他醒来，丫鬟面上真真切切露出了喜色："娘娘。"

嵇清柏只觉得头痛欲裂，张开口才发现嗓子哑了："太后有来过没？"

丫鬟点头又摇头："来过了，奴婢说您还没醒，太后体恤，就没怪罪。"

嵇清柏点了点头，等着丫鬟端了药碗来服侍他喝下。

曾德显然不知昨晚发生了何事，虽然担心嵇玉的身体，但他一个太监总管总不能逾矩擅近娘娘的身，于是到了下午嵇清柏这边收拾好了，才喊他进去。

祈福这几日，皇室内宫的人都得跟着僧侣们诵经念佛，嵇清柏上午没去成，下午肯定得补上。

曾德陪着嵇清柏去到无量大殿，住持怀让跪在佛像前，回头见到来人，念了一句"阿弥陀佛"。

昨日过去后，嵇清柏并不是太想见到他，但此刻转身就走容易落人口实，于是只能硬着头皮跪在了旁边的蒲团上。

和尚不敬富贵王权，对着嵇清柏却有几分客气："施主昨日可有休息好？"

嵇清柏淡淡道："殿中有些冷，昨晚应是冻到了，并不碍事。"

怀让点了点头，欣慰道："有无量大佛保佑，施主定能化险为夷，平平安安。"

嵇清柏原本双手合十，准备专心浑水摸鱼瞎念，可甫一听到"无量大佛"四个字，心头仍旧是狠狠颤了一颤，他深吸一口气，半转了脑袋，脸色冷冷，道："出家人不打诳语，住持莫要再说什么保佑不保佑的话了，你我只是凡人，怎猜得到无量佛尊到底能让我活还是让我死呢？"

怀让许是没料到嵇清柏会如此反驳，被对方这么一顿抢白，更是半晌没反应过来，怔愣在原地。

嵇清柏说完，倒也没觉得出了口气，他抬头看向金尊佛像，只觉两眼酸涩，一呼一吸之间胸腔痛得似要闭过气去。

不想在外人面前出丑，嵇清柏忍痛跟跄站起了身，回头，看到无量殿门口站着一人。

檀章不知来了多久，又听到了多少，只见他一身玄衣，衬着乌发墨眉，绝色皮相。

潭石一般的眼眸，最后终于落在了嵇清柏的身上。

|十七|

皇帝来盘龙寺一事并未知会后宫众人，所以独行至此，身边也就曾德和几个禁卫。

嵇清柏站在阴寒的佛殿中，外头清白的日光漏进来，照在他苍白的脸上。

怀让不知何时退了下去，嵇清柏的心内忐忑，惴惴不安地望着檀章。

"病了？"皇帝跨过殿槛，身形一瞬没入阴影中，看不清楚脸上的表情。

嵇清柏不知他听到多少，勉强撑起笑容，低声道："不碍事。"

他极怕对方又叫陆长生，赶忙又补充道："吃了药已经舒服多了，陛下别叫太医。"

檀章不置可否。

曾德在外头小声唤了一句"陛下"，檀章朝嵇清柏招招手，示意他一同离开。

"陛下要去见太后吗？"嵇清柏跟在皇帝身后出了佛殿，小声问道。

檀章没有回头，背对着他徐徐在前面走着："不去，朕就待一晚，明天回宫。"

嵇清柏一时恍神，竟分不清心内纠葛是喜是忧，是惊还是痛，日光越过檀章的头顶泻来，似火一般灼着人的眼。

嵇清柏浑浑噩噩地被皇帝带回了禅房，曾德多机灵一人，早就将檀章平时用惯了的东西送进了内屋。

檀章自行坐在了罗汉床上，他托起嵇清柏的手腕，那儿干干净净戴着一串珠子，含着体温，温温润润。

"以后都不能摘下来，"檀章突然开口，淡淡道，"知道吗？"

嵇清柏喉头一哽，半晌才答了句"知道"。

檀章似乎满意他的听话，神情终于舒朗了一些，只是又想起了些什么，眉头还是蹙着。

皇帝来时已经是傍晚，没多会儿曾德就让人传了晚膳。

原本在宫里两人就经常同桌而食，换个地方也没什么不同。寺院里没有荤腥，素菜倒还算可口，嵇清柏这身子吃不了多少，回头见檀章盯着自己，又只能硬多挖几口。

结果吃多了就有些积食，临睡躺床上了都还撑得干瞪眼。

皇帝睡在床外头，听呼吸声该是没睡着。

嵇清柏不怎么敢动，正胡思乱想着，身边的人突然翻了个身。

黑暗中，皇帝的目光落在嵇清柏的脸上，低下头，凑近他耳畔。

"你到底是谁？"檀章的声音宛如一道惊雷，撼天动地地劈在了嵇清柏的天灵盖上，皇帝似乎嗤笑了一声，轻声问道，"朕那晚给你戴的狼牙呢？"

嵇清柏以往看话本子的时候，向来对狐妖披皮装人之流嗤之以鼻，却没想到这事儿轮到自己身上时，却有一万张嘴都说不清楚了。

自己的本相与嵇玉差距如此之大，嵇清柏就是魂飞魄散也不认为檀章能认出自己来，所以那晚在洞中一夜他也没想着掩藏平日里的习惯，对待檀章该怎么样还是怎么样。

嵇清柏不信皇帝会指鹿为马，又怕对方是诈自己的话……可万一檀章是真识破了他本相又该怎么办？

神仙妖魔，精灵鬼怪，嵇清柏如今想解释起什么来，却又怕为时已晚。

檀章的目光在他的脸皮子上流连了半刻，似乎并无所谓他的说与不说，只曼声道："你说无量佛救不了你，你是知道自己快要死了吗？"

嵇清柏眨了下眼，有些不可思议地看向檀章，似是恍然间忽然明白了对方所想，惊讶地张了张嘴，却又哑然。

皇帝没有理他，自顾自地道："当晚你同朕说，你并非这世间之人，你那些话本子，朕收走后，前些日子也看了些，仙人下凡度劫，肉身即死，你在朕这儿是功德圆满了吗？"

稽清柏知他是误会了，但这迥然殊途，却又莫名同归，檀章以为自己是他的劫，却从未想过稽清柏才是他在这一世间的因果。

稽清柏长喟了一声，悄然念了个诀。檀章只觉得身下人隐隐起了变化，他想起身燃灯，却被一把抓住，与稽玉的软糯不同，稽清柏的声音清朗抒臆："陛下，人总有一死，你不该再牵挂我。"

檀章许久没有出声，稽清柏抓着的手却微微抖了起来，他听到檀章似乎笑了一笑。

"你要朕放过你？"檀章问道。

"不。"稽清柏闭了闭眼，强压下心头那一口血，涩苦难挨。

他喘了口气，低声道："我要陛下您亲手杀了我。"

众生皆苦。

稽清柏下界前曾想过这苦佛尊会怎么度，却万万没想到，到头来竟应验在了他的身上。

要是有选择，稽清柏决然不会与檀章的劫数纠缠，他区区一介上神，哪撑得住天地无量的因果？

更何况双境历劫，那是比九天玄雷更厉害的劫数，稽清柏保不保得住自身神魂不说，就连檀章也会受因果反噬之罪，人间无量一旦遭受，必将生灵涂炭，一片刀山炼狱。

走到这步田地，稽清柏这一世死也得死，不死也得死，还得死得其所，帮助檀章度了苦劫。

稽清柏说完这话，只觉浑身力气都被抽干了，他的法力维持不了多久，皇帝不说话，稽清柏也不敢看他。

檀章这一世的苦劫落在了他的身上，动的是筋骨魂脉之痛，就算修炼万年，佛境之上神，稽清柏也逃不过这命中的注定。

佛尊的苦，又何尝不是他的劫呢？

嵇清柏垂着头，只能胡言乱语地安慰着："陛下原本就不该让我活着，您就当我还是嵇玉……我死后，陛下也将不再被我的命数影响，方能脱离因果苦海。"

嵇清柏话音刚落，突觉喉口一窒，檀章竟是生生掐住了他的脖子，嵇清柏下意识挣扎，抓着对方的手腕却是纹丝不动。

嵇清柏呼吸不得，脸涨得通红，不一会儿便神志涣散起来，他迷糊地想着檀章是真的要掐死自己啊……

结果皇帝又一松手，将他扔到了床里面。

嵇清柏趴在被子上咳得天昏地暗，檀章坐在一旁，冷冷地看着。

"你不是嵇玉。"皇帝等他快咳出了血，才伸出手扯住了嵇清柏的发，将他的脸抬起，注视着对方的眼，平静地道，"朕不管你是谁，是神是妖，是魔是鬼，朕要你死，你才能死，朕要你活着，你就只能乖乖活着，明白了吗？"

｜十八｜

嵇清柏在第二天大早上顶着一脖子的瘀青跟着后宫众人一块儿诵经。

所有人看他的目光都透着一股子惊疑不定，小部分还有些幸灾乐祸。嵇清柏只当没看见，念了一会儿经后就被太后催着回去休息。

长年跟着他的丫鬟心里其实很没底，她虽然是皇帝的人，但和嵇清柏这么久了，是猫是狗的都有些感情，怕自己主子吃了亏，没忍住，悄悄去问总管。

曾德斜眼看着她，啧啧了两声："所以你瞧人家能当主子，你就只能当丫鬟，娘娘都不来问我，这气儿沉得很。"

丫鬟赔着笑。"我们娘娘今天话都说不出了，这脖子，"她比画了下，很是心疼，"皇上是真的差点掐死我们娘娘呢。"

"这不没死吗？"曾德想了想，低声道，"否极泰来，我还留在这儿呢，咱们娘娘后头福运昌鸿得很，你就放一百个心吧。"

檀章在天还蒙蒙亮的时候就回了宫，正如他说的，从头到尾除了嵇清柏谁都没告诉地来过这么一遭。

但皇帝不说，嵇玉脖子上的伤众人见了就都明白了，连太后都想不太明白，自己儿子专程过来就为了冲个宠妃发一通脾气？

嵇清柏借口脖子受伤说不出话，没人来他这边问东问西，倒也落得个清净，他算是昨晚和佛尊说清楚了，但看檀章的意思，该是不肯轻易就放过他。

无量佛尊早已超脱六界，他自己便是自己的天命，但逆得了天，却度不了命。

嵇清柏承了檀章的劫数，哪怕如今窥破天机，却因自身缘孽与佛尊息息相关而不可说，到最后也只有以身殉了这天地无量，方能度众生之苦。

当人的佛尊还是太年轻了啊……嵇清柏痛心疾首地想，你就是来下界吃苦的啊！吃得苦中苦方为人上人啊！快点吃完快点回佛境，这么拉着他拖下去，两个人都得完啊！

陆长生奉命吊着嵇清柏的气儿，自然半点都不敢疏忽。

檀章走后，傍晚陆长生就来了，诊脉配药苦口婆心的老三样。嵇清柏也已经淡定了，基本上他在这一世，佛尊要逆天改命不让他死，他的确死不了，但最后度不过这苦，天地无量失衡，他们都用不着活了。

嵇清柏越想越绝望，整个人喝药的时候都透出一股子丧死之气，他看了一眼陆长生，突然道："陆太医最早配的离魂药叫什么名字？"

陆长生："嗯？！"娘娘是什么时候知道他配离魂药的？！不带这么秋后算账的啊！

"你别害怕，我就问问，没其他意思。"嵇清柏看着太医跪地磕头就知道对方在想什么，叹了口气，淡定道，"我还知道你后来配了'忘川'想毒死我。"

陆长生："……"

嵇清柏："哦，不是你，是皇帝。"

说到这儿，嵇清柏的思绪禁不住飘远了一些，想当初他醒来没多久，发现药被调了包就猜到皇帝是想要嵇玉的命了。只是他们不知这里头的人换了芯子，"忘川"对凡人有用，对嵇清柏这样的神仙可没太大效果，再说他也不准备在下界留多久，帮佛尊点小忙而已，一两载足够了，到时候借着"忘川"的由头归了天命，他也算功德圆满。

再后来……

嵇清柏苦笑了下，再后来，皇帝要他活着，他反而只能死了。

神游了半天，陆长生还跪在地上没起来，大概是嵇清柏的表情太过萧索，太医的误会很大，觉得不论怎样都得替顶头上司辩解几句："陛下起初对娘娘误会颇深……如今后悔莫及，娘娘，俗话说，浪子回头金不换，您就算怨陛下，也不能拿自己的身子出气啊！"

嵇清柏："……"

他只好说："我没怨他。"

陆长生继续磕头："那娘娘千万别再多想了，这解药名为'孟汤'，能与'忘川'相融，缓解毒性，但用药之人须得心思豁达、百乐无忧，您可一定要往前看，切莫纠结过往啊。"

嵇清柏被他说得脑袋都大了，指天说地地发毒誓自己一定好好治病，陆长生才终于肯退下去。

事已至此，也不用继续待在盘龙寺里祈什么福了。

第二日太后便带着后宫众人浩浩荡荡地起了程，结果在半路上，皇帝的圣旨突然到了，嵇清柏跟着一干女眷跪下，结果来的太监只示意他独自上前听封。

说是就他一个人，但传旨的太监嗓门大得很，周围一众都听得真真切切。

太监按照圣旨把嵇玉夸得天上有地上无，又授予了凤印，念完露齿一笑，朝着嵇清柏谦恭道："恭喜娘娘，贺喜娘娘，娘娘接旨吧？"

嵇清柏蒙了半天，才晕晕乎乎接过了圣旨，周围人更是没几个反应得过来的。

除了传旨的太监外，檀章身旁的心腹暗卫也来了好几个，示意曾德扶着嵇清柏乘上跟来的龙辇，先行赶回宫去。

嵇清柏身边的丫鬟实在是乐坏了，在龙辇上都定不下来，一个劲儿地给嵇清柏道喜："娘娘以后就是中宫第一人了！"

嵇清柏捧着诏书，一时不知该作何表情。

嵇玉算是前丞相之女，此次也并未册封，但执掌凤印毕竟是本朝难得的大事，礼部该有的排场必须有，故还是为嵇玉择了黄道吉日举行大典。

嵇铭虽然已告老还乡，但女儿毕竟争了大气，曾经的相府一改之前的门可罗雀，再度门庭若市起来。

曾德在两人用膳的时候送来了礼部的帖子，里头全是大典当日要用的东西以及朝臣送的礼，不过除了这些外，檀章手里的军情书倒是令嵇清柏比较好奇。

"南疆的元铁将军，"檀章并不瞒他国事，将军书递到他手里，平静道，"这几日准备班师回朝，参加庆典。"

之前倒也有这样的传统，外战的将军十几年不回来，固守边疆，保家卫国，只逢大日子才来都城住几日，之后再回去。

嵇清柏看了一眼，问道："听说元铁将军英勇善战，岜落山一役，退敌千里，不知真假。"

檀章似乎只是脸皮子笑了那么一下，说："真倒是真的，但并不是元铁的功劳。"

嵇清柏歪着脑袋，正对上檀章看自己的眼。

"他身边有个军师，"皇帝的目光像清凌凌的水，掠过了嵇清柏的脸，他低声道，"和你一样，大概都不是人。"

嵇清柏已经躺床上了，脑子里还在翻来覆去地过着檀章刚说的那些话。

皇帝上床的时候就看见里头的人发着呆，眉头纠结成了一团。

大概是身份被识破后，嵇清柏便没了包袱，他白天还是嵇玉的样子，晚上没外人了便习惯变回原身，反正近日睡着了就能滋养神海法力，他这点化形之术算不得什么。

嵇玉的长相别说和天姿国色沾不上边，就连一句"好看"都谈不上，只一双眼睛还算有特色，但嵇清柏则不然，他虽没有佛尊那般绝色，但放在人间那也是玉树芝兰般的人物。

檀章撑着头，靠在玉枕上，看了他一会儿，问道："你原名叫什么？"

嵇清柏笑了下，说："我就叫嵇玉，清柏是我的字。"

过了片刻，曾德进来灭了烛火，嵇清柏躺在一片昏黑里，睁着眼倒是一时半会儿睡不着。

他想起先前的军书，忍不住翻了个身。

"那个军师叫什么名字？"嵇清柏凑近对方耳边悄声问道。

檀章冷道："你问这个做什么？"

嵇清柏皱了皱眉："你不是说和我一样不是人吗，说不定也是个神仙呢？"

檀章深吸了一口气，说："朕只知道他姓鸣。"

嵇清柏想了半天姓鸣的神仙，才觉得自己这想法有些天真，于是讪讪地又把身子翻回去了。

|十九|

清早送走檀章，嵇清柏恢复了嵇玉的容貌身段，盘腿坐在床上准备绣个荷包。

丫鬟进来的时候还以为自己眼晕了，毕竟娘娘不但绣工拙劣，还懒得出蛆，这主动做手工活儿的事仿若铁树开花，梦里都不一定能梦到。

嵇清柏自己也晓得自己多少斤两，很谦虚地向丫鬟请教。

荷包简陋，嵇清柏半天也就绣了个边，过了午时宫中突然响起了钟声，嵇清柏抬头朝外看，丫鬟在他身旁低声道："军队回来了。"

嵇清柏对那位姓鸣的军师有些好奇，但不知该向谁打听。

结果身边的丫鬟倒是个万事通："鸣将军虽说只是个军师，却是我们南疆铁骑真正的主心骨，元铁军爷尊他为不死凤，麾下一支寰宇军可敌千军万马。"

嵇清柏寻思着，这不就是拥兵自重，功高盖主吗？

不过看这丫鬟的态度倒是不觉得这鸣将军对檀章有什么影响，难道两人关系还不错？

想到昨晚皇帝的语气，嵇清柏又不这么认为了，他觉着无论如何自己得去看一眼，对方要真不是人，还得提防着些，以免影响了佛尊这一世的命数。

只是后宫的女人要看前朝的官可不是件容易的事儿，直到皇帝下朝回来，嵇清柏都没想出由头怎么见对方。

檀章之前就听曾德说嵇清柏在绣荷包，对方一脸邀功的谄媚相，嘴像抹了蜜似的，唠叨不停："娘娘这荷包肯定是给您绣的呢，我今儿是见着了些，上头鸳鸯花色搭配得是真真漂亮。"

皇帝看了他一眼没说话。

曾德继续舌灿莲花，两眼一闭地夸："陛下您是没见到那图样，娘娘可是认真得很，还有那绣工，奴才看了呀，都觉得真是天上巧手，织素化锦呢！"

见他越吹越离谱，檀章终于没忍住，冷冷道："你嘴要闭不上，朕能让人帮你缝了。"

曾德："……"

御龙殿中专心绣荷包的嵇清柏当然不知道这些事儿，他其实没想绣得多复杂，只想针脚收得好看些，所以弄好后，晚膳的时候就给拿了出来。

皇帝低头看着上头空空如也、一根鸡毛都没有更别说鸳鸯图样的荷包没说话。

嵇清柏以为他嫌弃，不太好意思地道："看着不好看，但是好东西，陛下一定要戴着啊。"

檀章坐着没动，只叉开了半边腿，说："给朕绑上。"

嵇清柏乐呵呵地蹲下身，给他系在腰带上，想想还不放心，施了个咒在上头才保险些。

第二日，待檀章上朝，嵇清柏无事可做，只能跟着丫鬟看庆典当日的红帖。礼部来的下臣很年轻，一样样的东西报上名来，许多嵇清柏都不认识。

"鸣将军之前猎了一头白虎，最近刚送进宫来。"那下臣见着宫中贵人，自然要殷勤些，"娘娘要不要去看看？"

嵇清柏其实对活物没太多兴趣，且是与自己真身相关。他在上头与白虎仙南师相熟，听到是同一个物种，忍不住皱起了眉，道："白虎乃是灵物，既然没死，就还是放了吧。"

下臣不敢说其他，连忙应"是"。

这事儿也就嵇清柏顺嘴一说，之后就给抛到了脑后。

皇帝现在午膳都回御龙殿吃。

这天吃到一半，檀章便提议说西池的莲花开了不少，过几日可去泛舟。

西池虽说还在皇宫的属地，但离着殿宇却有些远。嵇清柏刚来这儿就听说过这地方，说是春夏泛舟，能让都城的小姐闺女们在岸上排一排。

皇帝去自然是清了场的。

远山近水，湖波吹皱，码头上只拴了一叶扁舟。

稽清柏是真没想到船身不大，就够两人躺的地儿，他撑着檀章的手下去，跟着船身晃时还有点慌。

貘是挺怕水的，变人了也改不了这习惯，再说稽清柏的元魂是一盏上古明灯，灯也怕水。

皇帝执桨，动作居然挺熟练，稽清柏扶着船舷，看桨篙顶住岸边推开，水纹从船下一圈圈地泛上来。稽清柏看得入迷，没注意抬头，便被荷叶扫过了脸。

也不知西池的水物是怎么长的，荷叶有半人那么高，船没在里面连人都看不见，春夏交接，荷花还只有骨朵儿，参差不齐地掩在荷叶里，像娇羞的美人。

直至日落，船才游回岸边，远远地，两人才发现码头上不止曾德一人。

"鸣将军来了。"曾德低声朝着檀章道，"等了有些时候。"

稽清柏听到"鸣将军"时不由得一顿，他顺着前方看去，终于见着了那人的全貌。

一身金红甲胄，银绢披风，来人并不下跪，只拱手行礼，朗声道："末将鸣寰，参见陛下。"

| 廿 |

凡人看仙魔妖怪，很难看出什么丁卯来，眼是眼，鼻子是鼻子，千载化人，要不是生死不灭，寻常人自然发现不了。

年岁春秋，四季花雪几度轮回，山海可平，湖川覆没，区区因果缘孽对凡人来说反倒不足挂齿。

稽清柏远远见着鸣寰，就知对方的确不是个人。
但也不是什么神仙。

至于到底是什么，嵇清柏掐了两轮诀，发现自己居然参不透。

到最后，嵇清柏的脸色渐渐难看起来，他已是上神境界，六界之首，他都看不破的真身，境界修为必将比他更高。

这一世檀章的命数已经与嵇清柏纠缠不清，代价须得折损一境方可保全，如今再来这么一个参不透的鸣寰，嵇清柏只觉心口一阵犯苦，曾德在旁，声音又尖又细地喊起来："娘娘！娘娘啊！您别吓奴才啊娘娘！"

檀章两步跨了过来，袍子一掀，扶住了嵇玉软倒的身子，陆长生就跟在附近，曾德赶忙去叫，鸣寰让到一旁，倒是没什么表情，眼波淡淡，随着下人奔走，最后看向了皇帝怀里的女人。

光天化日之下，嵇玉这身子小得可怜，鸣寰见他扯住皇帝的袖子遮脸，不明意味地笑了一笑。陆长生从后头赶过来，他最近压力大，又胖了一圈，穿着朝服跑得气喘吁吁。

檀章面如冷铁，跟看死人似的盯着太医，陆长生又是灌药又是针灸掐人中的，嵇清柏终于缓过气儿来。

鸣寰当然不清楚嵇清柏心里怎么想的，他从不屑凡人生死，于是虚拱了下手，敷衍道："臣之前猎了一头白虎，听说此乃灵物，心肝可入药，能活死人、肉白骨，不如臣去将它杀了，将心挖出来给娘娘服下。"

嵇清柏："……"

檀章居然还有些被说动，低头看向嵇清柏。

"既然那头白虎是灵物，肯定是不能杀的。"嵇清柏惊出了一脑门子的汗，觉得他们简直都是鬼，"陛下帮我把它放了吧，也算结点善缘。"

鸣寰又看了他一眼，这次终于没再吱声。

因着嵇清柏的身体，皇帝也没心思接见鸣将军。嵇清柏也是后来才知道，南疆寰宇军因为功勋卓绝，早些年得过"见帝不跪，佩刀入殿"的殊荣。

其实换成普通人，有点眼色的都知道虽是帝宠，但规矩是规矩，万不该僭越。

从这点上来说，鸣寰还真就不是个普通人。

嵇清柏回了御龙殿后担心那白虎真被杀了，才将养没几天，便匆匆带着丫鬟去了兽舍。

带路的还是那天礼部的下臣，一路诚惶诚恐，怕怠慢了他。

"那只虎年纪不大，极有灵性，还挺亲人的。"下臣差太监将兽舍打开，又怕嵇清柏嫌弃味道大，一路甩着手，好几次差点碰着人。

嵇清柏没工夫嫌弃这嫌弃那的，他路过几个木栅栏，一眼就看到了躺在最里面的白虎。

的确是有些灵性，但还入不了仙境。

嵇清柏看了几眼后心里便有了掂量，想着好歹是南师的子孙辈，他救是一定要救的。

那只白虎正如下臣所说，倒是乖巧黏人，而且好歹是个灵物，对嵇清柏更是亲近了一些。丫鬟拿来兽皮绳，嵇清柏亲手给白虎套上，正准备牵出来，突然听到了一阵戏谑的笑声。

鸣寰站在兽舍门口，他今日未着戎装，一身文服，腰间却佩着一把长刀。

嵇清柏僵直了身子，如临大敌，目光不错地看着他。

"我当是谁呢。"鸣寰犹如闲庭信步，走近了一些，眼神轻描淡写地扫过嵇清柏的脸，"原来是娘娘。"

嵇清柏皮笑肉不笑地回礼道："鸣将军。"

鸣寰不置可否，他看着嵇清柏手里牵着的白虎，这畜生显然怕极了他，见他望来，哀鸣一声，瑟瑟发抖。

灵物对非人之物向来敏感，嵇清柏瞧见鸣寰腰间的长刀时，有一瞬恍惚，总觉异常熟悉。

他下意识不愿在对方面前暴露真身元魂，于是敛了所有仙力，只依凭着嵇玉肉身。

鸣寰盯着他看了一会儿，没发觉什么，才了无趣味地撇了下唇。

"这白虎毕竟是只畜生，怕一时不慎暴起伤人。"鸣寰侧让了半个身位，假意恭顺道，"臣送娘娘回宫吧。"

一路上，嵇清柏都不远不近地跟在鸣寰后面。

外男不能进后宫，嵇清柏倒是不怕鸣寰硬闯，这么多双眼睛瞧着呢，他现在背后可是有人的，不论天上地下，无量佛尊都是顶天立地最精壮的那根粗大腿，他就算现在参不透鸣寰到底是个什么玩意儿，也不觉得对方的境界能高过檀章去。

鸣寰虽说常年驻守边疆，但长得却挺细皮嫩肉，他肤色过于苍白，像浮了一层病气，身段也偏文瘦，要不是寰宇军威名在外，怎么看这位鸣将军也不是带兵打仗的料。

嵇清柏牵着白虎，边走边忍不住看对方腰间的佩刀。

大概是目光太过放肆，鸣寰察觉到了，转过身来。

"娘娘认识臣的刀？"他问。

嵇清柏假笑了下："将军抬举了，我就是看着刀柄的样子好看。"

鸣寰低下头，他的刀藏在漆黑的刀鞘里，刀柄露在了外头，颜色的确特别，金火一般，他笑了下："我这刀有一位故人的确是认识的。"

嵇清柏眨了眨眼。

鸣寰扣着刀鞘，似笑非笑，只听轻轻一声"咔嚓"，刀柄被推了开来——

"皇上驾到！"守宫门的太监跪下高唱。

嵇清柏下意识回头，看见了檀章的玄色龙袍。

皇帝逆光站着，脸上无波无澜，只一双眼睛深深沉沉地落在了鸣寰与嵇清柏的身上。

鸣寰撇了撇嘴，无所谓地将刀收了回去。

"你怎么把畜生牵回来了？"檀章走近了几步，低头问道。

嵇清柏不知为何居然有些心虚，小心翼翼地瞧着皇帝的脸色，斟酌道："我挺喜欢的……想养着。"

檀章没说好也没说不好，他看了一眼那白虎，可怜的小东西抖得比先前更加厉害，耳朵都往后贴着头皮。

嵇清柏心想这两个家伙是有多坏，灵物见着能怕成这样？！

鸣寰对皇帝虽称不上多恭敬，但明显也是不乐意得罪的，嵇清柏心里清楚鸣寰大概同他一样参不透檀章的命数，所以隐隐约约猜到了皇帝佛尊的身份，既然同样是度劫，境界越高越不想纠缠在一块儿，以免劫数深重毁了因果命数，死的可能还是自己。

想到这里，嵇清柏又觉得自己太难了，他这注定惨死的一世，只希望损耗的境界修为别太多，好歹让他回去能打白朝一顿。

既然檀章来了，鸣寰自不会多留，干脆利落地行礼告退。

皇帝见人走了，脸色也没好起来。

"他虽然不是人，但也不是神仙。"嵇清柏毫无心理负担地把锅推给了鸣寰，"所以我与他不熟。"

檀章哼了一声，问："他也是来度劫的？"

嵇清柏想着应该是八九不离十，于是点了点头。

"那你离他远点。"檀章冷冷道，"免得该他的劫数承到你头上去。"

嵇清柏："……"

皇帝应该是恶补了不少神仙志怪的话本子……

嵇清柏心想。

但真的应该离他远点的是你啊！你俩别搅和在一块儿去我就谢天谢地了啊！

嵇清柏晚上睡觉前都还在想鸣寰的那把刀。

不受阴炽之痛的皇帝很快就入了梦，嵇清柏却睡不太着，他迷糊着，似梦非醒，一会儿见着佛尊，一会儿又看到了跪在地上拼着红莲命盘的白朝。

于是天光大亮，嵇清柏的面前站着鸣寰。

"我有一位故人，的确认识我的刀。"他扣着那把漆黑的刀鞘，"咔嚓"一声，推开了刀柄——

嵇清柏低下头，看到了鸣寰的刀在自己的手里。

焰金色的刀柄，刀身像一尾凤羽，烧起了一抹人间业火。

"鸳鸯，"他听到自己说，"真是一把好刀啊。"

嵇清柏猛地惊醒过来，浑身是汗，眼前一片雾蒙，外头似乎有人在吵嚷，听到动静，床帐被急着掀开。

皇帝从未如此狼狈过，眼底乌青，胡子拉碴，表情满是张皇失措，他低头望着嵇清柏，想伸出手去，却又怕碰碎了对方似的，最后只轻轻张了张嘴。

他认出了口型，是"清柏"两个字。

陆长生在外头磕头："娘娘昏睡了七天七夜，粒米未沾，如今太过虚弱，莫要动身！"

嵇清柏浑身虚得很，知道嵇玉的身子快不行了，他死死抓紧了檀章的手，急喘着要交代事情。

"鸣、鸣寰，"嵇清柏头疼欲裂，眼中却光芒熠熠，只有檀章一人，"他乃……上古……金焰炽凤。"

皇帝隐隐明白嵇清柏是在交代后事，一把捂住他的嘴，厉声道："朕不要听！"

嵇清柏闭了闭眼，他没力气挣脱檀章的手，竟急得落下泪来。

外头不知为何突然响起了钟鼓之声。

皇帝的表情木然，看着嵇清柏满是泪痕的脸，平静地道："今天本该是大典之日。"

曾德慌慌张张地从外头跑进来，跌了个跟头，伏在皇帝脚下，结巴道："鸣、鸣将军，突然带刀闯殿……禁卫军拦不住他……他、他说……"

嵇清柏面如死灰，只听檀章问道："他说什么？"

曾德不敢抬脸，转述的话却莫名其妙："他说'清柏上神既然什么都忘了，他来帮他想起来'。"

嵇清柏的确什么都不记得了。

金焰炽凤，上古至今，六界唯一的圣妖，每千年在业火中涅槃。

鸣寰的涅槃与轮回不同，不喝孟婆汤，不入红莲盘，圣妖带着前尘因后世果地恣意人间，看遍红尘，他是恶也是善，是劫亦是缘，生死于他只不过是过眼云烟。

直到千年前，嵇清柏下界度劫。

梦神的那一世，正好是金焰炽凤的万年轮。

千年涅槃复千年，待到万年轮回时，圣妖将了却前尘，喝孟婆汤，入红莲司命盘。

嵇清柏知道自己历劫那世与一只大妖冲撞了命数，但他历劫归来，前缘殆尽，在佛境拼拼凑凑数百年才知晓那大妖便是金焰炽凤。

白朝拼着莲盘时，是真的怨极了，牙尖嘴利，嘲那金焰炽凤入不了佛境，只能在六界嚣张，要不然早该把嵇清柏挫骨扬灰，神魂吞灭。

"你也是倒霉，遇到那只圣妖轮回，他不记得前尘了，白纸一张，你在上头瞎画一通得罪了他，之后千年涅槃圣妖又不用喝孟婆汤，他能记着你万年对不起他的事儿。"白朝一日拼完红莲，喝多了酒，胡言乱语着，"要不是佛尊下界，替你……"

白朝没法把下面的话说出来。

因为檀章给他下了禁口术。

如今，嵇清柏远远地望着鸣寰。

他手里提着神刀鸳鸯，一步一步踏入了殿中。

| 廿一 |

皇帝的禁卫军起码有三百人，但跟着鸣寰进殿的却寥寥数十人。

曾德原本还想护在檀章面前，但鸣寰袖袍未动，大太监人已经没了，嵇清柏现在除了佛尊管不了旁人死活，他气若游丝地闭眼念诀。

哪怕是在全盛时期，嵇清柏自认也不是圣妖的对手，准确点讲，除了超脱六界的佛尊，谁都不会是六界之内金焰炽风的对手。

看今天这情形，嵇清柏觉得自己就算没死在檀章手上，大概也得死在鸣寰的手上。

"清柏上神，"鸣寰左手提着刀，鹜鸾只要出鞘，业火便永不熄灭，附着在刀刃上，像一抹鎏金，他笑道，"好久不见。"

嵇清柏没说话，他是真的不记得自己那世到底怎么得罪了这只圣妖，对方居然这么久都能追着不放。

鸣寰倒是还知道忌惮檀章的身份，他参不透对方的命数，自然也明白皇帝的境界在自己之上。嵇清柏没到下一次度劫的时候，此刻也保有着神识，更何况为了躲他，这人百年没出过佛境，这世下界必定没那么简单。

"金焰尊者，"嵇清柏恢复了些力气，他还维持着嵇玉的模样，不敢轻易动那几近枯竭的法力，好声好气地道，"你我的恩怨，早该前尘尽了，不该再纠缠，如今小神即将归境，尊者莫要纠缠的好。"

鸣寰大概是听了什么好笑的话，他看了一眼檀章，淡淡道："我看你是很想死的样子，不如就此来成全你。"

他说完，手腕一转，鹜鸾刀刃上的业火须臾间烧得遮天蔽日，明明离得还很远，但那刀锋裹着火光如千军袭来，竟是毫不留情。

嵇清柏看到这火，真是心都凉了，鹜鸾刀是金焰炽风的妖魂化成，相传可杀魔灭神，一旦被劈中，神魂沐火，他也不用回佛境了，与这片人世绿水相聚，青山为伴吧。

先前嵇清柏一直不变回本相，正是在凝聚法力，此刻见鸣寰先行发难，便想着靠修为硬扛下来。

结果刀锋业火到了跟前，却突然变了方向，嵇清柏眼睁睁地看着鹜鸾朝着檀章飞去，灼骨业火将二人分开，嵇清柏被震得肝胆俱裂，嘶声道："不——"

鸣寰这一刀是真正准备置人于死地，他疯起来简直不管不顾，丝毫不惧檀章到底是什么身份。

皇帝当然躲不掉，但也不愿就这么坐以待毙，他手里不知何时擎了一把弓，正是嵇清柏之前绑的那一把，被鸳鸯劈砍上去，竟是承住了那一下，可仍挡不住业火烧到身上。

"貘的鬃毛？"鸣寰眯着眼，他表情有些阴郁，"他倒是对你挺舍得。"

檀章不知对方所指何物，虽然挡住了鸣寰一刀，但毕竟还是个肉身凡胎，此刻被业火围着，眼看就要烧身成烬，突然皇帝腰带上的荷包被烧断了系绳，落入了火中。

嵇清柏的脸色惨白，他吐出一口血，背上亮起一片火光，烧得纵横交错，皮开肉绽，身上衣物浸着血色，压根儿看不清哪处还是好肉。

伤成这样，他居然还能笑出来，看着鸣寰，甚至有些得意道："有我在，你休想伤他。"

檀章那处的业火居然灭了个干干净净，一层青光笼住周身，连之前灼出的伤痕都半点没留下。

鸣寰转瞬间便明白了，他惊怒地看向嵇清柏，面孔扭曲，恨声道："你居然把灯芯给了他，你是真的想死吗？！"

嵇清柏忙着吐血，哪有工夫理他，此刻身上更是又烧又痛。

元魂不稳，嵇清柏知道自己这身子已到大限，他挣扎着想去到皇帝身边，却被鸣寰一把提起，飞身掠出了殿外。

嵇清柏这次彻底绝望了，他发现属鸟的都不是好东西，上头的鹤让他投了这破胎，底下这只死凤凰又一心一意地要杀他。

檀章要是因为他的死，恨上了鸣寰，度众生之苦的劫数与圣妖纠缠不清，到时候两败俱伤，六界必将毁于一旦。

嵇清柏因为伤得太重，几乎处在只剩一口气的边缘，他被鸣寰夹抱在胳膊底下，面朝着对方腰间的鸳鸯，他盯着那刀看了半晌，竟鬼使神差地伸出手去，握住了刀柄。

鸣寰发现时已经晚了，就连嵇清柏都觉得奇怪，自己为何能拔出圣妖的刀来，但此刻上神的内心杀意漫天，嵇清柏一心只想着为了佛尊，为了天下苍生，定要与这只死鸟同归于尽。

嵇清柏这一刀用了十成十的力气，鸣寰偏了下头，才没被直接削掉脑袋，脖颈处的伤口簌簌朝外冒着血，嵇清柏只觉腕间一痛，居然被鸣寰生生拧断了，鸷鸾落地，圣妖一把拽住嵇清柏的领口，赤红的双目盯住他。

"第二次了。"鸣寰像个疯子似的，他突然将嵇清柏反扣在怀里，面朝着追出来的檀章，凑在他耳边，低笑道，"你上一次也是这么杀我的。"

他说着，鸷鸾已经回到了手里，嵇清柏只觉下巴一阵冰凉，刀刃紧紧贴着。

"我倒要看看，"鸣寰一手拂过他的脸，嗓音低哑，透着股温柔凉薄，"要是当着无量佛尊的面，将你一刀刀活剐了，他会是什么表情。"

嵇清柏真是恨得不行，但又什么都做不了，他此刻也不顾什么六界苍生了，憋出最后一口气，恶声道："你杀不了他，就想着拿我出气，佛尊没骂错，你还真是只畜生！"

鸣寰愣了一愣，竟有片刻面无表情，他似是回忆起什么，目光复杂痛苦，张了张嘴，只说了一个字："你……"

话音刚落，一支箭破日一般射来，穿过了嵇清柏的左胸，正中了他身后的鸣寰。

嵇清柏只觉胸口一痛，再睁眼时，他已变成了一缕元魂，飘在了日光之下，皇帝的手里拿着他绑的那把弓，大红的龙袍上深一片浅一片，沾的全是嵇玉的血。

鸣寰已经不见踪影，该是身死涅槃去了。

嵇清柏庆幸的同时，又若有所觉地摸到了自己的心口附近，那一箭，檀章是射偏的。

他没想要他的命，但他还是因他而死。

嵇清柏见着底下哭丧着脸的陆长生，竟有些笑不出来，他最后望了一眼皇帝，松了口气似的，闭上了眼。

佛境祥瑞生辉，妙音鸟从莲座之下飞出，一左一右夹着通天梯上的嵇清柏。

这阵仗显然是来迎他的。

嵇玉这一世算是死得其所，故能平安回到佛境，只是模样狼狈了些，背上一片业火灼斑，胸口佛尊那一处箭伤也抹除不去。

白朝站在红莲命盘下等他，难得恢复了人姿，模样清清爽爽。

嵇清柏已经没力气和他打架了。

再说他元魂里的长明灯少了一根灯芯，如今修为也比不上这只仙鹤。

“清柏上神真是对佛尊深情大义。”白朝朝他作了一揖，口气听不出多同情，“下界的嵇玉一死，成全了佛尊度苦，此乃无量大成，六界苍生的喜事。”

嵇清柏一句话都不想同他说，心里想的都是你怎么不变鸟了，你要变鸟我就变成貘，咱俩肉身打一场，我能把你的尾巴给咬秃！

白朝大概知道他心里想什么，自然不会给嵇清柏咬毛的机会。

长明灯芯只有三根，过去万年被嵇清柏当命一样地精心滋养着，这可不正是他的命吗？灯芯是他的元魂，要是灯芯没了，他就只是只稍有灵性的畜生罢了。

留给檀章前，嵇清柏也不是没纠结过，但一想到他身死归境后，佛尊要在下界每日受阴炽之痛，他是真的太不舍得了。

原本嵇清柏以为在下界的佛尊好好吃苦，他回了佛境总能高枕无忧，结果几日下来，别说高枕无忧了，他连睡觉都睡不着。

整个佛境本来神就少得可怜，也就白朝隔三岔五地还来红莲命盘下打坐，嵇清柏去了几次，仙鹤看见他，很是阴阳怪气道：“上神要看看佛尊吗？”

嵇清柏想着佛尊下一世可能还得求他给自己寻个托生，只能忍着气道："不是说之前看不到吗？"

白朝笑了下："大劫没历自然看不到，以免泄露了天机，如今上神都全须全尾回来了，佛尊也因此尝尽了人间苦痛，无量已成，余生岁月如何，上神不好奇吗？"

嵇清柏想说自己不好奇，但话到嘴边跟口血堵在了喉咙口似的。白朝轻轻一笑，不等他回答，便开启了轮回眼。

佛境一天，人间十岁，嵇清柏的魂眼化于一朵辛夷花上，俯瞰着人间颜色。

御龙殿没变多少，当年伺候自己的丫鬟已经当上了嬷嬷，檀章还留着她。

太监总管换了个人，年纪很轻，手脚倒还利索，嵇清柏见他每日清晨会来树林里折几根花枝，插在皇帝的案头。

景丰帝已过而立之年，嵇清柏再见他时发现他居然蓄起了须。

此刻正巧是辛夷花的花期，檀章一身玄色龙袍站在花树下，仰头看来时，嵇清柏的魂眼跟着颤了一颤。

皇帝的腰间还系着他绣的那只荷包，被业火烧得破破烂烂，里头该有一截永燃不尽的海松灯芯。

嵇清柏不知怎的，竟有些不敢再看。

当值的太监小心翼翼地过来，弯着腰，恭敬道："陛下，该用膳了。"

檀章没有动，他看了许久的花，像是自言自语一般，低声道："他喜欢辛夷花，如今这片开得这么好，不知他愿不愿意下来看一看。"

太监肩膀抖了一下，"扑通"一声跪在地上，磕头道："一定是喜欢的。"

皇帝点了点头，竟是笑了："朕也觉得他会喜欢。"

跪在地上的太监只觉得皇帝这些年怕是已经疯了，嵇玉于庆典当日殉天后，鸣将军不知所终，整个寰宇军被安上了叛国的罪名，第二日皇帝亲自带兵，血洗军营，所见之人都说那日檀章宛若地狱罗刹。

之后数年，檀章日日都去盘龙寺求神拜佛，嵇玉的尸首几近枯腐才被抬入帝陵，像师为其画的人像明明传神，却被皇帝当众扔进火盆，烧了个一干二净。

"他不长这样。"皇帝只说，"你画不出来。"

再之后，这宫里又好似突然从未有过嵇玉这人，任谁都是三缄其口，无人再提，无人敢说，皇帝封了梦魇阁，只留下御龙殿后头这片玉兰树林。

檀章腰间终日束着那枚残破的荷包，陆长生午后来请平安脉，看到时，有些唏嘘。

嵇清柏的魂眼落到了荷包上，见着还活着的陆太医竟是有些欣慰。

"陛下这些年来阴炽之痛从没犯过，定是娘娘在天之灵保佑着您。"陆长生是少数几个能提嵇玉的人之一，他挐着胆子磕头劝道，"皇上要保重龙体，以免娘娘担心。"

檀章许久都没说话，他撑着头，半合着眼，慢慢道："朕想去看看他。"

陆长生当然没法劝他说不行。

帝陵离皇宫不远，皇帝没带多少人便动了身，嵇清柏的魂眼只能见着檀章身边的几个，等到了帝陵，又只有他一个人下去。

嵇清柏见到了嵇玉的石棺，上头摆着灵牌，魂眼的角度却看不太清楚。

檀章在原地站了一会儿，似乎长叹了一口气，慢慢盘腿坐在了棺前。

"你该是已经历劫回去了，不知神仙下凡，还记不记得朕。

"忘了也没关系，朕记得你，你要是来了，朕一定能认出你来。"

沉默了许久，檀章才静静地问道："可你什么时候回来？"

帝陵安静寂灭，无人能答他。

"要是太晚了，还是别来了，朕老了。"檀章自言自语，似乎笑了一下，"你是神仙，样子该是一点没变。"

嵇清柏只觉魂内一片浑浑噩噩，他看着檀章伸出手，拿下棺上的灵牌。

上头是皇帝亲手写的。

只有"嵇清柏"三个字。

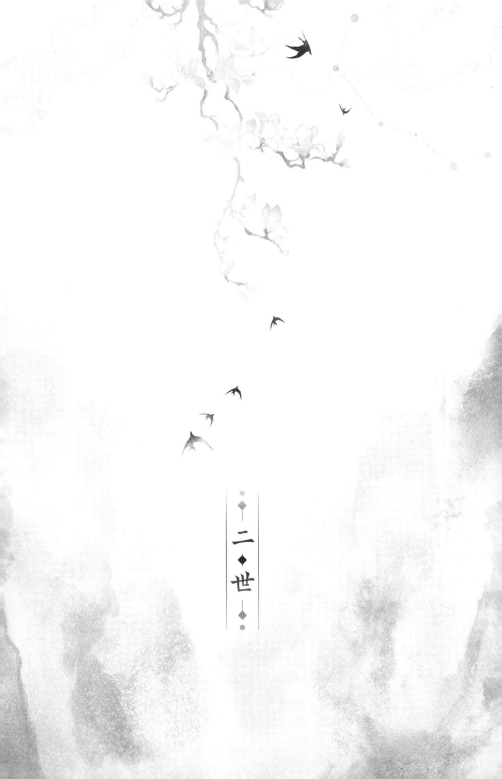

二◆世

| 廿二 |

大元朝景丰六十二年，皇帝在一日清晨崩了，因帝一生无所出，皇位由不知从哪个犄角旮旯里冒出的王爷继承，关系说近，其实差不多是八竿子打不着的堂兄弟。

嵇清柏的魂眼是被白朝从下界拽回来的，要不然他能在帝陵里守到魂灭神寂。

仙鹤倒还没那么不近人情，他从袖中掏出一串珠子，递到了嵇清柏面前。

"这东西我帮你拿了上来，佛尊还有下一世呢，你是下去还是不下去？"他问。

白朝拿的串珠正是之前檀章送的那串，嵇清柏化为魂眼时没有实身，费再大劲也捞不上来。

听到还有下一世，嵇清柏终于清醒了些。

他在魂眼里待了太久，又整日守着景丰帝的陵，日子都过得迷迷糊糊，连佛尊转世的时限都快忘了。

下界历劫的檀章与凡人一样，都要过阎王殿，入生死簿，喝孟婆汤，唯一不同的是红莲命盘管不了佛尊的命数，除了吃苦，佛尊的日子自己想怎么过就怎么过，白朝也管不了。

嵇清柏很想下去再帮檀章度劫，仙鹤笑得薄情寡义。

"上神还是别凑这个热闹了。"白朝又恢复了鹤姿，站在红莲下，嘴里叼着笔，"你上辈子还没受够？"

白朝看着嵇清柏犹豫，又继续道："更何况你名义上是帮佛尊度劫，实则却成为佛尊的苦难，等他回来，不怕人家找你麻烦？"

嵇清柏经他提醒还是有点怕的，最后妥协道："那给我安个八竿子打不着的身份最好，认都别认识。"

白朝叹了口气："你之前还说随便我给你盘呢。"

他不提还好，一提嵇清柏就脸黑，要不是他还有求于这只死鸟，现在大概当场就能骂出来。

嵇清柏咬着牙，恨恨道："我这次要求很多，你别偷懒了。"

白朝："……"

嵇清柏的要求的确很多，他要长得好看，最好和现在一般模样，身体要健朗，年纪不能太小，十五六岁不可能考虑，得看起来成熟稳重些，最后得是个男人，身边别有什么乱七八糟的人物关系。

白朝的司命笔写到一半停了下来，意味深长地看了一眼嵇清柏，试探着多问了一句："就这些要求？"

嵇清柏想了想，实在没什么好补充的，充满自信地道："没了。"

白朝点了点头，淡淡道："最后一个稍微有点难，因缘际会，我没法控制，佛尊法印无极，真要来找你麻烦我也没办法。"

嵇清柏头痛道："你别乌鸦嘴，我这还没下去呢，你关系排远些，他难道能找到天涯海角来？"

白朝不置可否，笔在手里画了个圈："除了佛尊，还有那只金焰炽凤，他向来六界无处不在，这次涅槃重生后也不排除会重新找你麻烦。"

嵇清柏愣了愣，好奇道："我上次到底哪里得罪他了？"

"你欠他的是命。"白朝嘲弄地笑了一声，不再与他废话，仙鹤的嘴轻轻一划，笔中莲花绽放，不等嵇清柏反应过来，便卷着他朝命盘里飞去。

晋都朝临，相传是个落花流水一般的城，"花"是驼山上的辛夷花，"流水"是那城中的三洋街，教坊勾栏，清倌花妓，朝歌晚舞，纸醉金迷，夜夜是风流郎君，春情度夜，恰似金风玉露一相逢，胜却人间无数。

只可惜，山下这般纵情声色，山上却是秋空霁海，心无物欲。

驼山寺中的和尚每日晨起早课，不闻窗外桃花事，日子如古井无波，嵇清柏站在禅房门口，看着院里开得正盛的辛夷花，长叹了一口气。

长得好看——他现在真跟天上模样别无二致，清隽端方，瑞雪凌峰。

身体要健朗——劈柴挑水，夏天种地不在话下。

年纪不能太小——他乃驼山寺最年轻的方丈住持，四十有二，很是成熟稳重。

太狠了，嵇清柏忍不住对着花流下两行清泪，我对自己真是太狠了啊！

住持不用上早课，他们山寺小，除了他这个方丈外，也就两个执事，一个管寺里其他和尚的修行念书、外头的香客礼佛，一个管内务，打扫收拾、农耕财务。嵇清柏就是个甩手掌柜，山寺唯一的牌面，用前堂执事的话说，方丈如高山松柏，霁月初雪，只要方丈每日午后在无量殿中诵一会儿经，朝临的姑娘就都在这小小的山寺里了。

嵇清柏倒是没太发现这规律，他只觉得作为一个凡人，这年龄有点老，以及没头发也不太能接受。

他就怀疑白朝答应得这么爽快一定有猫腻。

果不其然。

看来下次条条框框的还得多加点！

但当一天和尚就得撞一天钟，他总不能突然说要还俗吧？

嵇清柏盘腿坐在无量殿中想这想那，全然没发现周围多少人在看他。

驼山寺虽说在朝临有些名气，但毕竟寺小人少，香火气也没其他几个国寺旺盛，近几年突然信客盈门，香火不断，靠的就是嵇清柏这仙人似的皮相。

说出去没人相信驼山寺的住持已经到了不惑之年，不知是这驼山养人，还是修行者本就不看老，方丈清瘦如松竹，脊骨板正地挺着，面若冠玉，额头饱满，此刻低眉垂眼地在诵经，长睫掩着柳叶儿似的眼，眼尾那儿有淡淡一尾纹，勾出一抹风流写意。

对面的姑娘瞧上几眼，脸就红了，小心挪近，似怕扰了神仙，低声道："清柏方丈……"

嵇清柏还在想着如何不动声色找到檀章，在不扯上关系的前提下帮人家度劫的忙，听到有人喊自己，慢半拍才抬起头，看清了人后，下意识露了个笑："施主何事？"

姑娘捂着胸口说不出话来。

嵇清柏吓了一跳，以为她犯了什么病，忙把后院忙着的执事喊进来。

执事见怪不怪，让小沙弥领着香客去偏殿缓神，盯着嵇清柏叹了口气："师父莫要随便对人笑。"

嵇清柏眨了眨眼，他以为自己笑起来显老，讪讪地："也没那么难看吧？"

执事恨不得一个白眼翻天上去。

嵇清柏是真没什么当方丈的经验，他除了待在无量殿里看他家佛尊的金铜像赝品，就是到后山和一帮小沙弥种田养鸡。

两个执事虽不管他，却极敬重他潜心修佛的态度。

嵇清柏其实对这所谓的态度还挺心虚的，毕竟他与佛尊的关系在那儿摆着，一想到这一世檀章大概全都忘了，见到自己宛如陌生人，松了口气的同时却又觉得有些寂寞。

他希望檀章这一世能平平安安度劫，不要与他的命数再度纠缠，两败俱伤。

又想着既然佛尊注定要吃苦，好歹也别那么苦。

嵇清柏跪在无量殿中，抬头望着那顶梁的佛像。

他摩挲过腕间檀木的串珠，闭着眼虔诚地磕了个头。

| 廿三 |

照理说佛尊转世投胎，下了界也不会是什么平凡出身，嵇清柏借着当住持的方便，没少向香客们打听过这一朝的富家权贵。

晋国国力不算多富强，周边倒是没什么太大的威胁，以至于皇室耽于享乐，底下世家位高权重。民间自然也多受影响，文人骚客如过江之鲫，日子过得花天酒地。

嵇清柏这回不像上一世，两耳不闻窗外事，毕竟他上辈子吃了鸣寰这个大亏，事后想起来，要是早些查探到这圣妖在哪儿，结局该不会这么惨烈。

如今虽然嵇清柏身份上有些不方便，不过寺里香客人多嘴杂，他多出来待些时候，与这家小姐、那家新妇讲讲经、念念佛，倒也是能打听出不少东西来。

这一日，来了三洋街青花楼的几位小姐上香，花魁清姬养得跟未出阁的大家闺秀似的，有小丫头扶着，头上还戴了轻纱斗笠。

前堂执事接待了人，对着坐在旁边的方丈使眼色。

嵇清柏不是太明白，问道："要为师讲经吗？"

执事面无表情："不，我的意思是师父你进去。"

嵇清柏："……"他又不是见不得人！

嵇清柏不怎么高兴，小丫头看到他倒是眼神一亮："清柏大师在啊？"

嵇清柏忙凑上前，双手合十，微微一笑："贫僧无事。"

小丫头脸红扑扑的："那麻烦方丈给我家几位小姐结个绳，讨个好彩头。"

结绳这活儿嵇清柏还挺会，他上一世绣荷包练出来的技能，没想到这辈子还能发扬光大、活学活用。

几位小姐看着嵇清柏结绳，斗笠下头窃窃私语，又跟莺鸟似的笑了一阵子，胆大的撩开纱面，眼波婉转地看向他。

"方丈每日在寺里都做些什么呀？"问话的桃仙儿是青花楼新晋的头牌，花名连嵇清柏都听说过，笑如莺鸟的也是她，一副好嗓子名不虚传。

嵇清柏结好了她的绳，让了半只胳膊递到她面前："贫僧日子无趣，就与众弟子论佛讲经、打扫收拾、莲前上香罢了。"

桃仙儿娇俏着捂了捂嘴："那方丈怎么不下山来走走，逛逛市集也是好的。"

采办这活儿内堂执事在办，听到这话有些不悦，嵇清柏天生仙人皮相，多少家姑娘窥觑，这桃仙儿岂会不知？下一次山，方丈的袈裟上能挂满香帕子，更有孟浪的还塞情书。出家人不近女色，他们师父虽然六根清净得很，但也不该平白招惹了桃花去。

桃仙儿自知说错了话，但也不虚，她美眸一动，轻声道："听说最近两江盐商会路过此处，那家老太太信佛，要是宿在朝临，说不定会叫方丈前去讲经呢。"

嵇清柏不知此事，倒是有些好奇："贫僧不知，是怎样的盐商？"
桃仙儿笑："还能是怎样的盐商，定是晋都朝中第一世家了。"

小丫头捧着嵇清柏结好的绳，打赏了不菲的香火钱，临走时还往住持袖子里塞了根签。

"我家小姐的桃花牌。"小丫头半点不看站在旁边的执事脸色，殷切道，"方丈可留好了。"

嵇清柏尴尬得很。

执事等人走了，立马从他手里把签牌拿了，黑着脸道："没点礼数！"

嵇清柏无奈笑笑："好歹人家一片美意，放起来吧。"

执事收起了牌子，想到刚才桃仙儿说的话，犹豫了一会儿，没忍住，对着嵇清柏道："两江盐商要来的事儿应该不假，师父要准备下吗？"

嵇清柏叹了口气："准备什么？朝临是个繁华地，官府衙门会接待，再说盐商出行怎么可能带着世族老太太，来这儿的怕不就是些分支小辈，用不着我们操心。"

他说完，双手合十，念了句"阿弥陀佛"，念完又突然想起什么来，急急忙忙对着后堂的执事道："后山的菜还没摘吧？咱们一块儿去摘了，要不然就不新鲜了，吃着糟牙！"

执事："……"

上辈子嵇玉的身子太差，很多东西都吃不了，天天药汤灌得凄惨无比，以至于他恢复了真身都有很长一段时间觉着嘴里还是苦的。

这一辈子嵇清柏虽然当了和尚，只能吃素，但也比上一世好太多了。

自从他当上方丈的第一天起就努力开垦后山的荒地，山药、玉米、竹笋、菌菇，能种的反正都给种上，鸡鸭虽不吃，但下的蛋没忌口，嵇清柏每天带头去种地，晚上回了禅房，貔的梦里梦见的都是大丰收。

他惦记着再过几日成熟的茄子和青江菜，等了又等，终于长成，起了个大早，去把人都喊起来。

执事们有别的要忙，只能安排了十几个小沙弥陪着方丈去摘菜，嵇清柏也不嫌弃，脱了袈裟背着竹篓子，带着一群十三四岁的小和尚赶往后山。

"方丈方丈！"十三岁的博静挥着锄头，"咱们还要走多久？"

嵇清柏头也没回，健步如飞："这片是竹笋，还不能摘，再往里走走去。"

小沙弥们像一群没毛的鸡崽子，叽叽喳喳地跟在后头。

驼山不小，前半山是一片辛夷花树林，山寺在山顶，后头便是山寺自己的地。

山高无路，但也不算艰难险阻，土壤肥沃宜种植被，嵇清柏边走还边摘了几个萝卜，用僧袍擦干净土，削了皮分给小沙弥们。

博静咬着萝卜。遇到不好走的路，年长的还要背着年幼的过，嵇清柏一手抱一个，蹚过浅溪，翻过灌木丛，示意大家歇一歇。

博静去溪水里沾湿了帕子，递给嵇清柏："方丈师父，要不要喝水？"

嵇清柏摘下腰间的竹筒子，喝了一口，又传给孩子们，见他们热热闹闹的，忍不住叹了口气："为师年纪还是大了点。"

博静瞪着眼瞧他："方丈师父你可是神仙，看着哪里大了？再说了，执事师父才走不了那么远，近一点就抱怨呢。"

嵇清柏忍俊不禁，拿了他手里的萝卜掰了一半给自己。有两三个年纪小的，争着要坐他怀里，嵇清柏只能抱一会儿这个，再抱一会儿那个，让博静把剩下的萝卜给分了。

结果萝卜分到一半，有人突然从对面的林子里走了出来。

嵇清柏一抬头，和为首的彪形大汉见了个正着，对方一愣，目光如电般直直射来。

驼山处在朝临城的边界处，经常有贩夫走卒为了绕近路从山里过，平时寺里的和尚遇着了，也都待人和善，运气好还能化到点缘，赚上几个香火钱。

但此人一看，就不是什么简单的贩夫走卒了。

嵇清柏皱着眉，目光落到对方腰间的刀上，他见对方不动，想了想，立起身，挡在小沙弥们的前面，双手合十，念了声"阿弥陀佛"，平静地道："贫僧乃驼山寺住持，今日带着弟子进山摘采，不想冲撞了施主，还请海涵。"

大汉眯了眯眼，打量了他周身衣着，犹疑片刻，才将手从刀上挪开，抱拳作了一揖，道："我们护送主子进朝临，不想遇到些麻烦，才进了这山里。"

说着，他又看向嵇清柏，突然露出了一个笑脸，诚恳地道："既然大师是驼山寺的住持，不知能否帮在下一个忙？"

嵇清柏并不是太想惹麻烦，对方一看就不是个善茬，他还带着那么多孩子，要是有个万一……

可惜他能想到的，对方也能想到，大汉似乎不容他拒绝，两指进嘴，吹了声哨，转瞬间，对面就多了二十几个同样佩着刀的人。

小沙弥们毕竟还是孩子，胆小的全都围到了嵇清柏的身边，跟雏鸟围着老母鸡似的。

大汉微弯了腰，态度还算恭敬："请吧，大师。"

嵇清柏咬着牙，只能不情不愿地跟着他走。

大概也就半炷香不到，嵇清柏被带到了一辆马车边上。

没人再与他说话，大汉站在一旁，替他把车帘撩开，示意他进去。

嵇清柏不明所以，只能委身钻了进去。

马车外头看着朴实无华，进了里面才知别有洞天，车里一股子药味，竟还分了两间，外头桌椅茶海一应俱全，隔着屏风一样的门，嵇清柏听到了几声咳嗽。

一人从里间出来，抬起头时，嵇清柏诧异地睁大了眼。

"和尚？"那人比他还惊讶，压低了声音怒道，"方池在搞什么？怎么找了你过来？"

嵇清柏还愣愣瞧着那人的脸回不过神来，对方大概嫌弃他木愣，一摆手，无奈道："罢了，看着还算干净。"他二话不说，上前扯住嵇清柏，将人拉进了屏风里，嵇清柏这才看清楚榻上躺着的人。

"仔细点你的眼睛，别随便瞎看。"那人押着他跪在榻前，似乎才想起来，补充了一句，"敝姓陆，名长生，是这家的医随。"说完，便不再多话，伸手小心翼翼地将床上的人扶了起来。

|廿四|

嵇清柏心想，这到底是怎么样的缘分啊。

他记得上一辈子，檀章死的时候陆长生还活着，最后平平安安告老还乡，颐养天年的那种。

没想到这一世陆太医又干起了老本行，伺候的人居然也还没变——

嵇清柏又去看榻上躺着的人。

这面相，太年轻了……弱冠可能都不到，嵇清柏想了想自己在这一世的年纪，心情有些复杂。

这已经是能当父子的缘分了。

陆长生见他不动，皱着眉，又怕惊动了昏迷着的人，小声催促道："愣着干什么？过来呀！"

嵇清柏回过神来，往前膝行几步，靠在床上。

佛尊的长相没变，还是那张能让六界无颜色的脸，不过眼角下的红莲胎记却是不见了。此刻少年样的佛尊微合着眼，脸上有些许不正常的病气，嘴唇瘀紫。

"咦？"嵇清柏看了出来，"长情毒？"

陆长生心里咯噔了一下："你识毒？"

嵇清柏意味深长地看他一眼，心想你上辈子给我下的药我都认识。

"你家郎君中了箭伤。"嵇清柏扫了一眼少年的肩头，"箭身上有毒？"

陆长生神色复杂，没想到一个山里乡野的和尚能懂这么多，咬牙点了点头。

嵇清柏挑了下眉，明白过来。

长情毒解毒绝非易事，中毒之后一年，每隔七日都会发作一次，令人生不如死，是真正的奇毒。

怪不得荒山野岭的找他这个陌生人来办事，这帮人八成是准备把毒过到他身上后就送他归西的。

想必也是佛尊自己的意思，嵇清柏头痛地想，这跟上辈子一样草菅人命、杀人如麻的性子可怎么办才好啊……

陆长生大概也意识到了嵇清柏已经差不多都明白了，一时两人相对坐着都有些尴尬。

话虽不说破，但这种一会儿就会被灭口的惨事，任谁都不可能接受。

和尚显得很冷静。

嵇清柏双手合十，念了句"阿弥陀佛"，朝着陆长生一笑："佛曰，我不入地狱谁入地狱，施主这毒，贫僧能解。"

开玩笑，神仙下界虽法力有限，但他已不是上辈子神魂都不稳的情形了，虽不能起死回生，但解个毒真不是什么难事儿。

陆长生将信将疑，但见嵇清柏如此笃定，还是扶着自己郎君起来。

嵇清柏从腰间拿出一粒小丸，除了百草外，还混着他的法力，送进了少年人嘴里。

"这药只能解一次毒，贫僧现下也只有一粒。"说着，嵇清柏顿了顿，双手合十，低声道，"驼山寺虽小，但也能住外宾，各位如若不嫌弃，还望移驾寺中，多逗留一阵子，好给贫僧制药的时间。"

陆长生有些拿不准主意，但见吃了药后自家郎君已然缓了之前气浮血燥的脉象，颇为惊讶地瞧了几眼嵇清柏。

陆长生天生是个药痴，自认医术独步天下，不论制毒制药，既能让人生不如死，也能妙手回春，如今见人能解长情毒，怎能不心里痒痒？

不过陆长生自认君子，不会干逼人吐露药方之事。

"不如方丈等上一等。"陆长生想了想，诚恳地道，"等我家小郎君醒了，再做打算不迟。"

博静带着一群孩子等在车外面，模样既害怕又焦虑，个个伸长了脖子想往里面看，却被方池挡着。

"我们方丈什么时候出来？"博静夯着胆子问。

他模样像那长脖子的秃毛雏鸡，方池瞥去一眼，敷衍道："快了。"

博静鼓着脸，不是很信他。

马车那边传来了动静，是陆长生下来了。方池一手又握住了佩刀，却看到随医摆了摆手。

他快步过去，陆长生与他耳语了几句。

"少主醒了没？"方池眯着眼问。

陆长生摇头："暂时还没醒，那和尚待在外间等着，只要小郎君醒了，要杀要剐不都是一个字的事儿？"

方池皱眉："可解药……"

陆长生："驼山寺就在这附近，他那药不止一粒，去搜就是。"

顿了顿，陆长生似有些不忍："小郎君的性子，你我都清楚，怎肯因为一味药就受制于人，那和尚，只能怪自己命不好。"

方池沉默了一会儿，转头看了一圈小沙弥们，动了动嘴，没说话。

陆长生拍了拍他的肩膀，淡淡道："小郎君可从不心软。"

嵇清柏坐在外间，隔着道屏风倒也看不清楚里头光景。

陆长生陪他在外头喝茶，根雕茶海上摆着碧玉茶碗，茶香四溢，青雾袅袅。

嵇清柏对着陆长生实在陌生不起来，没话找话聊着天。陆长生心下奇怪，这和尚怎么一点不认生，瞧他的样子像在看故人，总能莫名其妙地问东问西。

"陆医成家了吗？"嵇清柏问。

陆长生被一口茶呛了一下，他捂着嘴咳嗽，闷闷道："还没……"

嵇清柏语重心长："不急，你上……看上去就像成家晚的人。"

陆长生："……"这是什么好话吗？

嵇清柏："你们家郎君脾气不太好吧？经常对你发脾气吗？"

陆长生："啊？"

嵇清柏一副很理解他的模样，自说自话道："你不要放在心上，他以后就会变好的，你再忍忍。"

陆长生："啊？"这和尚到底在神神道道说些什么？真是不要命了吗？！

两人又说了一盏茶的话，当然几乎都是嵇清柏一个人在讲，陆长生脸色青一阵白一阵的，只能听着，嵇清柏唠叨到后面可能自己都没注意，居然连"你家郎君平时不爱吃花菜吧？这东西好，你劝他多吃点"类似的话都口无遮拦地给说了出来。

陆长生平时并不贴身伺候主子，所以下意识地问了句："你怎么知道我们郎君不爱吃花菜？"

嵇清柏眨了眨眼，才发现自己一时激动，说漏了嘴。

幸好，里间突然又传来了咳嗽声，陆长生也顾不得嵇清柏解释不解释，放下茶碗，转身进去。

没过一会儿，陆长生出来了，面无表情地作了一揖，并不看嵇清柏，语气平淡地道："方丈，我家郎君有请。"

嵇清柏站起身，他整了整僧袍，内心不知怎的，渐渐忐忑起来。

跟着陆长生绕过屏风，榻上却没人躺着，嵇清柏正奇怪，便听一阵车轮碾过地板的吱嘎声传来，他顺着声音望去，看到一位仪容俊秀的少年郎坐在轮椅上，长发披散着，病容憔悴。

嵇清柏怔怔地看着他，目光缓缓落到了那人的腿上。

少年郎的眉眼像绣的一面锦帛，微微一动，压下了一纹浅褶，他问："你哭什么？"

嵇清柏闻声一震，他迟钝地伸出手，抹上面庞，才惊触到了一抹凉薄湿意。

| 廿五 |

陆长生没见过和尚一来就哭的，还是当着自家郎君的面。

他小心翼翼看了一眼轮椅上的人，郎君难得没表现出太多不喜来，安安静静坐着，看嵇清柏落泪。

嵇清柏许是也觉得有些失礼，哭了一会儿便擦干泪，双手合十，略显羞赧道："贫僧乃驼山寺住持，字清柏。"

陆长生言简意赅道："我家郎君姓檀。"说完，再不多加一个字。

嵇清柏打听下来，两江盐商该是姓方，所以一开始就没往佛尊的命数上靠，但这种时候来朝临，还是这般排场的，怎么看都应是个世家。

对方既然防他跟防贼一样，嵇清柏也不勉强，他又双手合十行了个礼，提议去寺中宿下。

陆长生眼观鼻鼻观心，并不说话，低着头就听见郎君淡淡道："那就有劳方丈了。"

陆长生以为自己幻听了。

郎君看向他，吩咐道："让方池去打点。"

陆长生只是一恍惚的工夫，赶忙应了，出去找方池。

留下嵇清柏一人待在车里，面对着轮椅上的人。

"我单名一个章字，"檀章看着嵇清柏，突然道，"字乣涯。"

嵇清柏反应过来，温和地笑了下，低声唤了他一句"檀小郎君"。

檀章没什么太大的反应，他与嵇清柏面面相觑了一会儿，又问："方丈刚才为何要落泪？"

嵇清柏窘了窘，含糊地编了个理由："小郎君长得像我一位故人，突然见着……心里难受。"

檀章把"故人"两个字放在嘴里嚼了一遍，突然笑了，语气稍冷："与我长得像的人，可不多。"

嵇清柏没听出来他话里有话，单手打着佛语，殷切道："小郎君是星明照月一样的人物，自然世间无二。"

大约此般阿谀奉承听多了，檀章没什么额外的表情，他叫了随侍上车为自己梳头，绾了简单的发髻。

嵇清柏很羡慕对方这一头茂盛的青丝，忍不住多看了几眼，又正好被郎君瞧见。

"小郎君还有几年及冠？"嵇清柏最后还是没忍住，问道。

檀章沉默许久，抿了抿唇，不怎么情愿地答道："四年。"

嵇清柏只觉两眼一黑，勉强地笑了笑，硬撑着道："郎君真是，嗯……年少有为，头角峥嵘啊。"

陆长生重新回车上时，就发现自家主子和和尚之间弥漫着一股诡异窒息的沉默氛围。

他有些丈二和尚摸不着头脑，又不敢当着檀章的面直接去问嵇清柏，只能表面老实地坐到一旁，眼珠子都不带转的。

幸好去寺里的路不远，马车一停，坐在后头一辆车上的小沙弥们已经等不及争先恐后地跳了下来。

来人排场盛大，连寺里的两个执事也跟出来迎接，博静在檀章的马车外头，扯着嗓子喊嵇清柏："方丈师父！方丈师父！"

执事们对看了一眼，目中都有些忧虑，提防着车外面的方池："敢问我们方丈可是在车里？"

嵇清柏听到声音，怕误会了，赶忙掀开车帘，冲着两人无奈笑道："为师在呢，不得无礼。"

执事松了口气，与方丈见礼，才问起来的人。

方池只说是来朝临做生意，遇到了仇家找麻烦，伤了些人，想要暂时借住于寺内，好休养一段时日。

两名执事不怎么赞同一朝宿进来这么多人，但嵇清柏都答应了，他们也只好应承下。

临近傍晚，香客大多已经散去，零零散散的几个也并不引人注意，方池安排着底下人整理出空的禅房，倒也不客气，没多会儿就已拾掇妥当。

陆长生推着轮椅，咯吱咯吱地碾过了大殿中的青石砖。

经过无量佛像前，轮椅突然停了下来。

檀章仰头看向金佛，佛眼低垂，慈悲望来。

陆长生低头问道："郎君要不要上一炷香？"

檀章看了一会儿，转过了脸，冷道："我不信他，为何要拜他？"

陆长生没敢再说话，推着轮椅不再多停留。

嵇清柏被两个执事围着，几人表情都不怎么好。

"方丈有没有受伤？"内堂执事焦急地问。

嵇清柏："我这不是好好的吗？"

外堂执事没好气道："博静说你是被绑进去的，他们真没伤你？"

嵇清柏吓了一跳："小孩儿胡乱说的话，你们怎么能信？"

内堂执事皱着眉："来的人不是普通人，我刚还见不少人受了伤，那位坐着轮椅的小郎君方丈可知姓什么？"

嵇清柏不愿多议论檀章，肃了容，言语里带着些训诫的味道："非礼勿视、非礼勿言、非礼勿听，既然贫僧有缘遇到，助人为善那也是应该的。"

内堂执事还想说什么，却被外堂执事制止了，两人交换了一下眼神，内堂执事才放软了口气，说："弟子们只是担心师父，怕您惹到麻烦。"

"为师能惹什么麻烦？"嵇清柏不明所以，笑着道，"都快入土的人了，吃不了亏的。"

执事："……"

檀章住的禅房虽然不大，却极雅致，因为在山上，房屋前还有院子，栽着一棵茂盛的玉兰树。

如今是夏初，绿叶繁多却看不见几个花蕾，陆长生看了几眼，便没了乐趣，刚要进屋，却见檀章自己坐着轮椅出来了。

"辛夷花期还没到。"陆长生说，"郎君先换药吧。"

檀章摆了摆手，是让他闭嘴的意思，陆长生只能退下。

郎君赏了一会儿树，一错眼，便见一人立在院门口，也不知待了多久，半点声响也无。

嵇清柏双手合十，遥遥对他行了一礼。

"方丈既然到了，怎么不进来？"檀章坐在轮椅上，他两手闲适地置于膝头，问道。

嵇清柏其实只是来看看他，开始真没想着要进去，但既然对方都问了，此刻转身就走肯定是说不过去的。

"贫僧推小郎君进屋吧。"嵇清柏踏入院中，他回寺后便换上了袈裟，金纹红格映着傍晚落日，堪堪灼眼。

檀章的目光落在上头，别过眼，表情渐渐阴沉下来。

｜廿六｜

嵇清柏最关心的其实是檀章的腿。

小郎君一直坐在轮椅上，两条腿笔直垂着，晋都男子的外袍下摆宽敞，遮住了也看不太清楚。

嵇清柏几次想问，话到嘴边，又说不出口。

檀章将轮椅靠在桌边上，问了一句："方丈要喝茶吗？"

嵇清柏"哎"了一声，有些犹豫道："不了，寺里还有别的活要干，施主一个人先休息吧。"

檀章没动，一手抚着茶壶，慢慢转过身来，他不说话，目光清清冷冷，落在嵇清柏脸上时像寒冬腊月的雪。

嵇清柏没好意思再说要走。

他被小郎君看得脸皮子都冷，又说不上哪里奇怪，于是也只能一头雾水地坐下来，让檀章给他倒茶。

"方丈在这儿多久了？"小郎君收回了目光，垂眉顺目，倒没了方才的冷冽，递来的茶冒着热气，很暖手。

嵇清柏笑了笑："我跟小郎君差不多岁数时，就已经在驼山寺里了，一晃竟二十多年过去了呢。"说完，他又看了对方一眼。

檀章觑了他一眼，低声说："方丈看上去年纪不大。"

嵇清柏："……"他总不能回"我都能当你爹了"这种话吧，于是尴尬笑笑，低头喝茶。

于是陆长生回来时，看见和尚在屋里，又怀疑自己是不是产生了幻觉。

"清柏方丈？"他忍不住确认人是不是活的，"您怎么来了？"

嵇清柏站起身，朝他施礼："贫僧正巧碰上檀小郎君，进来喝杯热茶。"

陆长生一副见了鬼的表情，他伺候檀章那么多年，自家郎君哪是请人进来喝茶的性子啊！

"陆长生，"檀章突然道，"替我送送方丈。"

嵇清柏没明白檀章为何突然送客，可这么一想，又显得自己有些厚脸皮，甚是羞窘道："那、那贫僧就先告辞了……"

说完，也不等小郎君有什么反应，急匆匆出了门去。

陆长生看看这个，又看看那个，人还没动，檀章手里的茶碗突然摔在了地上。

陆长生："……"

两江盐商，宗姓为方，十六年前诞下的嫡子却是个天生有腿疾的男婴，更奇的是，男婴自出生之日起便不哭不闹，三月可言，百天断字，方宗当家的虽可惜此子腿疾，但喜他天资聪慧，不满十岁时便隐隐已有家主之风。

一日，一位云游的仙者路过两江，见到年幼的方家嫡子后，一时又惊又怖，直言此子命数并非方家能承，但只要此子在，方家百年定当鸿运昌隆。

陆长生算是最早被方家请去为檀章治疗腿疾的，他起初还奇怪为何檀章姓檀不姓方，后来知晓此事，才明白是郎君自己改了名字。

不得不说，在陆长生心里，檀章的确是极致天才，雷霆手段，谋略才策怕是十天十夜都讲不完。

但郎君那暴虐不堪、喜怒无常的性子，也跟地狱炼火中的罗刹一般无二。

陆长生伺候了这么些年，仍是每日战战兢兢，这和尚如此冒失，也怪不得会惹郎君不快了。

檀章摔了杯子后似乎气消了些，他低头看向自己的腿，神色阴郁。

陆长生小心翼翼道："郎君要召人按腿吗？"

因为腿疾，长年不用，肌肉自然会萎缩，为了保持正常模样，每日都需专人随侍按摩。

檀章闭着眼，摇了摇头，他方才动气，牵扯到了肩膀的伤口，此刻殷红的血渗出了些，染上了衣袍。

陆长生忙帮着他先处理伤口，等弄好了，又忍不住提醒："那位方丈手上有长情毒的解药……您看，这事儿该怎么办？"

"什么该怎么办？"檀章冷道，颇有些不耐，"让他帮我解啊。"

陆长生眨了眨眼，以为主子在开玩笑："……要解一年呢。"

檀章皱着眉，似乎才觉着是个麻烦，自言自语地道："一年就能解了？"

陆长生："啊？"敢情您还嫌短哪！

嵇清柏回到前殿，重新跪在佛像前。

他独自回忆了一番那佛境几万年，又回忆了上辈子当皇帝的佛尊。

重重叠叠在一起，他居然差点忘了，今世的檀章哪还记得这些。

长吁短叹了一阵子，嵇清柏才从无量殿里出来，路过的小沙弥们正准备给客人送去素膳，见他都高高兴兴地围着叫方丈。

"快去吧。"嵇清柏摸了每人一把光脑袋，"别等菜凉了。"

小沙弥们："方丈一起去吗？"

嵇清柏苦笑，他当然想去，但得忍着。

结果没想到，陆长生半夜又突然找上门来。

"怎么了？"嵇清柏随意披上僧袍，开门迎他，"小郎君有事？"

陆长生道："是有点事……劳烦方丈跑一趟。"

嵇清柏心内惊慌，他明明已经给檀章喂了解药，自己法力也用了，怎么说药效也能撑个七日，为何又突然犯病了？

"不应该啊。"嵇清柏跟在陆长生后面，他走得很快，最后等于是赶着陆长生往前跑，"贫僧的解药怎么会没用呢？"

陆长生跑得气喘吁吁。"也不是没用，就是……"他也不知道是哪里出了问题，"反正方丈去看了就明白了。"

嵇清柏听他这么一说，当然以为是出了大事，哪还顾得上对方表情，当先一步冲进了檀章的禅房。

屋里就亮着一支夜烛，影影绰绰晃出床上半躺着的人影。

嵇清柏一时被搞得有些蒙，颤着声音试探着唤了一句"檀小郎君"。

人影动了动，过了许久，只听檀章低声道："方丈，我心口难受。"

| 廿七 |

嵇清柏真是头昏脑涨，总觉得其中有什么不对，但还是担心对方的身体更多些，靠近了些问道："小郎君心口哪儿痛得厉害？"

话音刚落，嵇清柏便觉腕上一凉，郎君握着那处，正目光熠熠盯着他的脸。

佛尊这一世，实在是太年轻了些，嵇清柏打量着小郎君的脸，分出神来想，虽说除了人间，其他境界从不受岁月流淌、山河变迁的影响，佛境万年，檀章的容貌更是都未曾变过，但此刻仍旧是不同的。

与之相比，嵇清柏总觉得这一世的自己已是半截枯木。但以他上神的境界，却又是万般不该这么想的。

想不到两世下凡为人，他竟也变得如此患得患失起来。

两人一时都未言语，昏黄烛光下，嵇清柏的长睫垂着，半合住柳叶儿似的眼，许是上了年纪的缘故，他看着有些清瘦，眼角旁有淡淡的一尾纹，端的是雅正与风流。

嵇清柏离得远时没看清，近了才发现檀章肩膀的箭伤似乎被重新处理过，却不知为何又冒了血珠子，血隐隐渗到外面来。

"怎么也不说？"嵇清柏皱眉，低声叹了句，"怪不得小郎君疼了。"

檀章竟一时不知该说什么。

嵇清柏像把他当孩子，走去拿药，回来给他处理好伤口，又体贴地帮他穿好衣服。

檀章见嵇清柏要起身，赶忙伸手拉住他。

嵇清柏的僧袍被拽住时有些惊讶："小郎君？"

檀章张了张嘴，问："你去哪儿？"

嵇清柏解释说："贫僧去倒杯水。"

檀章抿着唇不说话，手却没松开，嵇清柏与他对视了一会儿，无奈地笑了下："小郎君不用担心，贫僧不走就是了。"

嵇清柏真身是一只貘，晚上总得睡觉，当和尚也会困，想着就陪着檀小郎君将就着睡这么一晚也无甚大碍。

既然想通了，嵇清柏也不是纠结的性子，他僧袍未脱，睡在床榻外侧，面朝着小郎君，有些困地打了个哈欠。

"贫僧失礼了。"嵇清柏怕压着檀章的腿，隔了床被子在两人中间。

檀章眉宇间又起了褶子，他似乎胸口憋了怒气，半晌才冷冷道："方丈不用这么提防着我。"

嵇清柏一愣，失笑道："贫僧是怕自己睡觉不老实，压着了小郎君的腿。"

檀章看了他一眼，不情不愿地道："我的腿，也没那么不堪。"

嵇清柏眨了眨眼，以为自己又说错了话，于是只能闭上嘴，沉默地躺着。

困意上来，嵇清柏沉沉陷入了梦里。

身为梦貘上神，嵇清柏自己其实很少做梦。

他该是织梦的神，吃梦的兽，要不然也不会在万年前被佛尊看中，升入佛境替檀章滋养神海。

无量佛掌管着世间无数善恶，要保灵台万年清明又岂是容易的事？须得他来替佛尊吃掉恶念，梳理善根，方能维持无量大道。

所以嵇清柏发现自己居然难得地做了梦，觉得有些古怪。

梦里他又回到了上一世，正是花季，御龙殿后面的辛夷花林落英缤纷，花香醉人，还是嵇玉的自己坐在树下，抬头望着。

再一转眼，便是穿着玄色龙袍的檀章。皇帝似是刚下朝，匆忙赶来，肩上披着雪白的狐裘大氅。

嵇玉回过头，只一瞬，便又成了嵇清柏自己。

嵇清柏一时甚至有些分不清是梦是醒，他伸手去探，快碰到皇帝时，檀章又变成了今世只有十六岁的小郎君。

"方丈，"小郎君坐在轮椅上，看着他，轻轻笑了笑，"你是神仙，怎么会老呢？"

他说："朕记得你，你要是来了，朕一定能认出你来。"

嵇清柏猛地惊醒时，只觉一身冷汗，他恍然看向枕边，檀小郎君睡得正熟，呼吸安然。

嵇清柏看了他许久，一手遮额，低念了一句"阿弥陀佛"。

再想睡时，却怎么也睡不着了。

辗转反侧了一阵，嵇清柏干脆起身，蹑手蹑脚地下了地。

房门不知什么时候开了锁，嵇清柏干脆趁着晨光熹微回了自己的禅房，一路上遇到几个早起练功的小沙弥，幸好也没人多问。

方丈有自己的经室，嵇清柏回去后，僧袍也没来得及换，盘腿坐在蒲团上，面前摆着成卷的经书。

他现在是真的后悔，至于悔些什么，一时半会儿又稀里糊涂。

嵇清柏绝望地想，他是来帮着佛尊度众生之苦的，别到了最后自己的命数又与之纠缠，等到无量历劫归位，了却凡尘，他可如何是好呢？

他最后把经卷随意丢到一旁，收拾了笔墨去院子里清洗，看着那墨水淌了一地，心里头也没舒服多少。

前院的执事找来时，便见方丈蹲在院子里，手里是洗了一半的笔墨，正低着头不知在想些什么。

执事上前喊了几声"师父"，对方终于有了反应。

"师父今天不去殿里讲经了？"执事问。

嵇清柏哪有心情去讲经，敷衍地摇了摇头。

执事："那新来的方氏请您呢？"

嵇清柏没反应过来："请我干什么？"

"讲经啊。"执事理所当然地道，"给了不少香火钱呢。"

嵇清柏："……"

说来惭愧，驼山寺在他当住持之前，是真的穷。就算如今莫名其妙地香火旺了不少，他们也因地方小，活动少，捞不到太多香客的油水。

直到后来嵇清柏当了方丈，开始出门做些讲经结绳开光的佛事。

他只需与朝临的小姐夫人们诵经讲佛，或是在无量殿里多待一两个时辰，香火钱往往要比平日里多翻上几倍。

起初做得还好好的，直到后来执事们发现，有人居然半夜跑来翻方丈禅房的院墙，于是嵇清柏的抛头露面也受到了限制。

去给檀章讲经，嵇清柏总有种错位颠倒的滑稽感。

他记得自己刚飞升上神境界那会儿，全然是个没心没肺的稚子顽童，散仙做派，一百多年来无拘无束，占了个山头，方便吃睡，哪谈得上规矩，仗着自己元魂强大精纯，修为深厚，别说镇一个瓜果林子的山头了，管着八方四河的妖魔鬼怪都不用费太多力气。

好歹他嵇清柏当年也是去过上神宴，叫得出名字的神君，一把荆生神弓，鬃毛揉弦，明灯芯火为箭，玩得野的时候，射下过东海神珠、蓬莱麟角。

直到那日佛境开天，妙音鸟反抱琵琶飞出五彩祥云，无量现世居然来了他小小山头，嵇清柏被佛尊法印压得动弹不得，才算是彻彻底底吃了个大亏。

他被带去佛境后，每月七天，佛尊下莲花台，必要花一日同他讲经。

那段日子嵇清柏真是苦不堪言，他以为他来这儿最多就是陪着睡觉的，哪晓得还得受教育。

一日佛尊讲完经，从莲花座上低头，面前青烟袅袅，拢着不见悲喜的一双眼。

"嵇玉，"佛尊声如灵钟，"你可睡醒了？"

嵇清柏那会儿不像刚来时胆子那么小，他与佛尊睡了有一阵子，最放肆的时候变回真身翻过肚皮，颇有点恃宠而骄的趋势。

"尊上是佛，六根清净。"嵇清柏小声抱怨着，"我才区区上神，不忌讳这些。"

佛尊冷冷淡淡看了他一会儿，似是笑了，又好像没有。

从那之后，佛尊便不再同他讲经了。

如今嵇清柏面前摊着经卷，他盘腿坐在蒲团上，案几上摆着一盏香插，细丝似的烟袅袅旋着。

檀章坐在轮椅上，手肘松垮地搭着。他许是因为箭伤，有些发低热，两颊浮着病气般的红晕，一头青丝束高了，露出一截脂玉似的脖颈。

嵇清柏偶尔从经文里抬起头，见小郎君都听得极认真，眉眼中盛着股青涩动人的劲儿。

"方丈怎么不继续念了？"发现嵇清柏停了，檀章歪了歪脑袋，轻声问道。

嵇清柏叹了口气，起身去倒茶，背对着人，语气有些埋怨："小郎君身体不适，该好好歇着。"

他转过身，将杯盏递到檀章面前："讲经什么的，可以下次再来听。"

檀章盯着嵇清柏看了一会儿，又垂下眼去，他没伸手接过那茶盏，只是低头，张开嘴，突然含住了边沿。

嵇清柏愣了一下，怕茶水洒了，下意识扶住小郎君的背，慢慢将茶水喂进了对方嘴里。

"方丈，"小郎君呵气似的，带着笑，盯着嵇清柏的耳垂问，"你什么时候扮过观音啊？"

| 廿八 |

有那么一瞬间，嵇清柏以为檀章没喝阎王殿里的那碗孟婆汤。

他惊到有片刻茫然，但又觉得自己想太多，阎王殿中众生平等，那一碗孟婆汤谁也不该错过。

毕竟檀章上一世因为他苦了这么多年，这一世根本不知道还能不能遇见，檀章何苦要记着他两辈子呢？

除了左耳的洞眼，嵇清柏的胸口处还有檀章上辈子射中的那一箭箭伤，他偶尔也会想去阎王殿讨一碗汤来，不知神仙喝了有没有用。

小郎君见方丈不说话，便有些执拗地捉住了嵇清柏的手腕。

虽说腿有疾，但檀章却不羸弱，少年人的筋骨精瘦，嵇清柏被抓着腕子竟一时也挣脱不开。

"小郎君，"嵇清柏的鼻尖冒了些汗，勉强道，"你……"

檀章不说话，突然一只手捏到了他的后颈皮。

这一处向来是嵇清柏的七寸，方丈手一抖，茶盏掉在了地上，落了个碎碎平安。

嵇清柏僵了僵，不太明白这一世怎么两人又在莫名其妙的地方纠缠了起来，难道是因为他正好救了檀章……

"长情毒的解药，小郎君今日服了没？"嵇清柏突然想起来，他算了算日子，该是吃第二粒的时候了，怪不得檀章今日脸色苍白，周身发热，怕是长情毒发作，自己都没发现吧。

檀章皱着眉，表情又变得阴阴沉沉，他咬着牙，硬声道："我药没带在身上。"

"这毒奇凶，一旦毒发，后果不堪设想。"嵇清柏一副急得不行的表情，轻声怨道，"小郎君不应该疏忽的。"

檀章捏紧了方丈的手，求道："那方丈可要救我……"

嵇清柏展颜一笑，点了点头："小郎君放心，药我随身带着呢！"

檀章："……"

嵇清柏又是一阵忙上忙下，服侍着檀章把解药给吃了，小郎君大概是毒发了难受，脸色青白交错，连眼圈儿都是红的，盯着嵇清柏闷不作声。

嵇清柏心里疼他，以为檀章是难忍毒发之苦，只能蹲下身，跪在他的轮椅旁边，低声劝慰："小郎君放心，一会儿便会好受许多。"

檀章目光落在嵇清柏脸上，冷冷道："方丈真是高松明月，可你该知道，我并不是什么好人。"

嵇清柏一愣，不知他何意。

檀章："你手里一日有这长情解药，我就一日受制于你，你怎知我会放心？"

嵇清柏手心冒汗，惊觉自己怎么给忘了，无量度劫哪还有什么灵台善根？自不必压制沉积了万年的六界恶念。

跟上辈子一样，檀章如今就是个鬼啊！

小郎君见嵇清柏面色苍白，神情惶恐，竟觉得甚是愉悦。他舔了舔唇，低头凑近了方丈的脸道："你说，我是不是现在就该杀了你？"

嵇清柏："……"

檀章直起身，坐在轮椅上，两手规矩地摆着，居高临下地看着嵇清柏，面无表情地道："方丈，这经，我们明日讲吧。"

两江盐商方氏乃晋都第一世家，不但手里重兵在握，更是唯一的外姓王族，族里的嫡女中如今有太后的身份，皇帝小儿都跟这一族沾亲带故。

嵇清柏这一次打听得非常细致，他总觉得自己之前在没有宫斗经验上吃过大亏，无论如何不能再犯错，而且檀章昨日说要杀他时，是真的动了杀意的。

嵇清柏觉得自己两世下界都猜不准佛尊的心思，当然，在佛境万年里他也没猜透过。

所以嵇清柏有点想跑了。

他也许能找个云游四方之类的借口，离开驼山寺，把解药留给陆长生就行，之后化个魂跟着这群人，暗地里帮着檀章过完这一辈子。

嵇清柏越想越觉得靠谱，于是连夜打包了行李，找来两名执事，真情实意地嘱咐了一番。

结果半夜里他发现自己的禅房被围了。

方池养好了伤后，不知道是不是嵇清柏的错觉，总觉得人长得似乎更彪悍了些。

他们寺里的伙食这么好吗？

"方丈这是准备去哪儿？"方池站在院门口，一只手架在佩刀上。

嵇清柏为了跑路方便只穿了一件洗旧了的僧袍，肩上背着竹制的经箱，此刻神色木然，站在院子里。

方池的身后有连绵不绝的火光，全寺大大小小一百多口人都在后面，嵇清柏不是瞎的，他看到博静他们几个小沙弥惶惶然的脸，前后执事盘腿坐着，脸色不忿又屈辱。

车轮滚动的声响不快不慢，由远及近，陆长生推着车，挤开众人走到了人前。

檀章这次没有穿着平时的常衫，他换了正统家主的锦袍，外姓王族可穿龙绣凤，方氏又着玄色，广袖间舞着金色的蟠龙九爪。

很少有年纪轻轻的小郎君压得住这锦绣华服，但檀章却能简简单单让那条金色蟠龙都失了颜色。

嵇清柏看着他，心内真是复杂。

对方倒是面色平静，一双手笼在袖子里，云淡风轻，懒懒散散。

嵇清柏双手合十，念了句"阿弥陀佛"："檀小郎君。"

檀章打量着他，笑了下："方丈要走，怎么连招呼都不打一声？"

嵇清柏心想自己真是冤枉，他解药都留给陆长生了，怎么叫没打招呼？！

"贫僧这次是去云游传业，不想惊动太多人。"嵇清柏说完，又看了一眼外头一堆徒子徒孙的光脑袋，有些无奈，"驼山寺小，也从不与人交恶，众僧不知哪里得罪了您，还望施主大人不记小人过，放了他们吧。"

檀章对放不放人并不表态，倒是盘腿坐着的执事非常忠贞不屈，梗着脖子急道："什么世家身份！檀章你真是该进畜生道！我们方丈好心救你，你呢？竟做出这种事情！你真是脸都不要了！"

檀章倒像是听到了什么有趣的话，略带兴味地"哦"了一声，淡淡道："听大师这话，檀某还真是个十恶不赦之人。"

执事愤恨道："无量佛尊在上！定会让你堕阿鼻地狱的！"

这咒得太狠了。

陆长生心肝都在颤抖，起初檀章让方池围了寺他就猜到应该是为了这寺里的方丈，他们倒不是想赶尽杀绝之类的，只想借此威吓一下而已。

结果没想到这寺里的和尚们都还烈得很，又一心维护嵇清柏，居然连命都不要了，敢这么当众呵斥。

执事骂完，连嵇清柏都傻了，这半夜山上本来就寂静，这一下更是连鸟虫都噤了声。

半晌，才听到檀章发出短促的一声嗤笑。

"你以为我会怕？"檀章居高临下地看着，他脸上不悲不喜，不怒不嗔，目光盈盈，似凝了片雪，"我要做什么，阿鼻地狱拦不住我，天上神佛更拦不住。"

他说着，看向嵇清柏，伸出一只手来："过来吧，方丈，你我该上路了。"

| 廿九 |

想云游的方丈最终还是没能云游成，为了寺里一百多条人命，嵇清柏乖乖上了檀章的车。

两位执事老泪纵横，站在寺门口送了一遍又一遍，小沙弥们有的年纪太小，不怎么懂这里头的弯弯绕绕，嵇清柏安慰到最后感觉头都晕了，上了车还要看小郎君的脸色。

毕竟想偷摸跑路的是他，檀章心里有气也正常。

陆长生待在车里，真是连呼吸都不敢用力，努力降低着自己的存在感。

檀章坐在轮椅上，不言不语地闭目养神，嵇清柏看了他好几眼，只能先退让一步，有些讨好地低声道："之前答应了小郎君讲经，不知现在还作不作数？"

他不提还好，一提檀章的脸就更冷了几分，凉凉地道："我当方丈已经忘了呢。"

嵇清柏尴尬了一下，不过脸皮还算厚，拿了经书出来摊在膝上。

檀章这回没再说什么挖苦嘲讽的话，撑着头安静地听着。

嵇清柏这次讲得比较久，久到嗓子都冒烟了，一抬头，发现陆长生不知何时出去的，只留下小郎君和他两人待在车里。

檀章微合着眼，不知是不是还醒着，嵇清柏盯住他看了一会儿，突然皱了皱眉。

小郎君肩膀上的箭伤不知为何居然还没好，黑色的锦袍洇出一块深色，嵇清柏闻到了一股淡淡的血腥味。

檀章其实并没有睡着，他全部神思都在嵇清柏身上，听见那人声音停了，睁开眼，嵇清柏的脸近在咫尺。

"方丈这是做什么？"檀章等了一会儿，才问。

嵇清柏皱着眉，开口问道："小郎君肩上的伤还没好吗？"

檀章低头看了一眼，并不是太在意："伤口有些深罢了。"

嵇清柏脸色不豫，他总觉得有些蹊跷，仔细看了一会儿，合掌道："小郎君让贫僧帮您瞧瞧吧。"

檀章倒是不介意在嵇清柏面前宽衣解带，他露出半个肩，肤色白得像月，让嵇清柏靠近了看。

起初还无事，可才没一会儿，檀章竟觉着伤口似乎有些烫。

嵇清柏低着头看不清楚表情，他一手扶着檀章的肩膀，指尖像是抹了下什么，闪过一线金光。

檀章"唑"了一声。

嵇清柏心无旁骛，理好了他的衣服，将人扶到了轮椅上。

"小郎君的伤口要处理一下。"嵇清柏温和地道。他喊了陆长生进来，帮着一块儿重新包扎了檀章的箭伤。

状似无意，嵇清柏忽地开口问道："不知伤了小郎君的是谁？"

陆长生没反应过来，看了眼嵇清柏，又望向自家主子。

檀章挑眉，并不瞒他："应是齐北的燕郡。"

陆长生有些愁怨，搭腔道："两江世代皆与燕郡交恶，到了郎君这里，更是成了解不开的结。"

嵇清柏点了点头，不再说话。

他垂眼看着自己的食指尖，那儿不知何时被割了一个血口，冒出条细细的红线。

鸳鸯业火。

一旦伤了肉体凡胎，便久难愈合，肌骨易腐。

嵇清柏闭了闭眼，只觉滔天怒意袭向他心口，激得他四肢百骸抖如筛糠。

原本以为金焰炽凤只与自己有仇，合该今世也会先找他嵇清柏的麻烦，没想到这圣妖不但伤了已成凡人的佛尊，还下了如此阴险的毒。

嵇清柏有片刻悔意，没能早些找到檀章，护他周全，心底更是杀意四起，恨不得立马将那畜生挫骨扬灰。

佛尊是他的肉中骨，心上血。

嵇清柏上辈子就怨自己没能早些杀了鸣寰，让檀章吃了太多苦头，甚至差点殒命于鸳鸯刀下，今世居然又晚了一步，怎叫他心中不恼？！

一旁的小郎君见嵇清柏脸色不对，目中疑虑，张了张口，唤了一声："方丈？"

嵇清柏回过神来，他看着檀章良久，突然笑了一笑，双手合十，念了句"阿弥陀佛"。

"小郎君，"方丈的指尖不知何时绕了根红线，跪在轮椅旁，伸出手，珍重地将那根线小心系在了檀章的腕上，轻声道："贫僧为您结绳，愿护您生生世世，平安喜乐。"

| 卅 |

两江方氏这回来朝临还真是正正经经跑商来的，只是没人知道来的会是如此年轻的方氏家主。

商队遇袭后，消息藏得严，驼山寺虽然香客众多，但也没人发现方氏少主在此养伤。檀章带着嵇清柏离开后，朝临的夫人小姐们没少打听过方丈去了哪里，不过都被驼山寺的两位执事以云游为借口给打发了。

商队继续往北，路途上隐隐加快了速度，只是陆长生这阵子面色不是太好，说来理由荒谬，竟然是驼山寺的那位方丈突然病了。

嵇清柏第一次咯血的时候檀章并不知道，陆长生清早撞见时吓了一跳，上前把了半天脉却没任何头绪。

嵇清柏淡定地擦干净嘴边殷红，笑着道："无妨，贫僧平时就有些心悸的毛病，长生兄不用担心。"

这和尚是真的非常自来熟，没几天就与他称兄道弟起来。

陆长生皱着眉，只好讲："虽然知道带你出来你心里不乐意，咱们小郎君也有些强人所难，但人家待你如此好，你心就该放宽些！"

嵇清柏知道陆长生是误会了，心想太医真是一点没变，该啰唆的时候还是那么啰唆。

方丈想了想，委婉道："我其实并不……"

陆长生不怎么耐烦听他解释，一副"好啦，我都懂"的表情，给他配了些安神宁心的药。

嵇清柏实在不知道和凡人该怎么讲明白，只能收下。

结果药还没喝几天呢，今日晚间药包就被檀章发现了。

虽说嵇清柏的确算得上是檀章"强抢"来的，但小郎君毕竟脸皮薄了些，又气嵇清柏的不告而别，避自己如蛇蝎，所以除了每七天那顿解药，檀章极少搭理他，只因着每日雷打不动的讲经，他俩还算得上些正面交集，但都是一个规规矩矩地讲，一个冷冷淡淡地听。

陆长生心大，不觉得方丈有多金贵，也没另外安排他睡觉的地方。

于是嵇清柏只能每晚不尴不尬地睡在马车外间，没想到早上随手扔的药，却被檀章发现了。

"贫僧这几日有些贫血。"嵇清柏见对方脸色难看，急忙找理由安抚，"长生兄便给我配了几副滋补气血的药。"

檀章张了张嘴，他整个人几乎白成了一张纸，盯着嵇清柏的目光又深又怨。

嵇清柏不知他为何突然有这么大反应，蹲下身，抓住了对方的手。

檀章的指尖冰凉，轻轻颤抖着。

嵇清柏皱眉，唤了声："小郎君？"

檀章看着他，似哭非哭地扯了个笑，声音嘶哑："你就这么怨恨我吗……"

嵇清柏正莫名其妙着，檀章突然别过头，不再看他，用力抽开手时，因为动作过大，嵇清柏还被他拉得一个踉跄，檀章似乎稍有犹豫，但仍决绝地背过身去，自己慢慢推着轮椅进了屋内。

嵇清柏低头盯着自己的双手，眉峰轻轻拢了起来。

半夜商队在野外扎营，檀章的马车被侍卫们围在中间，嵇清柏假寐着，听到里间呼吸平稳，佛尊已然入梦。

他睁开眼，盘腿坐起，指尖微动，念了个诀。

转瞬间，和尚的肉身入定，再无半点声息。

嵇清柏一脚踩入烈焰，他已恢复上神之姿，一身雾霭蓝衫，双肘间飞绕着清梦冰绫，一簇芯火燃于眉间，居高临下地望着火中的人。

鸣寰这一世果然变了样子，但仍旧面色苍白，浮着股不自然的病气，看着比上一世愈加文弱。

他抬起头，看到嵇清柏似乎并不意外，咧嘴一笑，朗声道："不愧是梦貘上神，在这梦里倒是来去自如。"

嵇清柏挑了下眉，淡淡道："比不过你金焰炽凤，我那荆生一箭，居然没能在梦中取你性命。"

鸣寰倒是不甚在意，他之前更好奇嵇清柏是如何发现的他，竟能追踪痕迹入他梦来，结果转念一想，他便明白了。

"你遇到无量佛了？"鸣寰笃定地道。

嵇清柏冷笑，荆生神弓已经握在了他的手里："你真是胆大包天，居然敢在我眼皮子底下打佛尊的主意。"

鸣寰打量了一眼嵇清柏的弓，一手悄悄攀上了腰间的鹜鸾，笑容仍旧漫不经心："他在佛境十几万年，早该过腻了，你怎么知道他还愿意当他的无量佛，维持六界无量天道？"

嵇清柏知道这梦境撑不了多久，圣妖是在拖延时间想要醒来，他必须速战速决。

如在现实里，嵇清柏定不会是这只金焰炽凤的对手，但梦里就不同了。

他真身是一只食梦貘，在梦中仍旧能保有真身元魂，而其他神妖不同，只要入梦，便只有元魂的形态，自然脆弱不敌。

但金焰炽凤毕竟是上古圣妖，嵇清柏已来了对方梦中三回，都没能取他性命，而一旦清醒，要想在现世里杀掉对方，凭嵇清柏如今的修为，怕是连同归于尽都做不到。

就算是在梦里，境界修为的深浅也仍是有区别的。

佛尊法印无极，除非檀章主动释梦于他，否则以嵇清柏全盛时期的修为也窥不了佛尊的梦境一丝一毫。

圣妖的梦当然也难入，嵇清柏凭着檀章身上的鹜鸾业火才寻到鸣寰的踪迹，只是没想到进来时却是没费太大力气。

不过其中怪异，嵇清柏也没工夫细想，杀圣妖对他来说没什么心理负担，鸣寰的命数不在六界之内，他死也不算真的死，最多多涅槃几次早些入轮回罢了，反而有助于他的修为因果，这也是嵇清柏始终搞不明白这只死凤凰老纠缠不去的原因。

在他看来，圣妖虽入红尘万千，但又脱离六界束缚，他无法成神，也不能成魔，只是区区六界过客而已，万年轮回时便什么都忘了，又何必再与这尘世间纠缠孽缘。

能让金焰炽凤惦念这么久，嵇清柏都有些怀疑是不是自己在上次历劫时碰到刚入万年轮回的圣妖，骗得一张白纸似的鸣寰团团转，对方才不肯轻易放过他。

但这金焰炽凤明明两次最先想杀的都是檀章。

白朝又说过他上次历劫冲撞了圣妖轮回，佛尊特意下界出手相助……

"你倒是还有工夫想别的。"鸣寰颈肩中了一箭，没死，但也没醒。

嵇清柏当然也好不到哪儿去，他修为大不如前，鸣寰梦中的业火又烧得厉害，入人梦境就得承人梦意，修为越强的魔与神，自然梦意也就越难对付。

圣妖三番两次被嵇清柏入梦后显然摸清了些门路。

业火烧入梦中，平原起了高山巨峰，嵇清柏一脚踏入业火，便见远处一只金鹏披着火焰尖啸着朝他冲来。

清梦冰绫从嵇清柏的手中飞出，束住金鹏鸟爪，鸟鸣凄厉，嵇清柏扯住冰绫想将它拉下地来。

金鹏自然不肯，鸟头昂扬，巨喙张开喷出一股火柱。嵇清柏飞身躲开，挽起荆生，射出一箭芯火。

金鹏的鸟眼中了一箭，却是越发凶猛起来。嵇清柏狼狈躲了几次，冰绫始终拽在手里，拖着鸟爪。

"不自量力！"鸣寰不知何时站在了金鹏的双翼间，一手捂着左眼，一手提着鸷鸾刀。

嵇清柏只觉手臂一紧，几乎被拽得脱臼，紧跟着半身飞入空中，底下业火燎着了他衣摆，一路顺着烧到了背上，嵇清柏像是不觉得痛似的，咬牙捏紧了冰绫，低喝道："束！"

金鹏一声惨叫，鸟爪被生生扯断，嵇清柏从半空中跌落，冰绫旋转着飞到他的腰间，将人堪堪托起。

下一秒，鸣寰举着鸷鸾刀当头劈来。

嵇清柏提弓擎住这一下，抬起腿，将圣妖踹飞。

震裂的虎口几乎握不住荆生，嵇清柏满脸都是那只金鹏的血，双眼透过血雾盯着金焰炽凤。

鸣寰撑着刀站起身，还没开口损上几句，天边突然传来了一阵阵闷雷。

这是要梦醒的征兆。

嵇清柏恨得咬牙切齿，孤注一掷举起荆生，又一支芯火箭燃在了他的双指间。

鸣寰倒是神色平静，淡淡道："省点力气吧，梦貘上神，你想死在这儿吗？"

嵇清柏一声不吭，举着弓的手臂轻微抖着。

鸣寰的元魂从脚边燃起了光，一片片似星子般渐渐碎去。

"你为了他还真是什么都肯给。"金焰炽风的眼神清冷奚落，碎片飘在了业火中，转瞬即逝，火焰渐渐灭去，一滴天雨落在了嵇清柏的脸上。

"你有没有想过，要是有一天无量归位，他把什么都忘了，你又该如何自处？"碎片划开了鸣寰那只受伤的眼，那目光刺得嵇清柏心口剧痛。

"闭嘴！"嵇清柏在最后一刻射出了手里的芯火，面前却已是一片虚无，他愣怔了半晌，身形突然脱力地晃了晃，眼前一黑，终是倒在了那片滚烫的天雨里。

| 卅一 |

檀章从梦中惊醒时，只听到外间传来一连串咳嗽声。

他下意识坐起来想要下床，却因腿脚不便，半身直接摔了下来，挣扎着攀上轮椅，才绕过屏风。

嵇清柏当然听见了声响，但主要自顾不暇，勉强藏住了沾血的僧袍，一回头就看到了坐在轮椅上的小郎君。

檀章的眼中像含着冰碴子，冷冷地看着他。

嵇清柏刚想说话，一张口，嗓子眼又是一股锈味，他捂住嘴，血从指缝里流了下来。

真是太狼狈了。

嵇清柏尴尬地想，他外貌虽没变，但也是上了年纪的样子，总归不是太好看。

正胡思乱想间，嵇清柏突然被扶住了。

檀章坐在轮椅上，但力气大得有些吓人，他朝着车外厉声喝道："陆长生！"

陆长生跌跌撞撞地跑了进来。

嵇清柏总觉得这一幕有些似曾相识……

一进来陆长生就知道和尚又吐血了，把完脉陆长生还是说不出什么一二三的毛病来。

但说心思郁结、忧虑过重之类的借口，又听着有股怨恨檀章的意思在里头。

嵇清柏伤的是元魂，凡人当然诊断不出来。

他靠在檀章身上倒是舒服不少，就像上辈子一样，佛尊的法印滋补了不少他神海中的法力，梦境里能好几次重创那金焰炽凤，也与他和檀章整晚共处一室有关。

喝完先前配的几服药，嵇清柏被扶到了床上，两人坐着相顾无言半响，小郎君终于抬起眼，看向了对方。

"该是我恨你才是。"檀章没什么表情，一字一顿地说着，"你总让我难受。"

虽说这话讲得没头没脑，但嵇清柏实在是无力反驳，上一辈子也是，他让檀章尝尽了人间苦难，孤苦无依了整个后半生。

嵇清柏实在不知说些什么，但一想到佛尊这辈子该度的劫，便只能硬起心肠涩然道："小郎君现在年纪还小……等过了若干年岁，往事也只是场梦罢了。"

檀章像是听了什么笑话似的，过了许久，才轻声问道："那你又为何，要入我梦来？"

商队在三天后即将进入蜀川的城门。

这三天陆长生过得可谓战战兢兢，做得最多的就是把脉和煎药。好消息是，小郎君肩膀上的伤终于是彻底好了。

嵇清柏这几天都未再入梦，自然也没和那只金焰炽凤打得两败俱伤、晨起吐血。檀章自说完那些话后，对他仍旧是不冷不热，但每日讲经照旧，偶尔嵇清柏抬起头时，发现檀章的目光像一捧雪似的，落在他的身上。

进城住店，两人被安排在了一间房里。

檀章不说话，嵇清柏也没好意思开口。

相比之下，嵇清柏觉得还是自己占便宜多了些，毕竟他如今这修为，能多蹭一点佛尊法印都是极好的。

蜀川与朝临不同，因为接壤齐北，这边的风土人情就少了不少文墨花客的调调，整个透出一股质朴和粗犷来。

普通百姓的长相也与南边不同，高鼻深目的人随处可见，就算是方池这类身板的，到了这儿也没显得多突兀。

倒是坐在轮椅上的小郎君常引人注目，幸好檀章从气质上看怎么都是位不得了的贵人，便也无人敢随便冒犯。

方氏来这儿是正正经经准备谈生意的，嵇清柏总觉得带着他去烟花地有些不合适。

可檀章似乎就怕他跑了，恨不得把人拴裤腰带上。

虽说有斗笠纱帐遮脸，但一身僧袍总不能藏起来，嵇清柏坐在檀章身边，对面的生意人总会多看他几眼。

有时对方还备了礼，最意想不到的一份，是两名异域舞姬，娇媚女子跪在檀章轮椅边上时，嵇清柏尴尬得眼都不知道该往哪儿放。

结果到了晚上，檀章的床上却并无他人。

刚到蜀川的第一晚，檀章的长情毒就又发了，舟车劳顿一日，半夜里谁都睡得像猪，小郎君腿脚不便，根本无法起身找解药，只能在床上苦苦压抑着，差点没了命。

嵇清柏迷糊中听到呻吟声才猛地惊醒。

嵇清柏最后找到解药，哄着他服下，折腾了大半夜，最后自己什么时候睡着的，已经不记得了。

他似乎又做了个梦。

梦里是上一世的盘龙寺。

有过之前做梦的经验后，这一次嵇清柏倒是不怎么觉得奇怪了。

他站在寺门口，回过头便是千层阶，有人徐徐走来，一身玄色，绣着龙纹。

檀章跪在了第一层台阶上。

嵇清柏睁大了眼，他一步也动不了，只能眼睁睁地看着檀章一阶又一阶地磕行而来。

等到皇帝磕完最后一阶，站在嵇清柏的面前，两膝上全是血污与灰尘。

怀让念了一句"阿弥陀佛"。

"陛下心诚至此，所求一定所得。"

画面一转，嵇清柏站在无量殿中，昏暗的佛堂内，一人跪在佛像前。

檀章此时已过了花甲之年，两鬓霜白，老态龙钟，饶是嵇清柏见过他这般模样，此时再看仍是痛苦难堪。

皇帝抬起头，看着顶梁的金佛，似是笑了一笑。

"朕一生所求的，你终究是给不了朕。"

嵇清柏醒来时，只觉满脸是泪，檀章不知何时也醒了，正低头看着他。

两人四目相接，须臾，小郎君轻叹了口气，低声问："怎么又哭了？"

嵇清柏濡湿的眼睫像两扇飞蛾翅膀，轻轻抖动。

檀章无奈，笑道："瞧把你给委屈的。"

嵇清柏胡乱摇着头，他心想与檀章比，他又何来的委屈？

想到长阶磕行的檀章，整夜跪在无量佛前的檀章，嵇清柏只觉得心口都要被剜出血来。

许是嵇清柏哭得太惨，这么一折腾，之前那些踯躅倒是一下子都没了。

于是檀章每晚捏腿的任务便交给了嵇清柏。

他对檀章的愧意实在是太深，所以做起这些事来半点不觉得有什么。

任劳任怨，体贴入微，就怕小郎君哪里不舒服，哪儿又不高兴了，以至于一时半会儿竟都快忘了找金焰炽凤的麻烦。

直到一日午后，方池有事来禀。

嵇清柏跪坐在地，膝上摊着一卷佛经，檀章并不避讳他。

"齐北似乎来了人，安全起见，我们是否现在动身？"方池说完，看了一眼嵇清柏，继续道，"少主出来这么久，也该回两江了。"

嵇清柏听到"齐北"二字时，眼皮跳了一下，鸣寰上一世涅槃后，这一世便在齐北燕郡，伤了檀章的，自然也是他。

原本以为梦境交手几次，金焰炽凤或多或少也都伤了些元魂，该不会这么早就寻来，嵇清柏懊悔自己当时没能拼死一搏，脸色相当难看。

檀章对燕郡倒不是多忌惮，但也并不想惹麻烦，于是吩咐下去，准备连夜上路。

他见嵇清柏神色晦暗，以为对方心怯，低笑着安慰道："上次是我不小心，这次不会了，等到了两江，燕郡就算手眼通天也过不来，你无须担心。"

嵇清柏知道一时半会儿许多事情都与小郎君说不清楚，于是压下心内急怒，顺从地点了点头。

方池的速度极快，不消半天，整个商队便可整装出发。

嵇清柏和檀章仍旧共乘一辆四骑马车，临出发前又将陆长生叫进了车内。

"你身体刚好一些，回程路远，须得注意一些。"檀章不知为何，特别在意嵇清柏的咯血之症，明明这几日他因为晚上老实睡觉，乖乖滋养神海，不再找鸣寰麻烦，已经很少白日咯血了，但檀章仍旧是一副"一朝被蛇咬，十年怕井绳"的态度，始终放心不下。

陆长生除了多年前治檀章的腿外，还从未如此上心过哪个病人，他既然看不出嵇清柏的毛病，便只能往养生滋补上去靠。

这下可难为了嵇清柏，他上辈子做了药罐子，这辈子居然又吃上了同一个人配的方子。

这因果循环真是循环了个彻底，居然连这良药苦口都不带换的。

于是边吃着药边赶了小半个月路，临到两江渡口时，商队的警戒终于是放松了一些。

结果这刚一放松，意外便发生了。

陆长生在马车旁煎药时被人从后面敲晕了过去，恰逢晌午，车内檀章枕着卧垫小憩，嵇清柏在一旁抄写经书。

陆长生人被扔进来时，嵇清柏甚至都没反应过来，马车就已经动了。

绑匪看着像普通草寇，身手却是不俗，嵇清柏将檀章与陆长生护在身后，与十几人对峙。

"这马跑得还挺快。"一人似乎在前头赶马，声音洪亮，"后头已经追不上了。"

嵇清柏心里头一点一点地沉了下去，他眯着眼，手上刚要有动作，腕间一紧，竟是被什么东西绑了。

为首的瘦高个儿冲他意味深长地笑了下："有人说你是个高手，送了件法宝给我们，现在看来还真用得上。"

金焰炽凤的法宝，嵇清柏自然不可能不认识，檀章在他身后似乎想帮着解开，草寇看见了，嗤笑道："小郎君别白费力气了，这不是凡人的玩意儿，你解没用。"

嵇清柏的神情僵硬，也顾不得身份了，他是真的怕鸣寰在这儿堵着，要是正面对上，别说护住檀章和陆长生，他自身可能都难保。

马车不知奔了多久，陆长生迷迷糊糊醒过来时，吓得差点又晕过去，嵇清柏念了几次诀，都没能把腕上的绳子解开，脸色越发阴沉。

草寇有十几个人，轮番看着他们。檀章腿脚不方便，也无法自己坐回轮椅上，嵇清柏总怕他被人为难，要紧地护着。陆长生镇定下来后大概也摸清了形势，低声对着嵇清柏咬耳朵："燕郡的人不敢离两江太近，我们该是被带到了清河。"

清河小镇处在两江和朝临中间，说是镇子，规模也就和个大点的驿站差不多，檀章的人要找过来不是什么难事儿，但一时半会儿肯定是到不了的。

草寇分了两拨人赶着嵇清柏他们下车，陆长生终于有机会扶着檀章坐上轮椅，嵇清柏转头看去，就被其中一个高瘦的男人踢了一脚。

"你要见的人在里面，别东张西望的。"那人说道。

嵇清柏心下沉沉，猜到鸣寰果然还是来了。

檀章显然比嵇清柏还要心急如焚，目光从下车后就没从他身上挪开过，陆长生被一左一右两个草寇夹着，只能慢慢推着自家郎君跟在后面。

等到了一座破庙门口，一行人才停下来。

高瘦男人率先上去敲了三下门。

过了一会儿，门才从里面打开，一个瞎眼老妇探出头，"望"了一圈。

嵇清柏突然抬头看了一眼天色。

"看什么看？"高瘦男人骂骂咧咧的，推了他一下，"进去吧。"

嵇清柏没说话，抬脚迈了进去，陆长生赶忙跟上，几乎与嵇清柏平行。

檀章突然伸出手，抓住了嵇清柏的僧袍。

嵇清柏低头，他看着檀章的脸，安抚地笑了笑："小郎君放心。"

檀章手没松开，陆长生只能紧赶慢赶地在后面跟着推。

破庙里头没有佛像，两边杵着十八罗汉，鸣寰背对着站在中间，听到动静才回过头来。

他一只眼上蒙着黑布，目光在明明灭灭的烛火下不清不楚。

嵇清柏没再上前，隔着两三步的距离，提防着对方。

鸣寰看了他几眼，眼神便落到了檀章的身上，勾唇笑道："小郎君伤好了？"

檀章之前受伤是遭人偷袭，此刻真正见到了伤他的鸣寰，神色却有些异样。

"你是谁？"檀章突然问道。

鸣寰挑了下眉，意有所指道："小郎君该知道我是谁。"

嵇清柏皱着眉，不太明白他们之间在打什么哑谜。

但刚才拖的那么点时间已经够了。

最先发现蹊跷的仍是金焰炽凤，圣妖双目圆睁，不敢置信地看向嵇清柏，怒道："你不要命了？！"

嵇清柏的面色苍白，嘴角溢出了一丝血迹，他双目赤红，身形外貌渐渐起了变化，竟再维持不住原本的和尚模样，周围草寇陆陆续续像失了魂一般睡去，檀章坐在轮椅上，双眼紧闭，一动不动。

鸣寰咬了一口舌尖，才逼着自己维持清醒，惨笑道："你竟然不惜折损修为引人入梦，我要是睡不过去，你岂不是白费力气？！"

嵇清柏哪分得出神来与他争执，一心一意催动着法力，眼看着就连站都站不稳，突然有人从身后托住了他的腰。

嵇清柏惊骇回头，只见陆长生一脸迷茫地看着他。

嵇清柏："……"

陆长生极其不可思议地盯着他头顶："方丈你怎么长出头发来了？！"

朝夕交替，夜长梦多，嵇清柏敢在这时候冒险施法，也是仗着天时的便利，再加鸣寰之前被他在梦境中伤了元魂，圣妖虽然法力高强，但毕竟这么短时间也没能完全恢复，他才敢在这时殊死一搏。

鸣寰暂时强撑着没能睡去，但谁也没想到陆长生却是最后清醒着的。

他看了看这个，望了望那个，脑子里混乱得很。

"得先解开这绳子。"陆长生想得似乎挺明白，他隐隐意识到和尚和这独眼男人该不是普通人，那解开捆着嵇清柏手腕绳子的方法也一定不一般。陆长生找了一圈，目光落在了鸣寰的腰上。

嵇清柏没发现，金焰炽凤可不傻，他眼睁睁地看着这凡人走到他身边，朝着他腰上的刀柄伸出手去。

"咔嚓"一声，鸳鸯出鞘了。

嵇清柏："……"

鸣寰："……"

陆长生举着刀，什么事情也没发生，他提了一下，发现刀有点重，只能拖着朝嵇清柏移过去。

鸳鸯刀刀刃上浮着一层薄薄的业火，碰着嵇清柏的手腕便徐徐烧了起来，捆绳遇火即断，嵇清柏却还没反应过来，愣愣地看着陆长生。

"起来啊。"陆太医催促着。

嵇清柏下意识问："你没事？"

陆长生莫名其妙："我能有什么事？"

说完，他又抱怨了一句："这刀真沉啊！"

嵇清柏面色复杂，张了几次嘴，也不知该问什么。

陆长生自觉聪明，也不好奇为什么别人都睡了，就他醒着，睁一只眼闭一只眼地将嵇清柏扶起来，鸣寰还躺在地上，目光像见鬼了似的盯住他。

"要砍死他吗？"陆长生似乎还挺懂斩草除根的道理，提着刀问道。

嵇清柏冷冷地扫了地上的人一眼："凡人用这刀砍不死他。"

陆长生："那你砍呢？"

嵇清柏苦笑了下："我现在的修为也不行。"

鸳鸯是金焰炽凤的妖魂所铸，不是随便什么人都能碰的，嵇清柏上一世知道自己能用这把刀时也觉得很不可思议，但上辈子他的修为还有可能使得动鸳鸯弑主，现下肯定是不行了。

当然，也不能这么便宜就放过了这只圣妖。

嵇清柏恢复了些力气后，提着刀行至鸣寰身旁，他抬高手腕，将刀举过头顶，再一下狠狠插入了对方的肩胛骨，将人牢牢钉在地上。

金焰炽凤一声不吭，独眼像带刺的钩子，划过了嵇清柏和陆长生两人。

嵇清柏喘着气，只觉神海中一片枯竭，他抖着手走到檀章身边，似乎想探一探对方的气息，却在差点碰到时又停了下来。

他的手并不干净。

嵇清柏深吸了一口气，陆长生有些复杂地看着他，扶着檀章的轮椅。

"走吧。"嵇清柏不再看身后的鸣寰，要是再拖下去，天亮他们就走不了了。

陆长生推着檀章向前。

鸣寰突然嘶声道："他是谁？"

嵇清柏脚步顿了顿，他跟着看了一眼陆长生，后者并没有任何反应。

"快走吧！"陆长生死命催着，"别理那个家伙了！"

嵇清柏："……"

马车就在不远处，幸好没人看着，陆长生先把自家小郎君连人带椅子抬上去，又扶着嵇清柏，他区区一介郎中，虽没弱到手无缚鸡之力，但也不是力大无穷，这么一顿折腾下来，简直累得像条狗。

结果还得由他来赶车。

黎明前赶路，人急马慌，陆长生看到有火光时吓得差点掉头就跑，直到见到熟悉的方氏锦旗，他才彻底放下心来，大声呼救。

檀章至今未醒。

陆长生还在想着怎么跟方池解释嵇清柏的样子，就见一个羸弱的和尚颤颤巍巍地从马车上下来，推着小郎君的轮椅。

陆长生："……"

他觉得自己今天就跟做梦似的，搞了半天遇到的都不是人啊？！

｜卅三｜

嵇清柏心里其实很清楚，这次能从鸣寰手里逃出来纯粹是他运气好，说到底也是圣妖轻敌，自身元魂还没修复就敢来找他们的麻烦，大概也是没想到嵇清柏会拼着折损寿数的风险强行施展梦魇之法，着了这一次道后，金焰炽风决计是不会再吃第二次亏的。

唯一的意外，是陆长生这么个人。

嵇清柏如今回头细想，陆长生的确命数蹊跷，照理说上一世檀章是天命，在他身边有些关系的人，或多或少都该被佛尊所影响，但陆长生是唯一一个经历过他与檀章的纠葛，却最终又能置身事外，活得最久的人。

当时鸣寰闯入殿内，除了他和檀章外，几乎没人能活下来，他们三人缠斗时，陆长生又在哪儿？

嵇清柏只觉太阳穴一阵阵抽痛，因为上一世最后太过惨烈，他居然都没注意到这么一个小小的太医，他记得自己魂魄离体，檀章抱着嵇玉的尸体，血色浸着衣袍，深浅斑驳。

他最后的那一眼，看到的，的确是苦着脸的陆长生。

想到此处，嵇清柏心下一惊，他突然睁开眼，霍地回头，陆长生恰好端着药碗进来，许是和尚的眼神太过骇人，陆太医吓了一跳，小心翼翼道："方丈？"

嵇清柏盯着他，不知在想些什么，表情温和了些，说道："长生兄，你过来下。"

陆长生自从知道他不是人后，明显尊敬了很多，也不敢随便"和尚和尚"地叫了，乖乖走了过来。

嵇清柏安抚地笑了笑，低头看向对方的掌心。

纹路清晰，那条生命线出奇地长，但怎么看，都是个凡人。

嵇清柏沉默了。

陆长生小心翼翼地问他："方丈是要给我算命吗？"

嵇清柏看了他一眼，心情有些复杂地斟酌道："长生兄命很好，我算不算都没关系。"

陆长生舒了口气，也跟着笑了，有些得意扬扬地道："我也觉得自己命不错。"

他端来的药是专门给嵇清柏准备的，虽然已经清楚对方并不是普通人，但陆长生本着医者仁心，死马当活马医的心态，还是煎好了给嵇清柏端来。

嵇清柏也没多话，一口喝了。

檀章一直没醒，嵇清柏便有些担心，他们再过一会儿就能到两江——方氏的属地，梦魇的法术早该过了时候，檀章的元魂毕竟是无量真佛，法印无极，又怎会被区区梦魇所困？

嵇清柏如今维持凡人模样都有些困难，幸好也不用他见人，陆长生该知道的也都知道了，所以只要不与其他方氏的人见面，他都干脆恢复了原貌。

在两江，百姓不知当今天子姓甚名谁，可见方氏在此间的地位，嵇清柏以方氏家主请来的大师的名义入住主宅，倒也无人敢置喙。

"小郎君虽年轻，但手腕了得得很。"陆长生这日来给檀章请脉，与嵇清柏聊到檀章时说。

檀章已经睡了三天，嵇清柏每日愁容不散，聊天兴致都减了不少。

陆长生其实对嵇清柏有些好奇，恢复了真身的上神样貌虽然没变，但实在是年轻了不少，如若说作为和尚的嵇清柏感觉还有些人气，变了样后便是真正的天上谪仙，凡人看着都有些心怯。

嵇清柏心里还惦记着长情毒，总觉得檀章醒不过来这毒可怎么解，陆长生倒是淡定了，觉得有他这个仙人在，又能出什么意外？

嵇清柏苦笑着也解释不清楚，陆长生一介凡人，不懂历劫修为对于肉体凡胎的道理。他如今只能日夜守着檀章，以免佛尊肉身再出什么意外，此世檀章要是度劫失败，他这拼了命地折损自己岂不是都白费了？

幸好老天不算太没良心，檀章在第三日半夜突然醒了过来。

嵇清柏与佛尊神魂相连，檀章一醒，嵇清柏便知道了。

檀章睁着眼，看到嵇清柏的外貌似乎并无半点意外，只低低叹了一声："你终于来了。"

嵇清柏心下震动，隐隐似乎明白了什么，他面色复杂，一时半会儿竟说不出话来。

"原来是真的。"小郎君说，"不是做梦。"

嵇清柏无奈道："要是这一世等不到我怎么办？"

檀章笑起来："总会等到的。"

嵇清柏心想的确如此，但终有一日无量会历劫结束，等万佛归境，檀章又会不会忘了他？

他甚至有些怨恨檀章为何不喝那碗孟婆汤，如今记着又有什么用？将来若回归佛境，只会余他嵇清柏一人在这心魔炼狱里永不超生。

甚至可能，他都活不到佛尊归境那一日，就已神魂俱灭，不存六界。

嵇清柏张了张嘴，他问不出檀章这么多年是怎么过来的，他上辈子在魂眼里见了太多太久，凡人寿数原本在他眼里只不过是蝼蚁光阴，可正因为如此，檀章仍选择不喝孟婆汤。

也许神仙不觉，但对凡人来说，却是无比漫长。

嵇清柏惶惶然看着檀章的脸，他本该是逍遥神仙，有千万年的无忧岁月，断不用尝这些人间苦难，他被檀章拖入这无量劫数，竟一时不知如何是好。

檀章脸色似渐渐起了变化，他皱着眉，两颊血色褪尽，鼻尖覆了层薄汗，嵇清柏只消看一眼，便明白佛尊这是长情毒发了。

解药就在嵇清柏的袖袋中，他急忙拿出来为檀章解毒。

| 卅四 |

檀章醒来后，方氏满门总算是放了心，也不知陆长生是怎么洗脑的，把少主无恙的功劳全安在了嵇清柏的头上。

于是嵇清柏在主宅里待得更是名正言顺。

要说好处倒也不是没有。

他与檀章神魂交融，佛尊元魂中的法印无极，每晚入梦后嵇清柏的神海都会得到反补，这对如今法力枯竭的他来说，简直如同救命稻草。

金焰炽凤既然不来找他们麻烦，嵇清柏也懒得再去梦里杀了对方，他掩耳盗铃般地想着，如此平安无事过完后头几十载，他陪着佛尊这辈子度劫终老，那就再好不过，至于鸣寰想什么，陆长生又到底是谁，不弄明白也没什么关系。

只可惜，他想得是不错，但真正等事情发生了，又是另外一回事。

鸣寰会亲自到两江属地来，是嵇清柏完全没想到的。

燕郡向来与两江交恶，这是天下百姓都知道的事情，世家盘根错节，权柄互相掣肘也是常态，他们没正面打起来就已经是很为天下苍生考虑了，如今燕郡的人居然还有胆子来到方氏的地盘，嵇清柏只能用"阴魂不散"来形容鸣寰这只妖了。

休养一阵子之后，圣妖与獏看上去都没先前那么狼狈。

就算表面上已经撕破了脸，但燕郡既然不是来打仗的，两江也没必要弄得剑拔弩张。

这种凡人间的钩心斗角，弯弯绕绕，嵇清柏这类当神仙的不是很能搞明白，在他看来，要真有仇怨，也该像他和鸣寰这样，见面斗个你死我活还算轻的，伤点元魂折损些修为也不是不行。

嵇清柏从头到尾就没想过他们几个人居然能和和气气坐在一个屋子里。

鸣寰眼睛的伤也好了，他坐在嵇清柏对面，看着神情萎顿，一副弱不禁风的样子。

嵇清柏严阵以待，提防着他。

鸣寰看了一圈，问："那个小郎中呢？"

陆长生被嵇清柏故意支开了，他原本都不想让檀章露面，但燕郡来人，方氏家主总不能躲着，传出去那成什么样子了。

檀章没喝孟婆汤，当然记得上辈子最后那些撕心裂肺的烂事儿。

他原本以为嵇清柏是下来度劫的神仙，这妖怪如此死缠烂打，必定是场大劫，但现在看来似乎并不是那么简单。

嵇清柏黑着脸，他是不介意现在直接和金焰炽风打一架的，反正上辈子也不是没打过，最多拼着命同归于尽罢了。

鸣寰又岂会不知道他在想什么？

"你把灯芯给了他，我自然杀不了他。"鸣寰一只手拂过袖子，语气淡漠，他唇边噙了一丝讽意，看向了檀章，问道："小郎君，你以为到底是谁在度这个劫？"

檀章看了一眼嵇清柏，皱着眉，道："灯芯是什么？"

嵇清柏愣了下，他张了张嘴，一时竟不知该如何解释。

鸣寰却是跟看笑话似的，望着两人，沉默了许久，突然低声道："清柏上神倒是一心一意只有尊上。"

嵇清柏眼神微变，杀意止也止不住地漫出来，鸣寰却一点不惧，他站起身，两袖一翻，业火忽地从他身上烧了起来。

"我此世命数已到大限，你就算不杀我，我也活不过今日。"

许是鸣寰说的话太过突兀，嵇清柏居然一时没能反应过来，照理说金焰炽凤每世的确须涅槃重生，再入红尘，但绝不该命数如此之短。

圣妖业火扑不灭，檀章有灯芯护体，又被嵇清柏挡在身后，自然安全无恙。

嵇清柏倒也不怕这火烧到自己身上，正想施个法全身而退，却突然发现这火与之前的业火并不相同。

"往生之火。"鸣寰又笑了笑，看着嵇清柏，目光突然温和了下来。

火舌如无限生长的藤蔓，缠了鸣寰与嵇清柏半身，檀章在火海之外目眦欲裂，却因嵇清柏的灯芯护体，进不来一步。

嵇清柏并未感到火灼之痛，但神识却在渐渐涣散，他朝着檀章的方向伸出手去，指尖却在火中碎成了零星点点。

"师父，"鸣寰在肉身燃尽前，突然开口唤他，"你怎么能把我和他，都给忘了呢？"

嵇清柏醒来时只觉脑袋有些空，他看了一眼身下的草席，盘腿坐起了身。

绝顶峰一年四季山头都覆着白雪，从洞口望去，莹莹皑皑的一片。

嵇清柏看了一会儿，终于想了起来。

今日是他的出关之日，外头的人大概已经等了不少时候。

绝顶峰的月清派是当今天下有名的武修大派，他掌管着旗下的胧月堂，倒也被敬一声师尊。

嵇清柏并不痴迷修仙问道，突破飞升，这闭关也就是按部就班的事儿，他起身理了理袍子，念了个诀，洞口的禁制便解了。

"师父，"长生在洞口等着，看到他粲然一笑，"恭喜师父突破玄境！"

嵇清柏迄今为止就收了这么一个徒弟，自然对他很挂心，问道："我闭关这些天，派内可有发生什么事？"

长生摇头："大家都知师父这次突破至关重要，没人敢随意叨扰。"

嵇清柏点了点头，他虽说真的是不执着于当什么武修，但奈何自身资质就个天才，整个月清派就他一人突破了玄境，所以哪怕堂内冷清，人丁稀少，也没人有胆子看轻这胧月堂。

至于他这唯一的徒弟，倒是资质平平，跟着他快二十载了，也就是个普通的习武之人。

嵇清柏并不介意徒弟资质平庸，长生自己也不怎么在乎，他在襁褓里便被嵇清柏收养，师父对他来说既是爹，又是妈，十分用心地将他拉扯大，养育之恩如山如海，无以为报。

"我不在这些天，你有没有好好练武？"嵇清柏无所谓长生修道，但因他身体有娘胎里带出来的毛病，天生体弱得很，所以也会逼着他练武强身健体。

长生笑着点头："师父吩咐的事儿，我怎么敢不做？这几个月下雪我都没生病。"

嵇清柏扫了眼他的脸，的确是气色不错，才放下心来，跟着徒弟一块儿下了山。

绝顶峰有十二洞，专门是给武修闭关用的，月清派的正殿在半山腰，后头四方坐落着八大堂。

胧月堂离得稍远，加之最是冷清，一路从山顶下来人都没遇到几个。

靠着嵇清柏天才师尊的名头，长生也是唯一不用每日去正殿请安干活的弟子，最早的时候也有教徒不服，嵇清柏也没废话，挨个儿揍一顿就都闭了嘴。

教众对这位第一武修基本就两个评价：冰山美人、胳膊肘朝里拐得都快断了。

当然还有些更难听的说法。

照理说，一般自己师父在背后被人如此编派，当徒弟的肯定忍不下去，但长生就很想得通。

他从不与人打架，但他找嵇清柏告状。

于是告着告着，全派再没人敢来惹他们师徒俩。

谁都知道胧月堂师徒情深得很，酸了吧唧也没什么用，当然也有羡慕长生命好的，嵇清柏知道后却不这么觉得。

这孩子出生后没几日便给扔到绝顶峰的山下，他抱回来时差点没命，好不容易娇养大了，根骨又弱得很，逢变天就病一场，有几次差点没救回来。

长生刚学会走路时，嵇清柏就常牵着小孩儿的手，怕他摔着磕着，哪怕都这般小心了，长生也不是没受过伤。

后来终于平安长大了一些，长生有一日回来说师兄师姐们都夸他命好，还看他掌心，给他算命。

嵇清柏听了想笑，境界都还没突破的一帮小屁孩儿，居然就想着要给人参命了。

长生却是信得很，那几日每天都盯着自己的掌纹，还硬要伸到嵇清柏面前，给师父看。

嵇清柏被他缠得没法，敷衍地看了一眼。

"师姐说我生命线特别长。"长生扬扬得意地说，"一定命很好。"

嵇清柏难得地笑了笑："是是，要不然怎么叫长生呢。"

世间逢乱，天下各路英豪几乎都崇尚武修，绝顶峰每年来问道之人数以百计，却鲜少插手天下苍生之事。除了各地诸侯战乱外，妖魔异象更是层出不穷，月清派也不能完全独善其身，每月都会派弟子下山，斩妖除魔。

嵇清柏已到玄境，是月清派的武修第一人，自然不用隔三岔五地亲自下山，长生跟着他受到的待遇也不同，以至于师姐师兄们回来后没少向他抱怨。

"命好"这两个字，几乎每人都要对他说个百八十遍。

"我和师父又不是不下山。"长生好脾气地解释，"下个月师父要去松伶，我也要一块儿的。"

一旁的师姐叹气，语气不无羡慕："有清柏师尊的修为在，你怕什么？寻常妖魔鬼怪师尊哪会放在眼里？"

胧月堂就一名弟子，平时练武学艺长生便跟着其他七堂弟子一块儿，人人都知嵇清柏的胳膊肘朝里拐得快断了，所以不论长生学成什么样，也没人找他的麻烦。

"松伶那边妖孽横行，算来最不安全。"师兄叹道，"的确也就清柏师尊能去了。"

长生点了点头："听说那边出了好几桩灭门的事，师父才要去看看。"

师姐又说："不只灭门吧，好像还去了几个武修，也都不知所终。"

长生没说话，他倒是不曾听说，嵇清柏也没同他细讲，一般师父带他下山，长生也不用帮什么忙，躲远些，不拖后腿就行。

师兄师姐们又是一顿夸他命好，长生也笑眯眯地应了，下了课他便一人回了胧月堂。

嵇清柏正在院子里打坐。

月清派的仙袍是一水的湖绿色，唯独嵇清柏穿雾霭蓝，这颜色其实极挑人，一个弄不好就没了仙风道骨的气韵，不过在长生看来，大片湖绿色才真是土了吧唧的，唯有他师父一枝独秀，气质出尘，玉骨冰心。

嵇清柏性子冷清，真正是一朵绝顶峰上的高岭之花，见到长生才有些笑意，淡淡道："回来了。"

长生又笑，跑到自己师父身边："我最近制了几服药，这次去松伶可以带着。"

久病成医，长生在修道上没什么天赋，却习得了一手好医术，不论制药还是用毒在月清派都是数一数二的，就连派中的药师都比不上。

"你也不要太辛苦。"嵇清柏说，"松伶虽危险，但为师也能护你周全。"

长生："我知道师父修为高深，不惧妖魔，但我也不想拖师父的后腿。"

嵇清柏皱了皱眉，他脸上极少有表情，五官清癯，柳叶眸生得有股子禅意，长睫掩着看人时，不悲不喜，不怒不嗔。

"为师带着你不觉得拖后腿。"嵇清柏认真道，他伸出手，揉了揉长生的头顶，"你是个好孩子。"

绝顶峰上的日子过得不紧不慢，长生提前收拾好了行李，准备与嵇清柏一块儿下山去。

清晨露重，不少师兄师姐来送行，嵇清柏因为性格关系，倒是少有人亲近。

长生与众人作别，跟在嵇清柏身后，走出山门，嵇清柏便召来了剑，抱着徒弟御剑下山。

山下有备好的马，嵇清柏选了两匹，扶着长生上去。

"我自己能行。"长生总觉得嵇清柏有些保护过头了，无奈道，"师父才是，别因顾虑我，展不开手脚。"

嵇清柏翻身上马，淡淡道："还没碰着妖魔，不碍事。"

两人策马奔了一天，傍晚才到松伶附近的驿站休憩。客栈人不多，前头有个茶棚，长生坐下，给嵇清柏烫干净茶杯。

结果喝了没多久，就有两个散修提着剑走了进来。

嵇清柏眼都不斜，长生却有些好奇，偷偷听着两人说话。

"那村子明显不对。"其中一人长着张马脸，说道，"谁知道里面那些人到底是死是活。"

另一个面露纠结，道："那也不能随便绑了个小孩儿在那儿……太过残忍。"

"那小孩儿也不是人。"马脸叹了口气，"也不知道是之前哪个武修干的事儿，我们还是不要掺和的好。"

长生有些忍不住，凑上前主动搭话："请问二位刚从松伶回来吗？"

马脸看了他一眼，见他身上湖绿色的月清袍心里就有了些数，拱了拱手，客气道："正是，这位少修是月清派的吧？"

长生回了一礼："我们正要去松伶办事，想向二位打听打听。"

马脸忙说道："打听算不上，我们就是路过，那地方……"

他顿了顿，看了一眼嵇清柏，斟酌道："在下建议二位慎行，怕是不太妙啊。"

长生看了自己师父一眼，嵇清柏垂着眼，面无表情地吃茶，似乎对谁说话都不感兴趣，他喝完了两杯茶，留下铜板，起身道："走吧。"

长生朝两个散修一拱手，追着嵇清柏的背影出了茶棚。

嵇清柏没说要去哪儿，长生也不好问，两人的马跑了一天脚程甚是疲累，响鼻都打得比平时要粗重，等到了松伶镇口时，马儿怎么催都不肯往前走了。

长生闻到了风里的血腥味。

嵇清柏下马，长生跟着，见师父要阻止，长生摇了摇头："我带着'迷梦'，师父让我去吧。"

嵇清柏眉头蹙起，见徒弟坚持，只得妥协道："跟在我后面。"

长生点头，他毕竟是练武之人，嵇清柏只要不御剑，他还是跟得上的。

师徒俩在接近镇口时看到了松伶镇的牌坊，天色已晚，圆月高悬，那牌匾上竟然绑着一人，远看不知是死是活。

长生被浓重的血腥味熏得甚至有些恶心，被绑的看身形似乎还是个孩子，身上没有一块好肉，浑身满是着鞭痕洞眼。

嵇清柏眯着眼看了一会儿，突然纵身一跃，长生只看到一扇月影划过，牌匾上的绳索就断成了两截，小孩儿头朝下地栽倒，被嵇清柏长臂一揽，抱在了怀里。

长生赶忙跑了过去。

嵇清柏面沉如水，轻轻拨开了小孩儿的额发，长生这才发现，那发上居然都是血，已经结成了一块，散出一股腥臭味。

"他还活着。"长生试了试鼻息，声音有些抖，"谁干的？"

嵇清柏朝镇口望了一眼，淡淡道："血养生，这是个阵法，用这孩子的血养着整个镇子的人。"

顿了顿，他似乎嗤笑了一声："也不该说他们是人了。"

长生焦虑道："现在怎么办？"

"这镇里有厉害的武修，应该发现阵法被我破了。"嵇清柏看了一眼长生怀里的孩子，神色渐渐复杂，"他也不是人，我们不该这么救他。"

长生惊了一下，低头看了许久，他重新抬起脸，抱紧了怀里的人，紧紧盯着嵇清柏，道："师父，就算这孩子不是人，他也不该被这么对待。"

嵇清柏没说话。

长生跪在地上，不愿放手，继续道："我当年被扔在山脚下，就是您救的我，在我心里您是真正的天上谪仙，慈悲为怀。我是您养大的，二十年前您救了我，我今日便想救这孩子，绵延您的福泽。"

嵇清柏心里似是挣扎不忍，半响，才开口嘶哑道："我没有那么厚的福泽，你根本不知道他是什么，如果今日救了他，往后要是有什么业障，你又该怎么办？"

长生没说话，他用力磕了个头，前额贴着灰土，坚定地闷声道："那也是徒儿的业障，徒儿愿自尝孽果，尽受恶报。"

这誓发得太毒了。

武修有口业一说，断不可随意妄言，长生是嵇清柏一手娇养大的，为父为母，最是知道这孩子有副怎样执拗良善的心肠。

嵇清柏明知救的是个烫手山芋，但纵使没有长生，以他的脾性，也不会坐视不理。

叹了口气，嵇清柏给那小孩儿施了个复法咒，长生面色一喜，赶忙拿出早先配的金贵药材，跟不要钱似的塞进了对方的嘴里。

耽误的这些时间镇里自然不可能没人发现，嵇清柏听到身后有脚步声传来，朝着长生使了个眼色。

徒弟会意，将人绑到背上，立在了嵇清柏的身后。

"何方高人在此？"为首一人居然骑在一头野猪上，敞着胸怀，满脸横肉，高声道，"居然一下就破了这阵？"

嵇清柏回过身，长剑在他手里挽了朵花儿，剑尖指地，横断了月。

"既然要打，就别废话了。"嵇清柏说着，一手抬起了剑。

他站在那儿，似一棵瑞雪青松，锋芒盖月，劈开了这无边夜色。

| 卅六 |

武修有四个境界，分别为初、雅、宗、玄，在玄之上便可飞升仙者，永享天寿。先不说飞升有多难，光是破境就少有人能做到，像嵇清柏这样，年纪轻轻修为就已至玄境的，全天下都找不出五个来。

血养生这个阵法在嵇清柏看来本就阴毒无比，只有心术不正且急功近利之人才会用此阵来增进修为。对方虽然来了一群人，但破境的武修只有三个，最高也就只到雅境。

骑在野猪上的武修还算警惕，他倒是认出了长生月清派弟子的身份，拱了拱手道："原来是月清派的前辈，不知来松伶这小地方，所为何事？"

嵇清柏懒得多说话，却听身后的长生愤慨道："你们这个阵法又是怎么回事？！"

武修假笑了一下："小师父可不要被这妖怪骗了，此乃万年轮回的金焰炽凤，极恶之妖，一旦放了，可是为祸众生的灾事。"

长生气急，张口还想反驳，嵇清柏剑尖突然一动，冷冷道："拿金焰炽凤的血来增补修为，你们所行之事又能好到哪里去？"

这话说得半点不客气，对方的脸色自然难看下来。

古往今来，用妖怪之血养阵的邪术不算稀奇，但向来被名门正道所不齿，特别是像金焰炽凤这样的圣妖，刚入轮回时不识善恶，一旦被有心之人抓去炼阵，便是造孽业果，往后数年，圣妖不死，注定邪祟入魔，生灵涂炭。

这个道理，武修之人不可能不懂，但人的欲望无穷，心魔难消，为了自身的一点修为，连圣妖的血都敢肖想，更是不会顾及天下苍生的安危。

嵇清柏把话说到这份上，摆明是要救这孩子的。

骑着野猪的武修又怎肯轻易放过到手的肥肉？

为了保护长生，嵇清柏提前布下了结界，长生抱着小孩儿上马，却被几个村民拦住了去路。

"不要心软。"嵇清柏的声音清晰地传来，"他们早和那几个武修狼狈为奸，不当人了。"

一人对付三个宗境之下的武修，对嵇清柏来说不是难事，但对方似乎因为圣妖的血，竟一时半会儿不落下风。

骑野猪的武修兵器是一对铜锤，迎面敲在嵇清柏的剑刃上时，甚至擦出了火花来。

嵇清柏两指扶着剑身，跃开两步，再度欺身而上，他剑尖钩挑，目标却是对方的胯下坐骑，只听野猪发出一声悲鸣，竟被嵇清柏当场斩首，猪上的人翻身滚落。

另两个武修即刻缠上，嵇清柏左右横挡，旋身一跳，将其中一人踹飞出去，一恍惚，铜锤又朝着他脑袋砸来，嵇清柏贴地后仰，脚尖踢开了锤柄。

风中突然传来一股异香。

嵇清柏直觉不对，赶忙闭气，三个武修却已不见踪影，不知从哪儿吹来的迷雾，层层叠叠遮住了视野。

耳鸣声越来越响，嵇清柏晃了晃脑袋，白光一闪，他左肩便中了一剑。

嵇清柏捂着剑伤，轻轻皱了眉。

这能让人耳聋的毒，嵇清柏倒是知道几个，幸好他吸入不多，几日便可自行恢复，要是换作别人，耳聋只是第一步，其后等着的定是七窍流血，毒发身亡。

这几个武修配合默契，大概用这办法不知杀了多少人，嵇清柏不敢掉以轻心，抽出袖里乾坤，直接祭出了法宝。

他在明，敌在暗，法宝就算驱散了迷雾，对方也能趁机偷袭，嵇清柏先前中了一剑，低头一看，果然伤口泛起了黑色。

真是宵小之辈。嵇清柏不屑地想，打不过就用毒，连他徒弟都比不上！

抱怨归抱怨，这时候肯定不能再恋战拖下去了，嵇清柏不等迷雾散尽，眼角一道身影一闪而过，他手中剑光暴涨，直接刺中了一名武修。

对方表情狰狞，嘴一张一合，嵇清柏无任何表情，因为他什么都听不见。

剩下两个不知道躲在哪儿，嵇清柏不敢掉以轻心，对方显然在等他毒发，看样子极其有耐心。

结界外的长生不知去了哪里，嵇清柏掐指一算，放下心来。

两方都在熬着。

嵇清柏屏息凝神，一心想把毒先逼出来，结果对方手里似乎也有什么法宝，迷雾又渐渐聚拢起来。

这可真是比七大堂的老瘪三们还要难缠，嵇清柏脸色阴沉地想，他把逼了一半的毒锁在心脉附近，硬是咽下一口血，重新提起了剑。

幸好这一次，对方比他先失了耐心。

铜锤再度撞在了剑身上，嵇清柏折过腰，剑尖正对着武修的喉咙。

对方一脸惊骇，低头麻木地看向了淌血的剑，嵇清柏踢开铜锤，弯腰摸了摸武修的衣服，没找到解药时，脸色又难看了几分。

剩下一个武修被捉了活口，他听不见，自然问不出解药的下落，只能把人绑着扔到了一旁。

嵇清柏犹豫了一下，仍是没把结界撤掉，他不想让长生担心，席地而坐准备继续把毒逼出来。

喉咙口的血再压不住，"哇"的一声被他吐了个干净。

绑着的武修似乎在咒骂什么，嵇清柏乐得清净，一心一意地逼着毒。

几种毒性胶着，嵇清柏咬着牙，五脏六腑都痛成了一团。

这样下去不行，嵇清柏分神思考着，要不要自废一甲子修为，拼着把毒逼出来……嵇清柏猛地睁开眼，他的结界不知何时居然被破了！

有人坐到他的身后，双掌贴着脊背摩挲而过，嵇清柏却一动都动不了。

绵延精法从他的脊骨透过，转瞬间便化了他体内的毒，嵇清柏只觉两耳轰鸣，一身冷汗涔涔而下，对方并未解了他周身禁制，一阵天旋地转，嵇清柏被人抱了起来。

他的脑袋朝下，被人扛在肩上，屈辱间只能看到那人金色的腰封，外头长生坐在马上，怀里抱着还是小孩儿的妖物，满脸紧张地看着来人。

"你师父晕过去了。"那人声音如冷玉，睁眼说着瞎话。

长生舒了口气，放心道："感念大师出手相助。"

那人没再说话，竟扛着嵇清柏直接跨上了马，反手捏住了他的脖颈。"别乱动。"冷玉声贴着耳垂，那人似乎带上了些笑意，慢声道，"要是不听话，我便扒了你的皮。"

嵇清柏："……"

堂堂胧月堂堂主，玄境武修，嵇清柏不说被万众敬仰，也是被不少人尊敬着的，敢威胁说扒他皮的，迄今为止还真未碰到过。

许是过于恼羞，嵇清柏干脆闭着眼装晕。

半夜归途难走，长生找了间破庙临时安顿下来。

小孩儿的伤要及时处理，嵇清柏也需要照顾，长生给师父把完脉，一抬头，发现嵇清柏睁开了眼。

"师父！"长生唤他。

嵇清柏只能看到他的嘴一张一合，却听不见声音，于是伸出指尖，在他掌心比画。

长生明白过来，皱眉道："我想想办法。"

嵇清柏差不多能猜到意思，他四下望了一圈，一眼看到了扛自己的人。

对方也正好看过来，目光似笑非笑，轻轻攥住了他。

"这位是南无大师。"长生怕他不提防，介绍道，"大师从北游历至此，今夜要不是他，师父这毒不好解。"

南无的名讳，嵇清柏是听说过的，相传第一个破了玄境的武修便是此人，但这说法太过久远，如同天方夜谭，至今都未有见过南无真容的人活在世上。

这人怕不是已经飞升成仙了？嵇清柏有些怀疑，如若还是肉身，也太年轻了。

武修寿命虽长，但还没到神仙境界，与天同寿，南无此刻虽坐在破庙中，却如置身于花海，他的容颜过于英俊，竟不似凡人，美得了无生气。

嵇清柏张了张嘴，想到他刚才威胁扒自己皮的语气，感谢的话在舌尖绕了一圈也没吐出来。

他绷着脸，表情冷冷清清，映着烛火，倒与这庙里的无量佛像有几分相似。

南无又笑了："还未问过尊者姓名。"

长生重规矩，老实地在嵇清柏掌心写写画画。

嵇清柏垂下眼，指尖沾了些香灰，在地上画了几笔。

南无看了一眼，低声又笑了笑。

嵇清柏面无表情地收回手，指尖藏进了袖子里。

长生不明所以地看了两人一眼，见瞧不出什么所以然来，只能回头去照顾小孩儿。

嵇清柏闭上眼，正准备眯一会儿，突然一股冷香飘到了鼻尖。

嵇清柏睁着眼，无甚表情地盯着面前的南无。

后者不退半步，目光在他的脸上睃巡。

南无张开嘴，嵇清柏却听不到任何声音，他隐约只看出了一个口型。

似是"清柏"两个字。

| 卅七 |

嵇清柏并非因耳聋便不可闻声，玄境的修者之间只要愿意甚至能意念相通，他之前被南无抱上马，对方那句"扒你的皮"就是直接从他耳边灌到了他的天灵盖里去的。

只是南无也奇怪，之后在庙里叫他的名字，却又是普通说话的法子，要不是嵇清柏认出了口型，压根儿不知对方叫的是自己。

想不到这人还有两副面孔。嵇清柏有些瞧他不起，南无并不知道他心里想什么，坐在佛像前，似乎闭目养着神。

长生照顾人很细心，那小孩儿在昏迷中也不安稳，嵇清柏皱着眉，想到是金焰炽凤，便觉这山芋不但烫手，还有毒。

正想着往后该如何处理，南无的声音又在他天灵盖里响了起来。

"圣妖经此一遭，恶念已生。"南无讲话带着些训斥的味道，"你不该如此心软。"

嵇清柏面色不豫，他在月清派里当了快百年的天之骄子，虽然不得人心，但哪怕是另外七堂里地位最高的老者都不曾这么说过他。

南无没有听到回答，睁开眼看了过去。

嵇清柏面无表情，但看得出来并不是太高兴，他见南无看着他，只好勉强用意念回道："多谢大师关心，我心中有数。"

翻译过来就是：关你何事？

南无微眯了眼，似乎全然不把他说的放心上，转头又找长生聊起来。

这两人用不了意念传音，两张嘴张张合合，嵇清柏一句也听不见，南无好像说了什么，长生面露难色，但还是乖乖让开了位置，南无走过，对着躺在地上的小孩儿胸口点了三下。

结束后，又对长生一颔首，说了些话。

长生点头，在嵇清柏掌心画道："南无大师说他还有别的事，得继续赶路了，刚才多有冒犯，希望师父您别放在心上。"

嵇清柏绷着脸没说话，南无朝他一笑，意念传声直通他耳里："别给我臭着个脸，皮又痒了吗？"

嵇清柏："……"

这人果然有两副面孔！人前谦和端方，人后就想着扒他的皮！

南无说走就走，倒是没多留会儿，嵇清柏等他走后便去看金焰炽凤的胸口，那上面被南无点了个禁制，嵇清柏一时半会儿看不太明白。

长生在他掌心写："南无大师说是锁血的，没什么大碍。"

说是锁血，其实就是拖延圣妖的生长周期，但至于是不是只有这么一个用处，得看下禁制人的水平。

两人半夜休整了一顿，清晨才离开破庙，小孩儿仍是没醒，被长生一路背着，嵇清柏倒也不急着回教派，他耳聋没几天就好了，一路边养着金焰炽凤的伤，边处理了几桩妖魔祸事。

如今的天下在嵇清柏看来已是苟延残喘，妖孽横行，人间不出圣贤也就罢了，就如他们这样的修道之人也一心问天，不愿入世，实在是既可悲，又可叹。

长生跟着他一路行来，看到这人间疾苦，心情很是复杂，他与嵇清柏不一样，再一个百年后，师父是一定会飞升的，而他没有修道的根骨，也更乐得做个凡人，绝顶峰是个世外桃源，他的确能在那儿掩耳盗铃般过一辈子。

"众生皆苦。"嵇清柏看了一眼长生，慢慢道，"你救不过来。"

长生没有说话，他安顿好了小孩儿，忍不住问嵇清柏："师父当年又为什么要救我？"

他们今日下榻在城中，金焰炽凤的外伤好了不少，长生去药房抓了药，回来在床边小火煎着，许是快要到绝顶峰，长生的话明显少了起来，偶尔还发呆，不知在想些什么。

嵇清柏表情浅淡，说："救你是我本心。"

长生看着他："师父没想过要救苍生吗？"

"想过。"嵇清柏坦然道，过了许久，才又道，"但我救不了。"

天下太大，苍生太苦，他救得了长生，却救不了所有人。嵇清柏记得多年前自己下山，满腔抱负，壮志凌云，他是绝顶峰数一数二的武修，天才之名冠绝寰宇，他为斩妖除魔投奔过列国诸侯，结果到头来，不但妖魔除不尽，连人都像恶鬼一样。

长生叹了口气，他心里清楚，凭师父的修为早该飞升大能，然而前些日子才破了玄境，可见其中曲折，浪费了嵇清柏修为多少年岁。

煎好了药，服侍着小孩儿喝下，嵇清柏与长生轮流守着，半夜的时候金焰炽凤终于醒过来了一次，但没多会儿又晕了过去。

长生有些担心："南无大师说过，经此一遭，圣妖的根性已定，将来怕不好教导。"

嵇清柏听到这人名字就觉得不怎么吉利，敷衍道："还没教过，怎知教不好？我不就把你教得很好？再多教一个人罢了。"

长生笑了笑："我也这么觉得，而且师父还有我，时日长了，总能感化圣妖，一心向善。"

嵇清柏话是这么说，但其实心里也没太多底气。

之后几天，两人加快了行程，终于在第三日赶回了绝顶峰。

金焰炽凤的体质特殊，就算现在还是个孩子，嵇清柏也不能放任不管。

他在胧月堂落了结界，等于变相将圣妖拘了起来。

长生在一日午后送药时，发现那孩子醒了。

倒是与嵇清柏原本想的不同，金焰炽凤清醒后便显得怯生生的，不论对他还是对长生都非常提防，外表是七八岁孩子的模样，胆小害怕时令人心软得很。

长生哄了许久，小孩儿才开口说话，说是不记得父母，两三年前便被那几个武修抓起来炼阵，直到当晚被嵇清柏救下。

"真是太过分了。"长生的脸色难看，他是真心疼这孩子，不论是妖还是人，被这般折磨，能活下来都是件幸事。

嵇清柏也不知该如何评价，金焰炽凤是传说中的上古圣妖，千年涅槃，万年才入一次轮回，圣妖亦正亦邪，困于人间红尘，却又不受天命因果。

说简单点，人间给他多少恶，他便还之多少，善亦然。

南无所谓的"恶念已生"不是没有道理。

嵇清柏毕竟是修道之人，又已至玄境，对人对事越发冷静通透，但长生毕竟是凡人凡心，恶念善意都遮掩不住。

他怜惜圣妖命苦，还一心想着劝其向善，如今便像对待师弟一般耐心照顾着小孩儿。

嵇清柏被迫多收了个"徒弟"，心情不可谓不复杂。

"鸣寰还小，"长生居然对他这个师父苦口婆心起来，"再说，总不能放任不管，未来任由圣妖为祸人间吧？"

嵇清柏念着"鸣寰"两个字，无奈道："你还给他取了名字？"

长生点头，甚是得意："我翻了不少书呢。"

嵇清柏苦笑，实在是拿他没办法，终于择了个吉日，喝着鸣寰递上的茶，认下了这第二个徒弟。

小孩儿养了大半年，身子已然大好，只是周身妖力很弱，不细察根本发觉不了，嵇清柏转念一想，该是南无下的禁制的关系。

他也只是这么一想，结果许久未见的人，第二天便出现在了绝顶峰上。

胧月堂中的辛夷花一夜盛放，红白两色的花朵压满了枝头，嵇清柏见到一人站在花树下，玄色仙袍扣着金色的腰封。

南无望过来，落了一袖的辛夷花瓣。

| 卅八 |

绝顶峰是有结界的，别说凡人，就算修道者都很难无声无息地闯进来。

所以当嵇清柏看到自己的院子居然就这么被人堂而皇之进来了，内心很是烦躁。

他一烦躁就没什么表情，目光冷冷地看着来人。

南无站在花树下，模样真是人比花艳，修仙问道者中大多是人中龙凤、姿容卓绝之人，但像南无这般挑不出半点瑕疵的，仍是少之又少。

"好久不见。"南无看着他，和煦一笑，"清柏君。"

因为知道对方是个两面派，所以乍一听到南无如此知礼数的问候，嵇清柏还有些不习惯，天灵盖里也没有对方的意念传来，清清爽爽、干干净净的。

伸手不打笑脸人，南无进退有度的时候，嵇清柏也不能苛待了他。

他只好问："大师怎么来了？"

南无说："来看看你。"

嵇清柏默了一下，他之前就发现，这南无对他毫不陌生，非常地自来熟，以至于嵇清柏回望过去百年，想着自己是不是在哪儿见过此人。

答案当然是没有。

南无的名字，那是修道界的传说，早该飞升的人，算来这月清派的另外七堂都该是这位祖宗的后辈。

将南无请进门，嵇清柏亲自为对方端茶倒水，长生和鸣寰一早去上课，此时不在堂内。

南无也不客气，喝了茶，坐了一会儿，便问嵇清柏："金焰炽凤如今怎样？"

嵇清柏淡淡道："劳烦大师挂心了，鸣寰一切都挺好的。"

南无似乎愣了下："鸣寰？"

嵇清柏："正是我那小徒弟的名字。"

南无没说话，但嵇清柏明显觉着他心情不怎么好，南无脸色冷淡，道："此妖心魔难除，清柏君收徒还是该谨慎些。"

嵇清柏皱眉，不是太明白对方意思。

南无继续道："父兄师徒，夫妻姻缘，那都是因缘际会，承了命数因果的，圣妖轮回便是在历劫，你不该掺和进去。"

嵇清柏觉着他管得太宽，颇有些不耐："我一心向道，再过阵子便可飞升，这些世俗之情总会淡去的。"

南无不置可否，他看了嵇清柏一会儿，才又露出些笑意，说："是我多管闲事了。"

嵇清柏心想：你知道就好。面上倒还沉得住气，他有些意外对方这次居然不两副面孔了，忍不住又偷偷看了南无好几眼。

长生和鸣寰回来时，南无还在，两人分别见了礼，乖乖站在嵇清柏的身边。

南无的目光落到了鸣寰身上，他身上妖气很淡，禁制还压得住，但一想到这圣妖每日与谁朝夕相处，南无便也做不出什么笑模样，始终冷冷淡淡的。

奇怪的是，鸣寰也不喜欢他。

南无待了一会儿，起身准备去拜访其他七堂，嵇清柏送他出了胧月堂，折回身时见到鸣寰臭着脸。

"师父，"鸣寰在他身边久了，胆子明显大起来，"你怎么对他那么客气？"

嵇清柏板着脸，教训道："南无大师是前辈，你受伤时大师也照顾过你，不得如此无礼。"

鸣寰撇了撇嘴，师父总当他是无知小儿，可他怎会看不出这南无有多厌恶自己？

嵇清柏似乎很怕鸣寰长歪了，每日都要考他功课，学的什么仁信礼教、善恶规矩，除此之外，长生更是比师父还要啰唆，可要是真吵起来，鸣寰又怕把师兄气出病来。

这阵子换季，长生的咳喘病又有些犯了，嵇清柏最担忧的也是他的身体，下山寻了不少奇珍药草回来。

鸣寰托着腮看师兄煎药，忍不住道："你这样，怎么活得长久？"

长生笑眯眯的："师兄师姐们都说我命好，一定活得长的。"

说着，他摊开掌心，摆在鸣寰面前："看，我生命线长着呢，不会早死的。"

鸣寰看了一眼，不怎么信："这玩意儿说不定不准。"

他想了想，神秘兮兮地道："不如我给你一滴我的心头血，那才是好宝贝呢，能助你成仙！"

金焰炽凤哪怕入了轮回没了前世记忆也从小就知道自己是个什么

玩意儿，再加上童年被拿去炼阵的悲惨经历，鸣寰很清楚自己身上什么东西最值钱。

他的心头血不好取，当年他能活下来也是因为那几个武修不知道如何取他的心头血，才保住这条命。

长生受不了道："我才不要成仙呢，我就当个凡人，身强体健就行。"

鸣寰哼了一声："百年后师父就会飞升，你当凡人就再也见不到师父了，你甘心？"

长生认真道："师父飞升大能，那是师父的造化，我强留着他，便是我的私心害了他，这是万万不可以的。"

鸣寰似乎有些赌气，踢了一脚他煎药的炉子，冷冷地道："你们都不在了，我怎么办？"

长生睁大了眼，以为他是怕寂寞才不高兴，乐道："那还不知道是多久以后的事儿呢，我们都会陪你很久很久的，久到说不定你还厌烦我们呢。"

南无拜访完了七堂却没走，居然留在了月清派。山腰后头有几间小院舍，南无便住到了那里。

嵇清柏并不想每天都去对方跟前凑热闹，但往往你不就山，山反而来就你了。

南无最近见他，都是一副知书达礼的模样，全然没有之前的冒犯，嵇清柏也不是硬扭着的性格，相处久了，态度也渐渐温和起来。

两人在武修上的造诣都不浅薄，尤其是南无，嵇清柏无数次感慨他早该承天雷飞升了，还留在人间做什么？

南无对此并不在意，只说机缘未到，不必强求。

许是日有所思，夜有所梦，嵇清柏白天与人相处久了，晚上做梦居然还梦到了对方。

只是这梦境过于奇怪，看着并不像在绝顶峰上。

嵇清柏发现自己的样子没变，但南无却和平时有些不一样。

他不知为何，姿势放松地睡在南无的身边，对方的掌心一下一下地摩挲着他的后脖颈。

"你历劫历得胆子倒是大了不少。"南无的声音响在嵇清柏的头顶上，威压之下，竟是压制得他抬不起头来，"居然敢跟我顶嘴了？"

嵇清柏不知该说什么，他被握着脖颈时像被掐住了七寸，整个人绵软无力，胳膊上起了一层鸡皮疙瘩。

他果然有两副面孔啊！嵇清柏在睡梦中恨恨地想。

现在居然是白天一副，晚上一副了！

｜卅九｜

长生大早上起来给自己煎药，路过前院时就看到嵇清柏在树下打坐。

自从破了玄境后，嵇清柏已经很少会这么早起来修炼了。

长生不敢打扰，拿药回来后便看到鸣寰站在屋檐下，看着自己师父。

"南无等下要来。"鸣寰在绝顶峰大半年，被长生和嵇清柏养得很是不错，大概是妖怪体质特殊，他蹿个头比长生还快。

长生说："你别对大师这么有恶意，人家好歹帮过你。"

鸣寰不置可否，他等着长生喝完药，两人去上早课，果然在山路上碰上了南无。

后者对长生点了点头，并未看鸣寰一眼："你师父可在？"

长生恭敬道："在呢，一早就起来修炼了。"

南无听到"修炼"二字时挑了下眉，意味不明地说了一声："是吗？"

长生不解其意，南无也不做任何解释，与两人分别后便去了胧月堂。

嵇清柏打了半天的坐，静心咒念了有三十来遍，还是没明白为什么会梦到南无，他最后有些放弃似的睁开眼，结果一瞥便见着了门口站着的人。

嵇清柏："……"

他一脸复杂地看着南无，也不知这招呼该不该打。

对方仍是艳如繁花的一张脸，态度温和有礼："清柏君。"

嵇清柏觉得自己不该把梦境和现实搞混了，叹了口气，道："南无大师。"

南无点了点头，他走近了些，嵇清柏才发现今日对方没有冠发，只简单梳了个发髻，乌云如瀑，衬着雪一般的脸。

大早上见昨晚的梦中人，嵇清柏也不知该说些什么，他是有些尴尬的，心里又隐隐有点恼羞，但毕竟只是一场梦，他总不能把这情绪牵扯到南无身上。

南无见他看着自己，脸色变了几遍，于是笑问："清柏君在想什么？"

嵇清柏定了定心神，淡淡道："在想两名弟子今日的功课如何。"

南无："清柏君思虑过甚了。"

嵇清柏干脆闭了嘴，觉得自己多说多错，少说少错。

两人都不说话，倒也不觉得怎样，嵇清柏闲看落花，正发着呆，头顶突然一暗，多了只素白的手。

南无没什么表情地摘下了他头顶的花瓣。

嵇清柏皱了皱眉，他抖落袖子上的辛夷花瓣，站起身道："南无大师还有何事？"

南无笑道："只是想来与清柏君探讨下武修之道。"

嵇清柏只觉得像是听了个笑话，别人不知道，南无与他都破了玄境，对方修为更是要比自己多上几百年，飞升不飞升看的是机缘，天雷哪怕劈个九十九道，凭南无现在的境界也绝对承得住。

不过人家都说是来探讨了，嵇清柏总不能黑脸把对方赶走。

两人进了堂中，嵇清柏又得亲力为南无端茶送水，回头想着是不是得找几个仆侍，要不然总觉得自己吃亏，每次都得亲自伺候南无。

长生和鸣寰早课回来时，南无还没走，两人显然都有些惊讶，鸣寰更是止不住脸上的厌恶，凑在嵇清柏的身边不肯走。

嵇清柏对他很有耐心，问了功课，又嘱咐了些道理，回头让长生明天请假，身体不好别去受累。

南无边喝茶边听他像惯孩子一样说话，最后才冷冷看向了鸣寰。

金焰炽凤趁着嵇清柏没注意，竟是对着南无露了个诡谲又满是嘲弄的笑脸，目光阴毒，全然没了之前乖顺的模样。

南无喝茶的动作顿了顿，指尖轻轻一动，鸣寰的脸色刹那间青白成一片。

长生最先发现的不对劲，他扶住鸣寰摇摇欲坠的身子，吓了一跳："怎么了？！"

鸣寰痛得说不出话来。

嵇清柏眉心蹙起，伸出手扣住了弟子的手腕。

南无气定神闲地喝着茶，他无甚表情，也不看那师徒三人，嵇清柏把了半天脉，一无所获。

"徒儿无事。"鸣寰一脸虚弱，慢慢道，"只是胸口有些疼。"

胸口那儿有先前南无下的禁制，嵇清柏忍不住看向喝茶的人，南无的目光不躲不闪，朝着他微微一笑。

嵇清柏后脖子又起了层鸡皮疙瘩，南无这模样像极了他梦里的样子，对方这两副面孔实在是有些令人头痛。

"你去歇着吧。"嵇清柏示意长生带鸣寰去休息，长生点了点头，拉着师弟走了。

等人离开，嵇清柏才看着南无道："鸣寰的禁制，还望大师高抬贵手，给解了吧。"

南无挑了下眉，好声好气地说："金焰炽凤此世并非良善之物，清柏君莫要心软的好。"

嵇清柏有些不豫，冷硬道："我为人师表，定能教他向善惠世，大师不用担心。"

南无没说话，他盯着嵇清柏许久，最后才道："那便依清柏君的意思吧。"

小师弟胸痛，长生自然心焦，他并不迟钝，也想到了南无点在鸣寰胸口的那三下，鸣寰的痛意渐缓，冷笑道："南无可不想救我。"

长生张了张嘴，不知该说什么，最后也只能道："有师父在，你不会有事的。"

鸣寰盯着他，似有怨气："他封了我的妖力，又给我下禁制，如此待我，是怕我为祸世间，报炼阵之仇。"

长生摇了摇头："炼阵的人都被师父杀了，你不该还惦记着。"

"是吗？"鸣寰满脸讽刺，"那整个松伶镇的其他人呢？不止他们，我的血还被上贡给了诸侯列国，这天下大乱，的确有我的一份'功劳'。"

刚轮回入世的圣妖，幼年最是妖力孱弱的时候，金焰炽风的血是天上人间的至宝，得一滴炼阵能让修道之人增长一甲子的修为，这也是为何半年前那三名武修能与玄境的嵇清柏战至平手。

长生知道嵇清柏最担心鸣寰会为此心生恶念，但这么久下来，鸣寰在绝顶峰并未表现出异样，两人便都以为能感化圣妖，终止未来不可预期的浩劫。

"师兄，"鸣寰看着长生，突然贴近了对方的脸，语气蛊惑，"我给你一滴我的心头血吧，哪怕以后我杀了这世间所有人，我都不能伤你一根汗毛，你说，好不好？"

| 卅 |

嵇清柏送走了南无，有些心浮气躁地想着鸣寰的事。他其实心里清楚南无说的圣妖恶念已生这个道理，也没自负到真觉得自己可感化圣妖一心向善，要不然当时也不会袖手旁观南无在鸣寰胸口点那么

三下。

但人心毕竟是肉长的。

他将圣妖带上了绝顶峰，师徒三人更是朝夕相处了这么久，情分似水，终究会盈盈又满满。

嵇清柏没少加固胧月堂的结界，存的是大不了有朝一日，将金焰炽凤永禁此地的决心，南无的禁制嵇清柏不知深浅，总怕会伤了鸣寰的性命。

长生晚上还有一服药要喝，嵇清柏亲自去看了看他。

更深露重，长生坐在炉火边上，裹成了一个球，他托着腮，发呆似的望着火焰，暖光映着他的脸，像勾了一层荧。

嵇清柏袖摆一动，檐下的风便停了，长生抬起眼，看到他露出了一个笑容："师父。"

嵇清柏点了点头，他没什么表情，似风清冷："鸣寰睡了？"

长生点头："睡了，胸口也不痛了。"

嵇清柏看着他，犹豫道："我让南无大师帮他把禁制解了。"

长生惊讶道："大师同意吗？"

嵇清柏："面上是答应了。"

长生似有些神游，愣了一会儿，才低声应了一句"好"。

嵇清柏问："怎么了？"

长生摇了摇头："没什么。"

半晌后，他又问："要是有一天鸣寰杀了许多人，师父你会杀他吗？"

嵇清柏没回答，他的表情沉静，答案不言而喻。

长生低下了头。

嵇清柏转头去看他的药，见熬得差不多了，倒出一碗，托着凉了一会儿。

"师父希望你们都能长命百岁，"嵇清柏将药碗递给长生，平静地道，"活得平平安安，堂堂正正。"

因为睡得晚，嵇清柏在后半夜入梦时总觉得有些似醒非醒，似睡非睡，本以为不会再梦到什么奇怪的东西，结果事与愿违，嵇清柏又看到了南无的脸。

这次比上次似乎更加清楚，两人在一片花果林子似的地方，南无赤着脚，行来时传出阵阵叮当的铃音。

嵇清柏动弹不得，被他抓了起来。

说来奇怪，南无脸上虽看不出情绪，但嵇清柏就是能感觉到他的盛怒。

对方抓他的动作倒算温柔，嵇清柏整个人横躺在了南无的身旁。

嵇清柏低下头，看到了他脚踝上金色的铃铛，上头刻着看不懂的经文。

"你倒是把那金焰炽凤当个宝。"南无冷笑，指尖搔过他的后脖子，"竟然敢不听我话了。"

嵇清柏想要反驳，张了几次嘴却发不出声音，只能努力瞪着对方。

南无似无所觉，眯着眼，淡淡道："我要是现在杀了你，也能把你带回来，这劫，不历也罢。"

嵇清柏压根儿不懂他在说什么，只觉这人怕是疯了，南无扣着他脖子的手渐渐收紧，哪怕在梦里，嵇清柏也觉得有些喘不上气来。

窒息感只持续了一会儿，南无又像无事发生似的松开了手。

嵇清柏有些抖，他醒不过来，深觉这一场噩梦无边无际。

嵇清柏猛地睁开眼，抬起手，摸到了额上一片冷汗。

他到现在整个人还在哆嗦，心里五味杂陈，更是疑窦丛生，盘腿坐在床上，清了一番神海，却一无所获。

这梦做得太过真切，多来几次得要他的命。嵇清柏悲戚地想。

他表情麻木，下床洗漱穿衣，走出门时发现长生等在外面。

长生见到他，疑惑了一瞬，问："师父没睡好吗？"

嵇清柏不知该回什么，只能含糊应了一声。

长生有些担心："南无大师已经来了，师父能见吗？"

嵇清柏想到昨晚梦里的南无，只觉心口在油里烧滚了一遍又一遍，可鸣寰的禁制得解，他总不能躲着人家。

"你先过去。"嵇清柏的面色难堪，强忍着跑路的冲动，说，"我马上就过来。"

南无似乎从不把胧月堂当什么外人地方，就跟进自己家门一样，泰然坐在了上首的位置。

鸣寰离得很远，遥遥坐侧边，别说讲话，他与南无怕是连对方脸都看不清楚。

长生进来时，南无才有了些反应，问道："你师父呢？"

长生拱手作揖，答道："师父好像昨晚没睡好，过一会儿就来。"

南无并不意外，似乎早就知道对方没睡好似的，似笑非笑道："让你师父继续睡吧，解个禁制而已，不劳他费心。"

这话自然被跟在后头的嵇清柏听见了，他一脚迈进门，神色复杂地抬头，南无正巧望过来，朝着他微微一笑，如醉人春风。

嵇清柏："……"

这梦里梦外的差距也太大了，嵇清柏忍不住想，到底是梦里的南无疯了，还是现实中的自己疯了？！

正如南无所说，鸣寰的禁制很好解，嵇清柏为他布阵护法，不过半炷香而已，南无便从圣妖的胸口处取出了一串铃环。

嵇清柏还未看清，南无掌心金光一闪，法宝已经不见了。

"那是我早些年收的一对忘川铃，"南无见他好奇，耐心解释道，"可镇压妄念心魔，还灵台一片清明。"

嵇清柏皱眉，忍不住问："要是镇不住呢？"

南无看了他一眼，淡淡道："忘川铃与心脉相连，只要戴上了，一旦动念，心受玄雷之痛，无人能承。"

嵇清柏不知怎的，突然想到梦中，南无那风吹雪濯般的足，上面的金铃分外刺眼，竟让他问不出剩下的话来。

南无似是笑了一笑，继续道："不过这东西，戴久了，也就习惯了。"

嵇清柏张了张嘴，硬着头皮道："南无大师灵台清正，胸怀仁慈，定是不会生出那些邪妄之念来。"

南无没说话，过了许久，他似乎叹了口气。

| 卌一 |

忘川铃的事儿嵇清柏不知怎么就记在了心上，他之后几次见到南无都忍不住去看对方的手脚，不确定人家有没有戴着。

次数多了，南无自然发现了。

终于有一日，两人喝着茶，嵇清柏又忍不住去看他脚踝时，南无笑了起来。

"我现在没戴着。"他露出了一小截腿，伸到嵇清柏的面前，"清柏君不用担心。"

嵇清柏被拆穿了倒也不别扭，他微微皱着眉，忍不住问："为何要戴着这类法宝？"

南无："自然是为了灵台清明，不动妄念。"

嵇清柏："大师动过妄念？"

南无笑了笑，转头看着他："我有许多妄念。"

嵇清柏只好说："妄念人人都会有，大师不用如此苛求自己。"

南无敛下眉，既不赞同也不反驳，过了半晌，嵇清柏才听他说道："世间无量有三见。"

嵇清柏看着他。

南无继续道："见天地，见众生，见自己。"

嵇清柏想了想，说："大师该是都见过了。"

南无摇头："我的确见了天地，见了众生，但我从未见过我自己。"

嵇清柏不解其意："那大师又见了什么？"

南无说："我见过一座青山千万年，觉得甚是妩媚，不知那青山见我，应如是？"

武修破境飞升在嵇清柏看来并非难事，他就算之前入世多年，浪费了些修为，如今只要花时间补回来，不出意外百年之后便可飞升。

但像南无这样的的确不多。

那日见了忘川铃后，嵇清柏隐隐觉得对方该是因为某个人，才阻了飞升的机缘。

可等到真的确认了有这么个人后，嵇清柏却又是另外一番心情。

南无这几天难得没入他梦来，嵇清柏醒来后竟一时还有些不习惯。

毕竟之前白天晚上都能见到的人，突然见不到了，总会有些失落。

他们这阵子过得有些逍遥，入了冬的绝顶峰人迹罕至，白雪绵延，长生和鸣寰每日早课也不去上了，都是睡到日上三竿，起来勉强跟着教派里的师兄师姐们练武强身。

嵇清柏也不去管两个小的，毕竟一个凡人一个圣妖，前者没根基，后者也不该修道，只要不干坏事，也随便他们去。

南无仍是白天会来胧月堂待上几个时辰。

嵇清柏往往都在打坐，但也不是完全心无旁骛，毕竟南无只要来了，存在感都很强。

因为一直没找到合适的仆侍，端茶倒水的事情还是嵇清柏亲自在做，两人从喝茶到论道，偶尔交手那么几次，居然还莫名培养出了些默契来。

鸣寰自从禁制被解后，对南无的敌意倒也没先前那么深重，最起码现阶段两人还算相安无事，互不冒犯。

嵇清柏对于这类人际关系，反应实在是迟钝，要不是长生八面玲珑地周旋，他大概能闹出不少笑话来。

| 卅二 |

冬夜里，南无有时候会带酒来。

风花雪月，一杯浊酒，嵇清柏坐在炉火旁，捧着酒盅暖手。

南无坐在他身边，仙风道骨，袖袍盈雪，酒香在夜里飘飘散散，落入清梦。

修道之人不会轻易喝醉，嵇清柏多贪了几杯也只是微醺。

如此过了逍遥清闲的一段时日后，某日清晨，嵇清柏刚推开门便看到了不远处站着的长生和鸣寰。

南无昨夜找他对酌至几近天明，此时也在他的屋内，他对着两个小的可没对嵇清柏这么温和纯善，他收了笑，脸上是冷冷清清的表情，背着手挡在嵇清柏的面前。

嵇清柏从他肩膀后面探出头来，看到两个徒弟，皱起了眉，问道："武功练了吗？"

鸣寰不说话。

长生只好答道："练了，今天师姐还夸了师弟进步快呢。"

嵇清柏点了点头，完全没发现氛围有什么不对，严厉道："你也不能偷懒，练武强身健体的，总比一直喝药好。"

长生吐了吐舌头，乖巧应了一声。鸣寰终于有了反应，看向嵇清柏突然道："弟子想要下山。"

嵇清柏面露异色，沉声道："为何？"

鸣寰低下头，慢慢道："其他七堂都有弟子下山，斩妖除魔，帮扶苍生，师父修行为重，不入世尚可理解，我与长生不该如此。"

嵇清柏眉峰几乎皱出了一个"川"字，他冷硬道："你同长生与其他弟子不同，无须下山。"

"有何不同？"鸣寰倏地抬头直视着他，目光似淬了毒的针，"就因为我是妖，师父便不放心我，要将我一辈子拘在这胧月堂吗？！"

这话一旦说出口，自然是没有留任何余地了。

长生面色青白，站在旁边，竟一时不知该帮谁。

鸣寰之前身上的禁制是南无下的，胧月堂更是被嵇清柏布下了天罗地网，只要嵇清柏不松口，别说绝顶峰，鸣寰连院门都迈不出去半步，鸣寰不说，嵇清柏不提，长生装作不知道，这风平浪静的师徒情深里不知含着多少深谋远虑。

自从身上的禁制解开后，鸣寰的妖力再也不受约束，就连长生这样没有根基的凡人都觉察得出。

嵇清柏又岂会不知道？

他是鸣寰的师父，为人师表，率马以骥，但也同样提防着对方。

长生忍不住伸出手，小心翼翼扯住鸣寰的袖子，轻声道："师弟……"

鸣寰收回目光，复杂地看了他一眼，掉头走出了院门。

嵇清柏没有拦他，神色冰凉地拢紧了衣摆。

长生看了看师父，犹豫了一会儿，嚅嗫了句："我去劝劝他。"说完，也不看嵇清柏的脸色，转身追了出去。

嵇清柏闭了闭眼，再睁开时，南无正垂眉望着他。

"我说了，"南无语气温和，说出的话却是把不见血的刀子，"你不该心软。"

嵇清柏苦笑，问："我是不该救他，还是不该收他为徒？"

南无想了想，淡淡道："都不该。"

嵇清柏张了张嘴，不知该说什么，心里很不是滋味。

南无倒是也没再往他心窝子里浇油。

晚上的时候鸣寰才回来。

嵇清柏站在院子里，月色下，他像一棵瑞雪中的松柏，清辉耀目。

"北面最近不太平。"嵇清柏看着鸣寰，突然道，"听说鬼怪肆虐，已经死了十来口人。"

鸣寰先是有些诧异，不明白嵇清柏为何说这些，但转念一想，便又明白了，不可思议地看着对方。

嵇清柏没理会徒弟丰富多彩的面部表情，平静道："我准备带着长生下山，你要是想去，就一块儿吧。"

长生自然大喜，笑容止也止不住，他拉着鸣寰的袖袍，朝着嵇清柏道："师弟当然要和我们一块儿去啦。"

嵇清柏又看了鸣寰一眼，点了点头，交代了一句"这几天好好准备下"，便转身进了堂内。

长生可是高兴极了，他拉着鸣寰一块儿回屋，嘴里说个不停："我就说师父心里还是疼你的，别瞎想了，嗯？"

鸣寰大概也没想到嵇清柏会真的同意带他下山，整个人都有些蒙，他低头看着长生收拾东西，嘟囔道："我要是下去不干好事怎么办？"

长生转过头，皱起了眉，有些严肃："你又在瞎说什么话？"

鸣寰瞟了他一眼："不是我瞎说话，我是妖怪，在外头有不少我的血，要是对着那些仇人发起狂来，谁能制我？"

长生想了一会儿，认真道："我来哄你呗，你看你今天也对着师父生气了，还劈了后山一棵树，我不就哄好你了吗？"

鸣寰被他逗乐了，戏谑道："你怎么哄我？你都不要我的心头血，要是我真发了狂，第一个就能杀了你。"

长生并不信他："你不舍得的。"

他笃定道："就算没有你的心头血，你也不舍得伤了我。"

鸣寰嗤笑了一声，他也不知自己师兄哪儿来的自信，但仔细一琢磨，好似又的确反驳不了。

长生是他三番两次都恨不得给了心头血的人，他的确不舍得伤了长生。

"你的确命不错。"鸣寰扣着自己师兄的掌心，对方的掌纹被他盖着。

长生炫耀似的晃了晃手，笑道："那是，我生命线可长了。"

嵇清柏也不知自己带鸣寰下山的决定是对还是错，但不论如何，金焰炽凤如果真能斩妖除魔，帮扶苍生，那定是这乱世里不可多得的一线生机。

南无说他心软，嵇清柏其实很明白，他入过世，也曾满怀壮志救天下人脱离苦海，最后却心灰意冷，归山问道，如今万年轮回的圣妖降世，他热血难凉，总还想试一试的。

"要是鸣寰仍入了恶业，我定不会留他性命。"嵇清柏站在七堂之下，发了誓言。

德高望重的堂主们自然拿他没什么办法，叮嘱几句便放了人。

嵇清柏刚从七堂出来，一眼就看到了山道上的南无。

那人还是一身玄色的仙袍，今日难得冠了发，冰天雪地里似是多了一抹绝色。

嵇清柏看着对方，心头不知怎的，渐渐热了起来。

| 册三 |

南无并不陪着他们去北面，他似乎有别的事情要做，临行前站在嵇清柏的马下，抬头望着他。

"你们先去，我过几天就来。"南无说。

嵇清柏倒是不怎么好意思再麻烦他，温和道："有我在，不会出什么事，你不用担心。"

南无没说话，他整理了一番嵇清柏的马靴，又握了握对方手里的缰绳，最后只说了两个字："等我。"

这世间列国豪强，诸侯分封，地界向来不分明，再加近一年天灾人祸，嵇清柏一路行来都是饿殍枕藉，尸横遍野。

长生不忍看，他心肠软，一路施药治病，救了不少人，但后来发现都是徒劳无功，无济于事，他救得了一时，救不了一世，更何况见他施以援手，被救的人反倒索求无已，给他惹了不少麻烦。

鸣寰显然对苍生如何没有任何想法，他冷眼旁观居多，见长生日夜焦心劳思，很是不屑，但又见不得他累着，于是整天表情都很难看。

嵇清柏因为南无不在，竟有些许分心。旅途疲劳困顿，师徒三人偶尔还要在荒郊野岭露宿，嵇清柏半夜守着火堆，打坐半天也静不下心来。

长生累过了头，半路上又发起了烧。

鸣寰每晚煎药，心思沉沉地守着炉子不知在想些什么。

终于磕磕绊绊在大半月后赶到了北方锦城，赶在城门关闭前，三人才交付了进城的文书，嵇清柏找了家酒楼下榻，鸣寰去药铺给长生抓药。

"你先躺下。"嵇清柏见大徒弟又在制药，不怎么赞同道，"还没开始调查事情，你就累垮了可不好。"

长生笑了笑："一路上用了太多药，我怕临时有急，身上药不够。"说完又咳嗽了几声，叹了口气。

嵇清柏知道自己这徒弟虽然脾气好，但犟起来也是没人拉得动，不得已摇了摇头。

长生虽挂着武修的名，但身上的功夫只够自保，嵇清柏的修为不能给没有根基的凡人，只能替人活血温脉。

等鸣寰回来，长生才肯吃了药乖乖睡下，嵇清柏在房间下了层结界，决定先去探下死人的事。

他换了件夜行的劲装，一出门就看到挂在窗上的鸣寰。

妖和人还真是不一样，这才不过几年，鸣寰看着已经完全是个成年男性的身形和长相，他一只手扶着窗棂，一条腿几乎悬空着。

"师父去哪儿？"鸣寰问。

嵇清柏觉得他这姿势过于显眼了些，不满道："下来，别给人看见。"

鸣寰撇了撇嘴，从窗上跃下，轻盈地落在了嵇清柏面前。

"为师去查下之前的几桩事。"嵇清柏不阻止他跟着，两人披着夜色出了酒楼，借着月光疾行。

鸣寰："深更半夜，没人怎么查？"

嵇清柏淡淡道："不用查人，查地方就行。"

锦城一年来发生了大大小小五起灭门惨案，这地方不是路上的那些穷乡僻壤，属于晋的封地，是个颇富庶的都城，惨案发生后，一城的人夜半都不再开户，夜寐惶惶，连诸侯府都不太平。

之前侯爷宋氏亲自登过绝顶峰，原本以为他来求仙问道，后来才发现并非如此，绝顶峰受了托付，不是没派过弟子下山查探，结果竟是连蛛丝马迹也没能查到。

初境武修虽比不上玄境，但也不可能一点妖魔之气都发现不了，嵇清柏想了半天，居然有些荒唐念头，莫非这些祸事并非妖魔所为？

夜晚的深宅大院鬼魅森森，更何况死了人后又添了血灾之气，看着都有一股子邪祟。

嵇清柏掏了颗夜明珠，翻墙进了后院，落地后才发现一棵杏树盘根遒劲，枝丫参天盖满了檐顶。

鸣寰跟着他落在树上，吹了声口哨："这树怕是成精了。"

嵇清柏看了一眼："还未。"

鸣寰笑笑，他从树上下来，跟在嵇清柏身后，上前推开了房门，一股子霉味扑人脸上，混着陈旧的血腥气。嵇清柏没什么表情，鸣寰有些厌恶地掩着鼻子。

他从指缝间嗅了嗅，表情有些古怪。

"不太对。"他压低了声音，对着嵇清柏道，"味道不对。"

嵇清柏抽出了剑，他抬头，房梁上已经结了不少蛛网，屋顶漏光，但被外面那树的枝丫挡着，他们进的这间该是前厅，死人后没人来动过，八仙桌椅上落了不少灰，堂中央挂着一幅画，燕子戏蝶的图。

鸣寰也有一颗夜明珠，他托着珠子走到前面，凑着画看了一会儿，说："有妖的味道，但不太对。"

嵇清柏也闻了出来，但他分不太清，只能问："哪里不对？"

"妖的味道不对。"鸣寰想了想，不确定道，"混着人的血。"

这里面死过人，当然有人血的味道，但鸣寰这么说，肯定不单单是凡人的血。

嵇清柏又用夜明珠看了一圈，突然灵台一震，倏地睁大了眼。

鸣寰见他脸色瞬变，心头慌了一下："怎么了？"

嵇清柏迅速折身冲出了门，三两下跃上杏树，口中念了一串诀，面色煞白。

"马上赶回去。"嵇清柏朝着鸣寰厉声道，"有人破了结界！"

房间内炉火还旺着，长生呼吸绵长，睡得安然，一道黑影豁开了道金光，如淤泥般漫了进来。

窗门都紧闭着，火星子偶尔发出细微的迸裂声，长生翻了个身，迷糊中裹紧了被子。

淤泥聚成了一个无脸的人形，拖着下身慢慢到了床边，一根触手伸出来，攀上床帐。

长生突然睁开了眼。

淤泥似有所觉，猛地直起上身刺向他，长生勉强往床内一滚，捞起旁边的药瓶撒出一堆粉末。

他的确武修不行，但制药制毒方面却是个绝顶高手，不论对付人还是妖，都有毒能克制。

被那粉末沾到的淤泥一会儿就化了，许是知道厉害，剩下的黑物已经退下了床，不再强行硬碰硬。

长生顺便抱了一堆瓶瓶罐罐在怀里，紧紧盯着床下面。

他看不出来这到底是什么玩意儿，但能破了嵇清柏结界的绝不是简单的东西，关键是可能还不止一个。

窗外有疾风掠过，长生捏紧了瓶子正要砸出去，就看到鸣寰一身火光，破窗而入。

长生："……"

鸣寰转过头，发尾像燎了层金色的火。他盯着长生看了一会儿。

"我没事。"长生下意识道，"你冷静点。"

鸣寰咬紧了下颌，他三两步走到床边，用力扯开了床帐，可怜那两片纱巾，须臾间变成了灰。

业火不能近凡人，鸣寰碰不了他。

发现这点的金焰炽凤似乎怒极了，突然抬起头，一指破开了自己心口，一滴血水凝在了他的指尖上。

"喝下去。"鸣寰居高临下看着长生的脸，冷冷道，"不要逼我灌你。"

| 卌四 |

嵇清柏这边也被缠上了。

他有些分不清缠着他的都是些什么东西，有人气有妖味，甚至有武修的法术在里面，嵇清柏躲了两次不明不白、麻烦却又不会置人于死地的偷袭后，立在了屋檐上。

月色披着影子，像水银一般泻下。嵇清柏左手持剑，临风而立。

淤泥似的玩意儿潜进地里，嵇清柏低头看了一会儿，几个纵跃，反手一个剑花，剑尖朝下，猛地刺进了黑影里。

头顶又是一阵窸窣声，嵇清柏掠至一边，抬头看到几个身影贴墙站着。

"清柏玄君，挡人财路，如杀人父母。"说话的人看不见容貌，声音男不男女不女。

嵇清柏直起身，冷冷道："你们是何人？"

那人笑了一笑："玄君不用知道我们是何人，我们只是来接一位大人的。"

　　嵇清柏没说话，他在明，敌在暗，看不清对方实力如何，不该轻举妄动。

　　"您身边的金焰炽凤，"那人又说，"麻烦您替我们送来了。"

　　嵇清柏一时脑内轰鸣，电光石火间又似乎抓到了些什么，他疾步朝墙根飞去，咬牙道："调虎离山之计……你们想对鸣寰做什么？！"

　　看不见脸的人终于被逼到了明处，他身后跟着七八个同样打扮的同伙，嵇清柏四面被围，才发现这几个人身边居然都带着妖物。

　　"我们可不敢对圣妖不敬。"那人阴阳怪气道，"玄君不如回去问问自己的徒弟，如何？"

　　长生盯着鸣寰淌血的指尖，脸上的表情还算镇定，他脑子里想着刚才地上的淤泥，转移话题道："师父呢？"

　　鸣寰有些不耐烦："师父没事。"

　　他凑近了一些，命令道："张嘴。"

　　长生抿着唇，满脸都是抗拒，他不知道那些淤泥还躲在什么地方，又总觉得有蹊跷的地方。

　　鸣寰突然动了下手指，下一秒，长生的双手被缚在身后，被迫扬起了脑袋。

　　"我说了，不要逼我。"鸣寰的语气平静，长生不敢置信地盯住他，缓缓张开了嘴。

　　鸣寰指尖上的血滴入了他的喉口，长生只觉一束燎火入腹，痛得他眼冒金星，缚禁已经解开，长生捂住胸口，面如金纸，任凭鸣寰伸手将他扶了起来。

　　长生不知道对方要带他去哪儿，他也问不出口，圣妖的心头血不是普通人承得住的，长生忍不住怀疑鸣寰到底是要救他还是杀他。

　　这念头既荒唐又苦中作乐得很，鸣寰扶着他翻出窗户，长生痛得发抖，忍不住朝他背后看去。

"别看了。"鸣寰似乎后脑勺长了眼睛，说，"师父不会来的。"

话音刚落，一支箭钉在了他的脚边。

鸣寰愣了愣，表情只错愕了一瞬，便渐渐难堪下来。

嵇清柏一身狼狈，他原本的长剑不知丢到了哪里，此时手里多了一把弓，站在对面屋顶上，遥遥看向这边。

"我下山前，在七堂发了誓。"嵇清柏的声音灌了风，雄浑清晰地传了过来，"你要是敢犯恶业，我必将取你性命。"

鸣寰慢慢转过身来。

嵇清柏看到了他怀里的长生。

"师父，"鸣寰突然道，"我喂给了长生我的心头血。"

嵇清柏双目赤红，胸口起伏不定，怒到几乎失语："他毫无修为根基，你强行给他你的妖血，是在要他的命！"

鸣寰居然笑了笑："我不会让他死的，只要过了三日，等血入了心，这世间除了他自己，无人能伤他分毫。"

嵇清柏气到眼前发黑，骂道："孽障！"

鸣寰全然不在意。他撇了撇唇，讽刺道："这天下人都想要圣妖之血，师父你难道不知道吗？"

"你们以为宋侯上山是为了求仙问道，抑或求月清派替天行道斩妖除魔？"鸣寰低垂下眼，看着怀里的长生，慢慢道，"都不是，他们想要我的血，所以我就给了他们一些。"

嵇清柏："……"

鸣寰："我幼年妖力孱弱，又被南无封禁，无法操控血脉之术，也是托师父的福，让那武修解了禁制。"

嵇清柏双手颤抖着，差点握不住弓，他现在动不了分毫，因为长生在对方的手里："你到底想怎样？"

鸣寰叹了口气，他似乎有些苦恼，说："师父和长生就从来都不想要我的血。"

嵇清柏张了张嘴，他当然不要鸣寰的血，他只希望当年救下的孩子能在未来活得平平安安、堂堂正正。

"师父，"鸣寰抬起头，看着嵇清柏，忽地展颜一笑，道，"只要你愿意，我也能给你一滴我的心头血。"

"以后我们三人，就能长长久久地在一起，永远也不会分开了。"

打更的人从巷尾走来。天还没亮，一个不留神居然撞到了什么东西，他骂了句脏话，低头一看，吓个半死。

嵇清柏身上的夜行衣沾着不知是自己还是别人的血，他双目空茫，站在路中，不知在想些什么。

"这、这位玄君，"打更的人颤声问道，"您……您没事吧？"

嵇清柏现在哪还看得出半点玄君的样子？他摆了摆手。此刻面前空无一人，嵇清柏拖着步子往前走了几步，踉跄着半跪下来。

他此刻想起之前种种，只觉得自己眼盲心瞎，竟是半点没看出来不对劲的地方。

宋侯无缘无故地上绝顶峰来，派下去的弟子又什么都查探不到，死的人，找不着影子的妖物；谁又能轻而易举地破他的结界？鸣寰佯装与他查案，半途却只有他被绊住了手脚；南无最早提醒他的那句"恶念已生"；鸣寰曾在他面前示弱两次，一次为了解除禁制，一次为了下山……

嵇清柏想得头晕眼花，压根儿不敢细思对方瞒着他造了多少恶业。

还有长生……长生……

嵇清柏胸口一痛，"哇"地吐出口血来。他面无表情地抬手擦了擦嘴，看向一旁彻底惊成一根棒槌的打更人。

"劳驾，"嵇清柏冷静地问道，"宋氏侯府该怎么走？"

| 册五 |

嵇清柏之后很长时间都在想，鸣寰为什么会走到这一步。

他想不明白，都待在绝顶峰上了，世间这些满是贪欲的人为何还能找到圣妖，并且还在他的眼皮子底下拿到了金焰炽凤的血。

南无说恶念难消，金焰炽凤本就不是善灵，他恨这苍生也情有可原，但鸣寰又生出了执念，这是嵇清柏万万没想到的。

宋氏侯府不知还有多少活人，或者说，有没有人能不被鸣寰所控，嵇清柏心里都没什么底。他不确定长生能不能撑过三天，但现在贸然过去，圣妖的心头血凭他也根本取不出来，可如果现在不去，也许三天后，等着他的只有长生的一捧白骨。

嵇清柏在侯府的院墙上已经蹲了两晚，看了不少进进出出不知还是不是人的玩意儿。

月黑风高的时候有人在墙根处巡逻，嵇清柏冷眼旁观着，又看到那天像淤泥的妖物。他隐隐闻到了血腥味，皱着眉儿欲作呕。

蹲到第三天傍晚时，嵇清柏决定行动了。

他挑着侯府守院人最少的一拨，点了个侍女的魂，对方领着他在后院拐了一路，摸到了东苑厢房里。

嵇清柏闻到了熟悉的药味。

厢房内传来断断续续压抑的咳嗽声，嵇清柏心跳漏了一拍，又立马松了口气。

侍女木愣愣在旁边站着，嵇清柏指尖一动，侍女温声道："长生少爷，奴婢进来服侍您了。"

过了一会儿，长生的声音才传出来："不用。"

侍女坚持道："圣妖大人可是吩咐过的，您别为难我呀。"

长生很是不耐烦，拒绝道："他现在不在，你不用进来。"

184

他话音刚落，门便被推开了，嵇清柏身形刚显，长生便睁大了眼，表情又惊又喜，唤了一声："师父？！"

嵇清柏点了点头，他让侍女关了门，四周一打量，果然鸣寰下了层结界。

长生躺在最里面的红椆木床上，整个人看上去气色还算不差。

"你这几天怎么样？"嵇清柏没敢贸然上前，问道。

长生知道对方在担心什么，他无法下床，安慰道："我没事，让师父操心了。"

嵇清柏沉默了一会儿，又问："心头血呢？"

长生听到这几个字，脸色也有些复杂，慢慢道："鸣寰每日以血养我，今晚再喝最后一次，我就无事了。"

嵇清柏没说话，半晌，才叹气道："你要乖乖喝下去，不要耍脾气，要不然活不下来。"

长生没有反驳。他看着嵇清柏，突然道："师父要杀他吗？"

嵇清柏别过脸。不再看自己的徒弟，低声道："金焰炽风铸下恶业，为了天下苍生，我不能坐视不理。"

"五桩灭门惨案，数百条人命，都与他脱不了干系。"嵇清柏顿了顿，继续道，"宋氏侯府众人如今已是他的傀儡，他还想把你拘禁在此。"

嵇清柏咬牙道："我还是太心软了。"

长生苦笑道："怎么能怪师父，当初是我一意孤行，想要救他的。"

嵇清柏摇了摇头。他不愿再多说，因为鸣寰随时有可能回来，上次正面对上，圣妖已不是早年妖力孱弱的幼妖，嵇清柏没多少把握杀死对方，但最起码得先救回长生。

侍女被嵇清柏留在了长生身边，他重新跃出侯府的高墙，准备等到晚上再伺机而动。

侯府隔两条街有一个茶馆，嵇清柏变换了容貌坐在茶馆二楼，他点了侍女的魂，相当于半身附体，伺候在长生身边。

嵇清柏边喝茶，边开了魂眼，通过侍女来观察周遭，长生喝完药便睡下了，许是心头血的关系，他睡得也不是太安稳。

嵇清柏"看"了一会儿，安静守在屋里，也不知过了多久，前院渐渐传来了动静，侍女往外看去，鸣寰身着黄袍堪堪踏进了院内。

长生睁开了眼，他像是没睡过似的，双目清明，望着来人。

鸣寰撤了结界。

他坐在长生床边，扣着对方的手腕，语气稀松平常："今天感觉怎么样？"

长生淡淡道："已经不痛了。"

鸣寰点了点头，说："晚膳有什么想吃的吗？"

长生讥笑了一下："喝完你的血，还能有什么胃口？"

鸣寰扣着他腕子的动作稍顿，眯着眼，没什么表情，长生挣脱不开，手腕被捏得生疼，白着一张脸并不吭声。

"你犟起来挺惹人厌的。"鸣寰淡淡道，"师父就没说过你？"

长生听到他还有脸提起嵇清柏，胸内郁结的一口气差点没提上来，恨道："师父教你的东西，你都给忘了吗？！"

鸣寰平静地看着他，突然笑了一笑："我没有对不起你们两个，只要他愿意，我的心头血也一样能给他。"

长生听他越说越过分，干脆闭上眼不再理会。

鸣寰摩挲着被他捏红的腕子，继续道："绝顶峰你以为是什么好地方？七大堂的人也盯着我的妖血呢，师父天资卓绝，百年来月清派只出了他这么一个玄境，你以为别人就甘心？我的血能助普通武修平白得百年的修为，他们为了我的一滴血，能自相残杀，欺师灭祖。"

长生震惊地看着他，只觉这人怕是已经疯了。

鸣寰又道："我是为了带你们离开那吃人的地方，才出此下策，师兄，你不明白我吗？"

长生简直啼笑皆非，咬牙道："你把我囚禁在这儿，还想着拿我做饵，引师父来，你真是满口谎言，我不会信你一个字！"

鸣寰收起笑容，突然看向一旁站着的侍女，问了句："今天有来过什么人吗？"

侍女愣了下，忙低头答道："没有。"

鸣寰"嗯"了一声。他站起身，突然一团业火烧在了他的掌心，长生大惊失色，刚喊了一声"小心"，业火成刀，锋芒劈向了站着的侍女。

嵇清柏捂住左眼，手里的茶杯摔在了地上，店里的小二吓了一跳，忙上前来询问他出了何事。

嵇清柏一时痛得失语，他太阳穴突突直跳，缓了许久，才勉强摆了摆手。

正想要站直了，身边突然多了一人。

嵇清柏一只眼无法视物，只能用另一只眼看向来人。

南无静静地看着他，许久，才有些无奈道："我一不在，你就给我闯祸啊。"

| 册六 |

魂眼附体本就是自伤修为的法术，再被金焰炽凤的业火所灼，嵇清柏的左眼差点没能保住。

南无冷得像块玄铁，淡淡道："业火烧伤会留疤。"

嵇清柏对留疤什么的并不在意，南无却隐隐压不住怒火。

"你身上不该留这些东西。"南无冷道，"那只鸟的确该死。"

嵇清柏眨了眨眼，他突然有种梦醒颠倒的感觉，总觉得这话该是南无在梦里对自己说的才对。

幸好南无没再多说别的，他似乎很清楚嵇清柏想做什么，只道："我会带长生出来，到时候你们就回绝顶峰，这辈子不要再下山。"

嵇清柏总觉得奇怪，下意识问："你呢？"

南无没说话，两人已经回了茶楼的雅间，外头不知何时下起了雨，轩窗支起，雨水像断线一样落下来。

"我无法陪你太久。"南无突然道，"我有别的事要去办。"

嵇清柏也跟着突然执拗起来，问道："何事？"

南无似乎笑了笑，说："天下苍生的事。"

武修中有像嵇清柏这样，入世又出世，最后只一心求道的人；也有入世后，被红尘权柄牵绊住，再不复无欲之心的人。

南无怎么看都不像后者。

南无看向窗外的雨，过了一会儿，才又道："金焰炽凤对世人之恶，能毁了这天下苍生，但善亦可以。"

"你说我心怀慈悲、仁惠众生，但你可能不知，我也恨这六界无量。"南无收回目光，看向嵇清柏，窗外的雨雾飘进来，似是给他的眼覆上了一层湿气，"我为了这无量，不能生妄念，不敢知悲喜，我救苍生，可苍生永远救不了我。"

嵇清柏一脸的不明所以，他好似有所悟，却又抓不住章法，只能急切道："我会救你。"

南无又笑了："你无须救我。"

嵇清柏被南无留在驿站附近，对方还是一句"等我"便没了人影。

等到夜半，烛火明亮，远处传来了马蹄声，嵇清柏当月而立，眺望着一处，脸上渐显焦急。

尘土飞扬间，南无骑在马上，临到近处，他才放慢速度，嵇清柏看到了他背后的长生。

"他刚喝了圣妖的血。"南无从马上跃下，嵇清柏伸手抱住了睡着的长生。

"你没事吧？"嵇清柏问。

南无摇头："那只鸟不是我的对手。"

嵇清柏犹豫了一会儿，忍不住问："你杀了他？"

南无露出一丝笑意，有些认真道："我不可以随意杀生。"

嵇清柏："……"

"但能让那畜生吃点苦头。"南无看向嵇清柏的左眼，表情又冷了下来，"回头让长生帮你看看眼睛，这疤绝不能留。"

嵇清柏摸了下左眼，不知对方为何如此执着于伤疤这东西，但看南无脸色，他也没敢说一个"不"字。

虽说南无伤了鸣寰，让他无法马上追来，但三个人也不能耽搁太久，如今宋氏侯府被圣妖所控，对方不是什么小门小户，在诸侯间更是算得上举足轻重，是个能撼动权柄的强侯。

嵇清柏仔细想想，凭金焰炽凤现在的野心，说不定还真能把这乱世搅得更加水深火热。

长生在第二日晚上才醒了过来，嵇清柏的眼伤还未好，长生看到后眼眶都红了，表情很是自责。

"不是你的错。"嵇清柏安慰他道，"反倒是你感觉如何？心头血还痛吗？"

长生抹了把脸，摇了摇头，哑着嗓子道："不痛了，我身子比以前好了不少，师父就放心吧。"

嵇清柏叹了口气，面色复杂，半晌才道："圣妖的心头血只要用好了，是传说能让凡人成仙的极品，他之前贸然给你服下，我是怨恨他的，却不想现在因祸得福，这滴血，反倒能保你长命百岁、平平安安。"

长生苦笑了下，他丝毫没有什么喜悦之情，低着头，轻声道："我只想当个凡人，并不愿做这长命百岁的梦。"

他伸出手来，掌心对着嵇清柏道："师父你看，我的生命线已经够长了。"

快到绝顶峰时，南无便不准备再送了，嵇清柏与他作别，最后仍是没忍住，问道："你什么时候回来？"

南无笑了下，嵇清柏只觉掌心一凉，低头看到了一串忘川铃。

"这个留给你。"南无说，"等我回来，你再还给我。"

回到绝顶峰的头几天，长生偶尔心口仍是会痛。

嵇清柏问起来，他又说不太清楚："好像有种感应似的，不知是不是我想多了。"

妖力越高强的大妖，血脉越是珍贵，嵇清柏知道不少关于妖血的歪门邪说，想来金焰炽凤的心头血定然不会简单。

七堂那边对鸣寰的失踪尤为重视，嵇清柏被召去十来趟，几个千年老瘪三轮番审他。

"你下山之前发过毒誓，不会让圣妖入恶。"七堂总督厉声质问，"如今又该怎么说？！"

嵇清柏抬起头，他的表情冷肃："金焰炽凤本就是超脱六界，但又困于红尘之物，他就算入了恶，也是这天下世人逼的。"

七堂总督怒目圆睁："满口胡言乱语！"

嵇清柏冷笑了下，他挑起眉，扫了一圈众人，慢条斯理地道："你们到底是怕这天下生灵涂炭，还是可惜没留圣妖在绝顶峰，用自己的血脉，养你们这帮道貌岸然的废物？"

他话音刚落，七堂中一片寂静，总督更是涨红了脸，抖着手，结巴道："你、你污蔑！"

嵇清柏只觉满眼的荒唐可笑，他似乎极度失望，闭了闭眼，呼出一口气："为了一滴妖血，自相残杀，欺师灭祖——"他看着众人滑稽的面相，笑出了声。

"你们真是好样的。"嵇清柏笑得眼角含泪，他双目赤红，看着所有人，平静地道，"这苍生不因妖物而亡，只因你们的无尽贪欲，才万劫不复。"

｜册七｜

长生回了绝顶峰后，嵇清柏再也没让他出过胧月堂，师兄师姐们来了几次，也都没见到长生的人，再加师徒俩待的地方本就偏僻，如今更是门庭冷落，无人问津。

七堂与嵇清柏彻底撕破脸后再没了往日和颜悦色的虚假客套，只是碍于他的玄境修为，又动不得。七堂可说是气得咬牙切齿，恨不能饮他血、食他肉。

嵇清柏因为长生有圣妖心头血的关系，不能让他再与派中的其他人接触，以免招来杀身之祸。

幸好长生乖巧，整天待在胧月堂与师父做伴也不觉得寂寞，只是偶尔发呆起来时间很长，不知在想些什么。

嵇清柏不是多细腻敏感的人，见过他这样几次后，也忍不住担忧，终于一日午后，阳光正好，两人在院子里赏着春雪消融，绿芽新枝。

"你有什么心事，可以和师父说。"嵇清柏望着院子里的玉兰花树，淡淡道，"怎么身体好了，心思反而重起来了？"

长生笑了下，叹道："也没想什么。"

顿了顿，他又说："就是想师弟了。"

嵇清柏皱了皱眉，说："他已经不是你师弟了。"

话虽如此，但想到七堂曾经对金焰炽凤造过的孽，嵇清柏的脸色也好看不到哪里去。

长生心善，很是落寞道："要是我当时注意些，说不定他就不会那样了。"

嵇清柏摇了摇头："作恶之人永远都能找到作恶的理由，你当时就算注意到了，他的恶念也不会为此消散。"

长生苦笑道："那他会来报仇吗？"

嵇清柏冷道："绝顶峰没有那么容易上来。"

长生想了想，似是终于明白为何嵇清柏与七堂关系已经恶化至此，都还留在这儿，只因绝顶峰现在是唯一能护着自己，不被金焰炽凤打扰的地方。

但其实嵇清柏也不是不担心。

虽然此处现阶段算得上是世外桃源，但内忧不轻，长生心头血的事情不知还能瞒多久，时间长了，堂里的长老总会发现蹊跷；外头金焰炽凤的势力扩张，圣妖妖力只会越来越强，哪一天打上这绝顶峰来，嵇清柏不担心灭门，只怕自己的修为已经对付不了鸣寰。

"要是有一天，这月清派没了，你就跟着鸣寰走吧。"嵇清柏又看了会儿雪，突然道，"七堂知道你有圣妖的心头血断不会放过你，但鸣寰能保护你，为师要是不在了，你就和他走。"

长生脑子蒙了半刻，惊讶道："师父要去哪儿？飞升吗？"

嵇清柏露出了一丝笑意，看着长生道："我此世该是飞升不了了，我的道不会原谅我教出那样的徒弟，他既然敢来这绝顶峰上，我便不会放过他，誓要将他斩灭于此。"

长生惊愕地睁大了眼，摇着头，喃喃道："师父如果要杀他，我定是站在师父这边，就算我死，我也不会让师父死的！"

"傻孩子，你有圣妖的心头血，根本死不了。"嵇清柏伸出手，摸了摸长生的脑袋，叹了口气，眼神温柔，"为师只怕你被歹人抓住，因金焰炽凤的心头血而受炼阵之苦，怀璧其罪，那才是真正的生不如死。"

长生眼眶通红，他张了张嘴，又合上，半天说不出一句完整的话来。

嵇清柏并不心软，正视着他，严肃地道："你看着我。"

长生抖着唇，看着他。

嵇清柏一字一顿地道："答应师父。"

长生还是摇头，眼泪掉个不停。

嵇清柏皱着眉，心想还没到时候，是不该逼得太紧，只能又叹息着劝道："好了好了，为师也不一定输给他，别哭了。"

长生胡乱抹着脸上的泪，抽抽搭搭地说不出话来，嵇清柏实在没太多安慰人的经验，只能默默陪着。

等到爱徒终于心绪平复，嵇清柏也不敢再提这种生死的事，他提到要闭关修炼一阵，长生听了也只是点头，多嘴问了一句："南无大师呢？"

嵇清柏被这么一提醒，倒是有些恍然，自从回到绝顶峰后，两人已是许久未见，修道之人年月都过得漫长糊涂，可这一回，嵇清柏却记得非常清楚。

他记得那人离开时落下的绒绒细雪，绝顶峰下万年不变的风景，那时却有了别样风情，南无玄色的仙袍广袖，似有辛夷花的甜味。

嵇清柏想着那人红尘旖旎般的眼，沉默了一会儿，才说："我也不知道。"

长生小心翼翼地问："南无大师修为法力高强，如果他在绝顶峰，说不定有他对付鸣寰，师父就不会死了。"

嵇清柏没有说话，他腕子上戴着南无给的那串忘川铃，不知是什么原因，这铃铛对他似乎没什么用。

嵇清柏坐在闭关的洞中，看着掌心的忘川铃，只觉心下满是怅然若失的酸楚。

长生守在洞外的别院里，那儿被嵇清柏设了结界，教派中无人能硬闯。

嵇清柏说是闭关，其实也就是摒除杂念，借着天地阴阳好卦出之后的天命劫数，可惜卦算了一圈，别说长生了，他连自己的命数都看不太清楚。

洞中不见日月，嵇清柏从洞中出来时也不知过了几日，他隐隐有些不安，袖摆一挥，开了山门，见到守在外头的长生。

"师父，"长生见他出来，似乎舒了口气，焦急道，"前面七堂飞了四道令，不知出了什么事。"

飞令一般是堂内紧急时用的咒术，七堂总共有七道飞令，如今突然飞了四道，绝非小事。

嵇清柏刚想说话，突然山前传来一声巨响，长生霍地回头，师徒俩都看到了那飞起的焰火。

嵇清柏瞳孔骤缩，他一手抱住长生，一手挽了个花，长弓显形，握在了他的手里。

长生以为嵇清柏会带着他去胧月堂，却没想到对方抱着他就往后山跑。

"师父！"长生奋力挣扎，怒道，"你要带我去哪儿？！"

嵇清柏面无表情，他抿着唇，只闷头狂奔，一言不发。

｜册八｜

金焰炽凤的妖力嵇清柏隔得很远都能清楚地感知到，他面色冷峻，估算着自己能撑下几招，抱着长生纵身跃入繁花树林。

长生是凡人，自然不知道嵇清柏心里所想，他以为嵇清柏要带自己下山，只觉惶恐，怕被师父丢下。

嵇清柏趁着身后没人追上，才低声道："后山地形复杂，我能撑一阵，你躲到十二洞里去，他们一时半会儿找不到你。"

长生明白过来，猛地摇头，颤抖道："师父你这是……要去送死吗？"

嵇清柏神色复杂，他不想瞒着长生，只能勉强说："师父不会死的。"

长生闭着眼，他心如死灰，眼泪簌簌流下，双手紧紧拽着嵇清柏的袍子不肯松开。

嵇清柏边跑边听着四方动静，头顶树荫浮动，他眯着眼，一个斜掠，一只八脚蜘蛛钉在了他原本停住的地方。

要说"蜘蛛"也不准确，它上半身是人，下半身成了蛛腿，窸窸窣窣转过身来。

嵇清柏小心将长生放下，立即旋身弯弓，毫不犹豫地射出一箭。

蛛妖看着笨重，躲起箭来却是身形轻巧，蛛腿扒在了一旁的树上，人脸垂直望了过来。

"清柏君，"那妖开口说了话，声音尖厉，"我们并非要您性命，圣妖大人等着您呢。"

嵇清柏冷冷道："等着我？等我杀他吗？"

蜘蛛也不恼，慢吞吞转过头，又看向了长生："师兄劝劝师父可好？"

长生的牙齿咯咯打战，他惊恐地盯着那只蜘蛛，胸口起伏不定，下一秒，突然眼前一黑，嵇清柏的手遮在了他的眼上。

"不要看。"嵇清柏声音淡然，像水一样，润过心肺，"脏眼睛。"

长生镇定了下来。

那蜘蛛见没什么效果，倒也不慌，脖颈扬起，嘴一张，吐出一团淤泥来，嵇清柏一把背起长生躲开，反手又射出一箭。

这回蛛妖没有躲过，它尖声叫痛，却又不敢向前，地上的淤泥急速动起来，竟幻化成网，想罩住两人。

嵇清柏冷笑了下："不自量力。"说着，他单手捻了个诀，一团芯火燃起，落在了淤泥中。

也不知是不是妖物真的怕火，那蜘蛛和淤泥都不敢再缠上来，嵇清柏不能耽搁，继续往十二洞最里面的洞口奔去。

结果堵路的还不止两个。

鸣寰不愧在绝顶峰上待了这么久，连嵇清柏会带着长生去哪儿都猜得一清二楚，但他不亲自过来，嵇清柏不用动脑子都知道他要先做什么。

有仇报仇，以恶制恶，鸣寰今日便是来屠这月清派满门的，前面那飞令大概就是灭门的信息。嵇清柏终是没忍住，抬头望了一眼，第六支飞令冲上云霄，长生搂着他脖子的手臂紧了一紧。

"师兄师姐们……都死了吗？"长生低声问道。

嵇清柏只"嗯"了一声。

他加快了脚程，并没有哀悼同门的时间，在快要接近十二洞时，第七支飞令朝着两人的位置狠狠射来。

嵇清柏急得差点咬碎了牙，他提气又是一跃，飞到半空中时，只觉身后热火灼来，他猛地回头，堪堪躲过，翻了个身落在洞口附近，想再往前一步，却是不能了。

鸣寰负手而立，挡在了洞口。

长生还趴在嵇清柏的背上，他怔怔看着背对着自己的人，想叫一声"师弟"，却如鲠在喉。

鸣寰转过身来，他腰间佩着一把刀，刀柄的样子有些奇怪。

嵇清柏盯着那刀看了一会儿，涩然道："你已能化刀了。"

圣妖之刀名为鸳鸯，是由金焰炽风的妖魂所铸，只有完全成年才能化出此刀，如今鸣寰鸳鸯在手，天下再无人挡得住他。

鸣寰露出了些笑意，居高临下望着师徒两人，伸出手，温和地道："师父师兄跟我走吧，想要什么，鸣寰都能给你们。"

嵇清柏抬起头，扯了扯嘴角，也笑了："我如果要你的命呢？"

鸣寰笑容渐淡，他看着嵇清柏，慢慢道："我杀的都是些该杀的人，他们贪得无厌，他们该死，师父又为何不懂我？"

嵇清柏不想再与他废话，瞬间掠后想拉开距离，结果刚一动，背上一轻，长生不知怎的居然落到了鸣寰的手里。

嵇清柏满脸急怒，喝道："放开他！"

长生不住挣扎，鸣寰一时居然制不住，嵇清柏趁此机会连射三箭，又猛地突进，想把长生重新拉回来。

结果三箭之中，只有一箭堪堪射中金焰炽风的肩膀，圣妖业火燎身，鸣寰盯着嵇清柏暴怒道："敬酒不吃吃罚酒！"

嵇清柏哪管得了这么多，他承着业火灼身，死死抱住长生，金焰炽风一掌又要拍下，长生大吼道："不！"

鸣寰只觉腰间一松，长生不知何时居然拔出了鸳鸯，他虽然只是个凡人，但也有些武修的功法，鹜鸾刀锋似火，要不是鸣寰躲得及时，只怕要被砍掉一半臂膀。

长生紧紧抱着周身是火的嵇清柏，他有金焰炽凤的心头血，不会被业火所伤，但嵇清柏却不行。鸣寰捂着伤口，他被自己的妖刀所伤，一时半刻动弹不得，冷笑道："他没有我的心头血，只会被活活烧死。"

长生回头看向圣妖，双目红如血海，却倔强地不肯落泪。

鸣寰伸出手，淡淡道："你过来，我便救他。"

长生轻轻摇了摇头，突然笑了，握紧了鹜鸾。

他说："你不配救他。"

鸣寰倏地睁大了眼，只见长生突然扬手，鹜鸾对着自己的心口狠狠扎下！

嵇清柏在无边灼火的疼痛中睁开了眼，长生以跪姿搂着他，胸口处血水漫延，一滴滴落入了他的口中。

那是金焰炽凤的心头血。

嵇清柏下意识抬起手，去捂他那处伤口，却忘了自己身上还有业火未尽，烧到了长生。

"不、不……"嵇清柏想把那火扑灭，他语无伦次，满脸是泪，"还有一半，还有一半的血！"

长生按住了他的手："我用的是鹜鸾……被妖刀所噬，必死无疑。"

嵇清柏抱着他，拼命摇头，业火越烧越旺，火舌慢慢舔到了长生的脸上，嵇清柏只觉得自己仿佛抱着一捧散灰。

怀里的人伸出手，掌心对着他。

"不要哭，师父，"燎火吞了长生一半的脸，另一半眉眼弯起，他笑了，说道，"你看我的命，已经很长了。"

烟火燎尽，零星湮灭，嵇清柏在泥里抢着不知到底是什么的灰，他听到远处传来梵音，两只妙音鸟衔着五彩祥瑞落了下来。

嵇清柏迟钝地抬头，他看到了南无，不悲不喜地站在他的面前。

南无看了眼地上的刀，平静地道："拿起来。"

嵇清柏张了张嘴，他现在有长生给的心头血，自然能提起鸳鸯刀。

鸣寰躺在不远处，他似乎还不愿相信刚才发生的一切，愣怔着看着嵇清柏朝着自己一步一步走来。

"杀了他吧。"南无低头如看蝼蚁，"了结这业障，方可超脱。"

鸣寰盯住南无，问他："长生呢？"

南无眉眼不动，淡淡道："他多年前救你，曾说你所犯罪业他愿自尝孽果、尽受恶报，如今他已魂飞魄散，不再入轮回，正是托你的福。"

鸣寰几乎疯了，大笑道："你撒谎！你到底是谁？！"

南无没有回答，鸣寰目眦欲裂，鸳鸯插进了他的心口，嵇清柏面无表情，又往里送了一截。

鸣寰吐出一口血沫子，他握住了嵇清柏的手，念了一句："师父……"

嵇清柏松开了刀柄。

"来生不要再见了。"嵇清柏最后说，"不，还是不要有来生了。"

南无看着金焰炽凤消失倒是没什么表情，他转头看向嵇清柏，后者仍是一副失了神的模样。

南无叹了口气："你该回来了。"

嵇清柏喃喃道："回哪儿去？"

南无："回到我身边。"

嵇清柏终于有了些反应，他看见南无手里不知何时多了一把锡杖，只轻轻一敲，嵇清柏下意识回头，发现自己的肉身倒在了地上。

"过来。"南无伸出了手。

嵇清柏犹豫着握住，南无似乎笑了下，他看到了对方腕子上的忘川铃。

嵇清柏想问你为什么不来，却发现张不了嘴。

南无似乎知道他心里所想，柔声道："这是你该度的劫，我不便插手。"

顿了顿，他又道："此劫已了，你的尘缘已尽，回到佛境你就会忘了这一切。"

嵇清柏一眼不错地盯着他。

南无摇了摇头："你也会忘了我。"

嵇清柏："……"

"不过没关系，"南无又笑了，"未来日久天长，山海不平，我都会记得。"

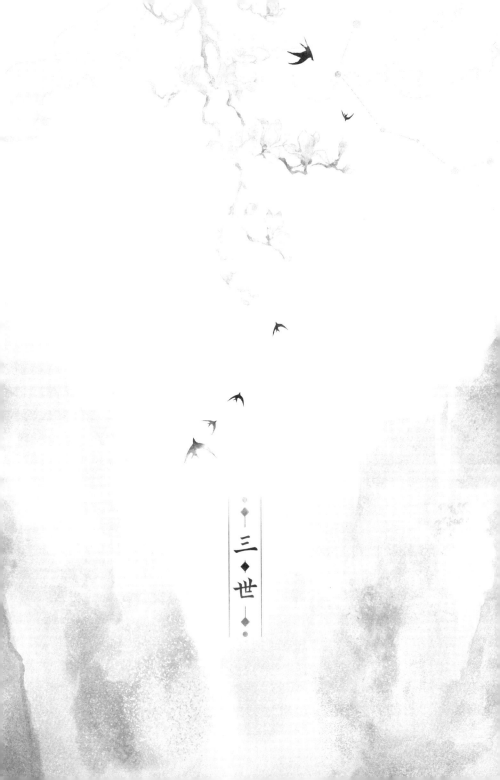

三◆世

| 册九 |

嵇清柏再次站在了佛境天门的入口，回首望去时，仿佛自己只是做了一个梦。

他被金焰炽凤的往生业火带回了千年前的那一场劫数，人间千年，弹指一瞬，缘孽皆化为虚无，历劫归来后他便把什么都给忘了。

如今重新想起来，嵇清柏只觉那一世竟分不清楚，他与长生、鸣寰三人到底是谁亏欠谁更多一些。

还有檀章。

嵇清柏下意识地往台阶下走去，几步后，又停住，他早过了那劫，如今佛尊却重入了六界轮回，他又要找谁去呢？

身后梵音袅袅，祥瑞生辉，嵇清柏转过身，看到了恢复人身的白朝。

后者一派神清气爽的模样，甚至还对着他笑得春风和煦。

"清柏上神这是都想起来了？"白朝拊掌，"辛苦了辛苦。"

嵇清柏："……"

既然嵇清柏都想起来了，白朝的禁口自然也就解了，两人站在万重门口，妙音鸟绕着嵇清柏飞来飞去。

"佛尊骗了金焰炽凤说长生已魂飞魄散，其实早让我安排了凡人命数，你历劫期间他功劳甚大，佛尊爱屋及乌，便许他来世生生世世命途安贵，寿终正寝。"

白朝看着嵇清柏有些感慨："没想到你们还是有缘，佛尊下去历劫居然也能碰上。"

嵇清柏不知心里什么滋味，想问又不敢问檀章历劫的原因，白朝倒是不甚在意，直接说了。

"你既然恢复了记忆，就该知道佛尊为何会下去历劫了。"白朝叹气道。

嵇清柏张了张嘴，声音有些抖："我当年历劫归来，红莲命盘为何会碎？"

白朝看了他一眼，犹豫了一会儿，不忍道："照理说，当日你不该死，得再活一阵子受些苦的。"

历劫对神仙来说，一般真不是什么好事，嵇清柏那回又碰上圣妖轮回，该是惨上加惨，甚至都有可能过不去这劫难。

只可惜没想到，这六界之外，有人先坐不住了。

如果佛尊只是寻常干预一下，红莲命盘倒也不是承不住对方的无极法印，碎了是真不至于。

所以前头一切都挺风平浪静，嵇清柏也挺过了圣妖这一关，接下来再苦个三五百年，正常身死即可归境。

结果檀章到底是没忍住。

他在佛境都待了十几万年的岁月，居然等不了嵇清柏在人间的区区几百年。

白朝想起红莲命盘碎得四分五裂那天，仍是心有余悸："是佛尊杀了你在凡间的肉身。"

嵇清柏恍然大悟，想起那人手上的锡杖，在他面前轻轻敲了一敲。

他记得南无说过："我不可以随意杀生。"

白朝说："他不愿你再受那人间苦楚，居然能做到如此地步，红莲命盘哪承得住他杀生的罪过？当然碎得干干净净。"

嵇清柏再也说不出一句话来，他茫然无措地望着白朝，后者等了一会儿，才又道："有样东西，我得给你。"

嵇清柏问："什么？"

白朝没说话，他挥了挥手，绕着嵇清柏的妙音鸟盘旋起来，须臾，口里衔着一串铃铛，落在了嵇清柏的掌心。

"忘川铃。"白朝说，"佛尊已入轮回，你该去接他回来了。"

嵇清柏原本以为白朝会给自己重新排命，但仙鹤站在红莲命盘下，又恢复了欠揍的语气："自己跳下去吧。"

嵇清柏苦笑："我都不知道这回是变男变女，变老变少，怎么敢跳？"

白朝有些不耐烦："这回你就是你，下去就知道了。"

嵇清柏没懂前面一句话的意思，白朝突然鸟嘴一动，他便被红莲命盘卷了进去。

"护好你的魂芯，"白朝难得有些严肃，语气复杂且无奈，"别再随便丢了啊。"

远古大荒，人还没有走兽妖物多，群居在村落里，远远离着连绵山脉。

农耕时期几乎家家自给自足，户户比邻而居。

樵夫只有一人，住在村头，一日刚从山上砍柴下来，碰到有人在他家旁边搭新房子。

他做完手头的活儿，出来几次，都没看到新主人，只听到里头传来敲敲打打的声音。

樵夫于是决定去帮个忙。

他走到人家院门口探头探脑，等了许久，里面的人终于出来了。

嵇清柏还是原身相貌，只把仙袍幻化成了这边常见的粗布麻衣，怀里抱着一堆废石，看到门口站着一人，愣了一下。

樵夫看着他有些忐忑，最后还是孬着胆子问道："需要帮忙吗？"

这边的人没有"名字"这种东西，因为是个樵夫，村里人都喊他阿樵。

嵇清柏没拒绝对方的好意，毕竟他一个神仙，没多少搭房子的经验。

阿樵教他如何垒墙，如何盖顶，最后装了窗和门，院子里的土也需要开垦下，还得修篱笆，桌椅床柜这种需要木匠的手艺，阿樵又帮他去喊村里的木女。

木女便是专门做木工的，又因为是女子，所以叫木女。

嵇清柏在旁边只能干看着。

当然，嵇清柏不知道阿樵和木女都在偷偷看他。

这人太好看了。阿樵心想，像神仙似的。

木女被嵇清柏盯得脸红，她做完了床和桌子，凳子来不及做，嵇清柏并不介意，笑道："没事，都怪我手笨，帮不上忙。"

木女绞着手里的辫子，不知道怎么答话，阿樵见了，替她说道："先生饿了吧？"

嵇清柏自然不用吃东西，不过入乡随俗，他称自己是云游至此的猎户，忙道："先生不敢当，你们就叫我……嵇玉吧。"

"嵇玉"这两个字发音不算困难，反正认不认得无所谓，也不需要写，能喊明白就行。

嵇清柏刚下来，家里啥都没有，连招呼顿饭都做不到，只能去隔壁阿樵家将就一顿。

临走时，阿樵又给了他些菜种子。

"明天种。"阿樵嘱咐着，"春天发芽，秋天就能吃了。"

这个时代还是最简单的春种秋收的理论，还没有把时令分得那样细，嵇清柏收好种子道了谢，回头又看到阿樵拎着个动物尸体出来。

嵇清柏："……"他有种不好的预感。

阿樵手里拎着的动物身形跟猪有些像，但要比猪大很多，他指了指，认真道："猛豹，好吃，皮厚，能当床垫子睡。"

嵇清柏的神色复杂，不知该接还是不该接。

阿樵以为他不好意思，大方地往他手里一递，说："送你的，趁新鲜吃，炖汤特别好喝。"

嵇清柏绝望地想：这是要我吃我自己吗？！

|圩|

猛豹体型比猪还要大，嵇清柏一个人扛回去后只能在后院把尸体给埋了，还在上头立了个碑。

毕竟同根同源，死得太过凄惨了。

结果没想到，第二天阿樵又送来了一只猛豹。

嵇清柏："……"

他看着自己同胞死状可怖的尸体，终于没忍住，旁敲侧击地问道："山上没有别的猎物吗？"

阿樵的表情天真无邪，老实说道："猛豹又笨又好骗，杀起来不费力。"

嵇清柏："……"

阿樵继续道："肉多还好吃。"

嵇清柏实在分不清楚对方到底是在骂他还是在夸他。

远古大荒时期，妖魔精怪遍地都是，像阿樵待的这类部落村庄，已经算是凡人聚集比较多的地方了，嵇清柏刚来还有些不敢相信，算了几轮诀才确定此世的佛尊大概率还只是一条混沌龙。

既然檀章还没成佛，嵇清柏也就不急了。

村落外是连绵青山，阿樵每日只白天进山，打猎砍柴，傍晚日落前一定回来，嵇清柏第二天与他一同前往，快接近山顶时，才发现有一处天池。

阿樵倒是很熟悉："这里有怪物。"他语气慎重。

嵇清柏："什么怪物？"

阿樵想了想："有点像蛇，很大，吃过人。"

说到像蛇，嵇清柏有些意动，又问："你见过吗？"

阿樵摇了摇头："见过的都死了，不是好妖怪。"

大荒灵物有了意念后也分善恶，嵇清柏刚来时便召过一只精卫问路，这鸟乃一方神护，以民间祭祀为灵食，修为不低。

但这类妖物毕竟是少数。

最早开天辟地时的天尊早已式微，无量失衡，佛尊未过天劫时，六界一片混沌，嵇清柏算来算去，此世该是混沌龙化佛的契机，但为何现在还没动静，他一时半会儿也想不明白。

阿樵似乎还想再猎一只猛豹回去，嵇清柏再三阻止之后，换成了一只野猪。

许是没想到猎户身手那么好，阿樵瞠目结舌瞧着嵇清柏徒手干掉了一只野猪，在山下心平气和地与他分了肉。

"以后都吃野猪吧。"嵇清柏好言相劝，"猛豹那么可爱，还是不要杀它们了。"

阿樵虽然不明白对方为什么这么说，但还是乖乖点了点头。

半夜圆月高悬，嵇清柏恢复了上神之姿，趁夜飞上了群山。

树影繁茂斑驳，月色下，华光披在嵇清柏肘间的清梦冰绫上，他仰起头，看向山顶的天池。

没了树影遮挡，月似银盘，池子上浮着雾气，倒也看不太清楚，嵇清柏落在池边岩石上，四下望了一圈，隐隐看到池底有洞。

嵇清柏皱着眉，他是真的不太喜欢水，想了想，扬手变出一块野猪肉，没多犹豫扔进了池中。

肉在温水里沉沉浮浮，半天没有动静，嵇清柏等得都有些不耐烦了，突然一道银光在池里闪过，嵇清柏立马打起精神，盯着那块肉。

银光在肉边绕了一圈，却没吃，池里的怪物似乎还很不满意，伸出一截银色的尾，将肉直接拍出了池子。

嵇清柏："……"

他脸色不太好看，想了想，又变出一块猛豹的肉，扔了进去。

这回怪物游近嗅了嗅，毫不犹豫，一口吞吃入腹。

嵇清柏："……"

吃完了肉，池子里的东西似乎心情好了不少，嵇清柏眯着眼，念了个诀。

池上雾气散去，怪物露出了头，倒不是什么普通的灵蛇，但也不是龙，这玩意儿通体银白，却长了双角，身形比蛟要大，盘着巨尾。

嵇清柏有些失望，正准备移开目光时，却又突然定在了原地。

月色盈盈，似水般落在了大蛟刚露出的尾尖上，那里有一朵血色的红莲胎记。

嵇清柏也不知自己最后是怎么浑浑噩噩下的山，他在屋里枯坐半夜，一时竟有些绝望。

此世的檀章怎么看都不是混沌龙的样子，虽然已经长出了角，但等到化龙那步，怎么算还得修炼个几百年。

嵇清柏能等这几百年，六界无量等不了啊，这跟他之前在佛境听的版本完全不同，莫非檀章这边还有什么机缘未了？

既然想不出因果来，嵇清柏也不能这么颓丧下去，他第二天又是和阿樵上山，砍柴打猎。这次没杀野猪，嵇清柏亲手砍了一只自己的同胞。

阿樵有些不明白："不是说不吃猛豹吗？"

嵇清柏有些无奈，但又不好解释，只能破罐子破摔地道："我也觉得猛豹又蠢又好骗，肉多还好吃。"

阿樵："……"

两人又把肉分了，嵇清柏却不急着下山去。

阿樵很担心："晚上危险，池子里的怪物会出来，要当心。"

嵇清柏有些惊讶："他会出来？"

阿樵点头："之前村里有人半夜上山，碰到过那怪物，都被吃了。"

嵇清柏心想檀章那么挑食，怎么可能随便什么人都吃？

天还没暗，嵇清柏背着同胞的肉慢慢往山顶去，池子在白天看着没那么热，嵇清柏化了形，施法浮在了池面上。

猛豹肉很多，嵇清柏拿了几块扔在池子里，又堆了一些在池边，想着怎么把檀章引上来。

但明显对方现在并不是太饿，慢悠悠在池底盘旋了一会儿，也不上来。

嵇清柏等久了有些急，他落下来，用了浮水咒，青靴踩在池面上。

结果下一秒，池底的大蛟突然动了。

嵇清柏没料到会有这番变故，他被蛟尾扯住脚踝时心下一沉，浮水咒不是什么厉害的法术，拖下水时，嵇清柏只够憋了口气。

他肘间的清梦冰绫飞出，绕在蛟尾上想要扯开，结果大蛟似乎觉得有趣，张开嘴，咬住了绫缎。

嵇清柏又怕伤了檀章，自然不能随意地操纵冰绫，他伸出手去，想从蛟口里把冰绫抢回来，互相拉扯半天，最后却是嵇清柏力气不济。

水里待不了太久，嵇清柏挣扎着浮出水面，才刚换完气，腰上又被蛟尾缠住，檀章此刻的样子真算不上好看，蛟的脑袋太大，龙角又丑又硬，嵇清柏只觉脖子旁边一凉，对方凑过来，还冲他后脖颈吐出了芯子。

嵇清柏是真的担心对方一口咬上来，只得召出清梦冰绫，挡在了蛟脸中间。

结果没想到，檀章又把他拖下了水。

冰绫冲破水面，缠住了蛟的脖子，嵇清柏抱住那巨大的蛟头，咬牙默念起了入梦的咒术。

嵇清柏现在满脑子想的都是，他今天无论如何得把檀章给带回去。

| 圩一 |

不知是不是入梦咒起了作用。

檀章终于不再把他往水里带了，但这么大的蛟睡着了简直有千斤重，嵇清柏托着他在水里往上浮都差点去掉了半条命。等到终于捞到了岸上，梦神也不觉得自己是什么神仙了，感觉就跟死了没区别。

用作诱饵的猛豹肉也没什么用了，嵇清柏趁夜扛着一条银色大蛟飞快往山下跑。

幸好这世道妖物精怪横行，天色一晚，村里家家关门闭户，没人看到嵇清柏扛着个妖物跑来跑去。

屋子里只有一张床，嵇清柏把檀章放到了床上，银蛟本来就少见，因为身上的颜色太亮，连屋里点的油灯都显得暗了不少。

嵇清柏看了一会儿蛟的尾尖，血色红莲醒目，像开在皑皑白雪里似的，盈盈可爱。

他看得久了有些出神，又寻思得想办法让檀章化成人形。

嵇清柏想起了下来前白朝给的忘川铃，也不知道有没有用，他闭眼念诀，铃铛出现在掌心里。

入了梦的银蛟一时半会儿醒不过来，嵇清柏几次试着把铃铛给檀章戴上，可不论套哪儿，忘川铃最后都会掉下来。

嵇清柏到最后真的有些绝望，他又想起化龙的机缘因果，只能自我安慰还不到时候。

阿樵大早上又来找嵇清柏进山，只是这回被人拦在了门口。

"我今天不方便。"嵇清柏得陪着檀章醒来，"能拜托樵兄帮我猎只猛豹吗？"

阿樵自然一口答应，高高兴兴地去了。

嵇清柏重新回到屋里，却已不见床上的银蛟。

他悚然一惊，阵阵凉意爬上了脊梁骨，还没回头，就从后面被巨尾突然缠住了脖子。

嵇清柏："……"

檀章算是已经有了识念，但并不分善恶，他不知嵇清柏将他带来此地何意，却也是极不高兴的。

嵇清柏不敢轻举妄动，他知对方听得懂人话，安抚似的拍了拍银蛟的尾巴，循循善诱道："我来教你化龙，可好？"

檀章的尾巴没松，但也似乎不准备勒死嵇清柏，他的蛟头凑到前面，吐出芯子，盯住了嵇清柏的脸。

嵇清柏尽量让自己看着和蔼可亲些，他笑了笑，又说："幻化的法术学起来不难，你先放开我。"

檀章没有放开他，蛟身像条毯子似的，绕了一圈他的肩膀，尾巴几乎垂到了地上。

他用角顶了顶嵇清柏，后者只能挂着他往前走。

嵇清柏头痛道："你下来。"

银蛟"咝"了一声，发怒似的，突然扬起蛟尾，轻轻抽了下嵇清柏的脸。

嵇清柏被打得有些蒙。

檀章却好像又消了气，懒洋洋地盘着嵇清柏的上半身，不再动了。

有了自主识念的灵兽照理说是能说话的，但是檀章不肯开口，嵇清柏也不能逼他，到最后说要教银蛟化形术，也不知该从哪里先教起。

但除了化龙外，檀章还得受天劫、通大能、一朝成佛，这三级跳嵇清柏看着如今的银蛟都觉着是在做梦。

但死马当活马医，嵇清柏率先想到的，是给檀章念佛经。

当年佛境万年，檀章不也锲而不舍地给自己念佛经吗？说不定讲着讲着，这银蛟突然开窍，悟得机缘，就立地成佛了呢？

但是嵇清柏想得挺好，檀章却不是太配合。

也不知是不是报自己先前在佛境不听话的仇，嵇清柏这边念经念得辛辛苦苦，银蛟盘在他身上睡得天昏地暗。

嵇清柏只能抓着他的角把蛟喊醒，苦口婆心道："你要听话。"

檀章又气得用蛟尾甩他。

嵇清柏躲过了，他心头真的一团火没压住，拽着角要揍蛟。

檀章又岂是随便捏的软柿子？猛地卷过尾巴，就与他打在了一块儿。

嵇清柏许是气到忘了自己还是个神仙的事实，与一条银蛟打起来就跟小儿撒泼似的，从床上蹿到房顶，银蛟巨尾大力一甩，直接震碎了桌椅，嵇清柏骑在他身上按他脑袋，又被掀翻在地上。

一人一妖动静闹得实在太大，阿樵扛着猛豹回来时，听到声音吓了一跳，在院门口高喊："嵇玉，出什么事了？！"

嵇清柏终于回过神来，也不顾法术会不会伤到檀章了，清梦冰绫直接破空而出，裹着银蛟撞进了墙里。

他跌跌撞撞、一身狼狈地去给阿樵开门，挡在门口不让对方进来，赔着笑道："你回来啦？"

阿樵看到他一身破破烂烂的，表情很是惊悚："我猎了只猛豹给你……有客人？"

嵇清柏张了张嘴，还没说话，就听见身后传来了墙裂开的声音。

檀章不知何时化成了人形，他赤身裸体地跺在地上，身上还缠着嵇清柏的绫缎，双眼冰冷如黑潭，望着嵇清柏平静道："你过来。"

他咬着牙，突然露了个笑："我要打死你。"

嵇清柏："……"

阿樵完全猜不透这屋里两个形迹诡异的男人是什么关系，嵇清柏太阳穴突突地跳，他并不想无关凡人卷进来，但此刻不解释又说不过去。

"他是……我一位远方朋友。"嵇清柏硬着头皮开始编，他接过了阿樵手里的猛豹尸体，想着快点把人送走。

阿樵的表情将信将疑。

檀章撇了撇嘴，嘲笑道："谁是你朋友，我要……唔！"

清梦冰绫捂住了他的嘴。

嵇清柏笑容可掬，他推着阿樵出了屋，反手把门锁了，一回头，突然将猛豹举到了檀章的面前。

檀章："嗯？"

嵇清柏皮笑肉不笑地问道："想不想吃？"

檀章盯着肉，猛豹显然刚死，新鲜的血水一滴一滴地掉下来，虽然表情还能撑着，但捂着嘴的那块绫缎已经被他的口水濡湿了。

嵇清柏满意地笑了笑，他解了清梦冰绫的封嘴术，撕了一块猛豹肉递到檀章的嘴边，跟哄小孩儿似的道："只要你好好修炼，早点化龙，我保证你天天都能吃到。"

神仙不会做饭，嵇清柏自然也不会，他自己不用吃凡人的东西，于是撕了肉喂还被冰绫裹着的檀章。

应是化形术还不到位，檀章虽然变成了人，但下半身没多会儿又恢复成了蛟尾的模样，他吃得兴起时尾尖还会发颤，血色的红莲印记越发鲜艳起来。

嵇清柏一脸复杂地看着他大快朵颐，心里想着绝对不能变成貘的样子，否则以檀章现在的性子，定能将他一口吞了。

"你把这玩意儿解了。"檀章吃饱后，又开始无理取闹，"不是要我修炼吗？"

嵇清柏的内心实在是复杂得不行，他想，佛尊历天劫、通大能的时候到底遭逢了什么，佛境万年里悲悯冷雪似的人怎么如今是这副德行？！

"我们不急。"嵇清柏淡定地打开经书，盘腿坐在了檀章的面前，他慈眉善目，温和地笑了笑，"你再听听我讲佛法，怎么样？"

檀章："……"

|圩二|

在遇到某个奇怪的人之前，檀章自认是连绵青山上过得最逍遥的一只妖怪。

他每天睡在天池里，温泉水润着身，吸收日月精华、天地灵脉，从有识念开始，他只记得最好吃的便是那群又蠢又好骗，总是来天池里泡澡的猛豹。

只是不知什么时候开始，山下多了群莫名其妙的人，他们也和自己一样，喜欢吃猛豹，于是这山上的猛豹就有些不够吃了。

眼看着猛豹越来越少来天池泡澡，檀章心里那个急啊，发起脾气来，把半夜上山打猎的人一尾全扫了下去，才总算消停了一阵子。

后来，便是这奇怪的人来了。

檀章第一次将他拖下水时觉得有些蹊跷，这人明明长着人的样子，味道闻起来却像自己平时最爱吃的东西。

但檀章没吃人的习惯，所以对着那人的后脖颈张了几次嘴，都没舍得真下口。

不过舔一下应该没事。

檀章想是这么想的，所以在嵇清柏低着头念经时，突然觉得脖子后面一凉。

嵇清柏皱着眉伸手捞了一把，发现指尖沾了几滴口涎。

他捏着经书的手有些抖，再三告诫自己不能生气。

檀章芯子还没完全收回去，似乎对嵇清柏的后脖颈仍是非常感兴趣，嵇清柏只能耐着性子，好脾气地问道："我刚才说的你听明白了吗？"

檀章烦躁地扫着尾巴，他不是很懂这奇怪的人为什么老要自己一心向佛，他又不想出家！

嵇清柏见檀章这表情，就知道对方大概一个字都没听进去，他突然就有一种似乎颠倒了角色的滑稽感，自言自语道："你当年逼着我念经的时候，大概也没想到会有这么一天……"

檀章歪着脑袋，不明所以地看着他。

嵇清柏叹了口气，换了种问法："你到底想不想化龙？"

作为蛟，长了角后是一定有念想化龙的，这就跟鲤鱼跃龙门的本能一样，嵇清柏现在不求檀章立马佛性生根，四大皆空，只盼他能先过天劫，通大能，覆雨化龙。

"我原本在青山天池，吸收日月精华、天地灵脉，不出几百年便可化龙。"檀章冷道，"还不是你把我捉到这里，坏我修为。"

嵇清柏没好气道："几百年太长了，我也没坏你修为。"

檀章起初不信，试了下灵根，发现的确丝毫未损，他挣不脱嵇清柏的清梦冰绫，纯粹就是打不过对方而已。

嵇清柏见他受挫，脸色难堪，总算有了些底气，语重心长道："你同我一道修炼，我定能助你早日化龙。"

檀章显然并不好忽悠："你是什么人，凭什么帮我？"

嵇清柏有些无语，心想这银蛟看着野生土长的，从小到大也没被人害过，怎么疑心这么重啊？

为了表现自己的诚意，嵇清柏最后忍辱负重地收回了清梦冰绫，他倒是不怕檀章还要和自己打架，反正之前也打过那么多次了，两方也算有来有回，互有输赢，自己在修为法术上还能压着对方，大不了再拿冰绫捆他一回。

檀章当然不想再被这劳什子破绫捆着，于是两人终于能一块儿坐在床上，心平气和地说上几句话。

"你将来身份大有不同，"嵇清柏倒也不瞒着，开门见山道，"关乎六界无量，我便是来助你一臂之力的。"

檀章的脸上没什么表情，似乎并不在意嵇清柏口中所谓的六界无量，他看着对方的两瓣唇一开一合，没一会儿就又有些心猿意马起来。

他想到了刚才嵇清柏脖子上的味道，自己芯子上还留着些说不清道不明的甜味，似乎比他平时吃的那些猛豹还要鲜美。

嵇清柏说了半天，抬头一看，火气又蹿了上来，他揉着额，忍耐道："你到底有没有在认真听？"

"在呢。"檀章整个蛟尾懒洋洋地铺着，他盯着嵇清柏的脸，突然芯子一吐，慢条斯理地道，"你让我舔口你脖子，我就乖乖修炼。"

嵇清柏："……"

檀章最后被下了封口术。

清梦冰绫变成了一小段锦帛，裹住了他的嘴。

银蛟双目赤红，狠狠盯着梦神。

嵇清柏不痛不痒，气定神闲地念了一炷香的经，念完后也没把封口解了。

"我探过你的灵根识念，并未作恶。"说到这里，嵇清柏顿了顿，他想到阿樵与自己说过，青山上有怪物吃人，而村里似乎都误会吃人的是檀章，这般说来，的确颇令人费解。

一旦作恶，神蛟极易入魔，对化龙百害无一利，嵇清柏想到这里，忍不住又看了檀章一眼，他容不得佛尊出任何差错，这件事看来又得仔细查查。

"我先渡你一百年修为。"嵇清柏决定速战速决，一指点向檀章的眉心，淡淡道，"神识交融会有些不适，你暂且忍忍。"

说完，嵇清柏已经闭上了眼，檀章根本来不及做出半点反应，便被对方拉进了无边的梦魇溺海之中。

嵇清柏原本以为到了对方神海大概又得遭到排斥，与银蛟元魂战个不死不休也有可能。

可结果却出乎意料。

檀章的神海一片波光粼粼，宛若海天镜面，天地间只有一朵红莲，含苞待放。

嵇清柏忽然便有些明白，对方为何最后能化龙成佛，极通大能——此般清明灵台，他这梦神还真没见过第二个。

曾经在佛境帮着已经成为佛尊的檀章吞食恶念时，嵇清柏也进不去对方的神海深处，想不到如今却这般畅通无阻。

红莲未开，嵇清柏看不到里头檀章的妄念，不过照理说能成佛者，自是不会有妄念这种东西。

神识交融已成，修为也给了，嵇清柏一时半会儿却有些不舍得离开，他坐在红莲面前，听到身后传来动静，转过头，看到檀章正望着自己。

神海中他的封口已解，样子却没什么变化，下半身仍是蛟尾的样子，尾尖轻轻摆着。

嵇清柏怕他生气，赶忙道："我一会儿就走，这一百年修为你得花些时间自己消化……"他话还没说完，突然眼前一黑，檀章不知何时靠到了近前，蛟尾缠上他的腰。

嵇清柏全身僵硬，他现在可是半点法力都不敢用的，就怕伤了佛尊的元魂。

"你到底是谁？"檀章问。

| 圩三 |

佛尊历劫与神仙不同，虽然同样入了红莲司命却又超脱六界轮回，所以对檀章来说，过去不是过去，现在不等于现在，未来亦不能称为未来。

嵇清柏刚从红莲命盘跳下，发现自己居然回到了远古大荒时，虽觉惊讶，却不慌乱，这一世如若在过去，便是佛尊跃龙化佛之际，此世只能算作重新历劫度苦，既是轮回，也是他的天命。

对早已成为佛尊，掌管六界无量的檀章来说，世间所谓天命早已是虚无，佛境中的万重渊都是他的幻化之物，年月岁日亦不可幸免。

嵇清柏在过去迟钝不知，今朝想起，才觉出整个万重渊里居然只有他一个不是佛尊幻化出的虚无。

他们朝夕相伴数千万年，嵇清柏难得会认认真真地想，当年坐在莲花台上的人，偶尔低头时，又是怎样看他的呢?

这答案，远古大荒时期的银蛟自是给不了他的。

好不容易从对方神海中出来，檀章还未醒来，嘴上裹着清梦冰绫，看着人畜无害。

嵇清柏想到他梦里一副恨不得吃人的模样就忍不住头皮发麻，他再三确定自己绝对不能在对方面前暴露真身，否则他也不用帮着度什么劫了，直接尸骨无存就是最好的结局。

一百年修为度化起来需要些时间，趁着檀章睡梦香甜，嵇清柏决定去查下山上妖怪吃人的事儿。

阿樵这几天倒也很关心嵇清柏屋里那位新来的远方"朋友"，碰到嵇清柏找上自己时，表情很是紧张。

"你朋友打你了吗?"阿樵小声问道。

嵇清柏眨了眨眼，明白过来，他笑了笑："没有……再说他也打不过我。"

阿樵皱着眉："他看着比你强壮许多，不好对付。"

嵇清柏心想，的确不太好对付，檀章要是不那么执着于他的脖子就好了，平时经都能少念些。

阿樵知道他来问妖怪的事后有些惊讶，不过还是老实道："我也是听人说的，不过几年前，我好像遇到过。"

嵇清柏挑了挑眉，问："仔细说说。"

阿樵回忆了一阵，继续道："当时具体情况记不太清了，那天风很大，我进山砍柴半路却起了雾，所以认不清方向，也走不出来，但我不敢停，一路走走跑跑总觉着身后跟了什么人。"

嵇清柏严肃道："对方有发出声音吗?"

阿樵"咦"了一声，他仔细想了一会儿，确认道："你不说我都忘了，那妖怪有叫我的名字。"

嵇清柏了然："你没回头？"

阿樵苦笑："我哪敢回头啊？它叫声断断续续的，却又很刺耳，叫了好几声，我吓得要命，可是不知道为什么，它叫了一会儿又不叫了。"

嵇清柏想了想，突然问道："你说风很大，有多大？"

"时大时小吧。"阿樵不太确定，"但在那妖怪叫之前，突然起了一阵大风，我抱着树才没被吹走，后来雾就散了，我才能找到路活着回来。"

嵇清柏点了点头，似乎心中有了些打算，他谢过了阿樵，正准备离开，对方又叫住了他。

"我今天又猎了猛豹。"阿樵搓着手，不太好意思地问他，"你要不要？"

嵇清柏在内心沉痛悼念了一番自己死去的同胞，面上毫无波动，干脆利索地道："要。"

夜晚的青山远看像一座吃人的坟，倒是山顶因为曾经是檀章的领地，月色下一片光辉清冷。

山上老树枝多，嵇清柏收敛了一身神力仙气，只当自己是个普通猎户，徘徊于草木之间，果然没多会儿，迷雾便渐渐聚拢起来。

嵇清柏背着竹篓，一手握着镰刀，只当浑然不觉，往林子里越行越深，身后隐隐传来声响，嵇清柏也假作未闻，继续往前走着。

那响声越来越近，模样在月光下依稀显形。

嵇清柏停下来，往地上看去，一个黑影，落在了他的头顶上方。

那影子动了一下，嵇清柏眯着眼，数了数影子里脑袋的数量。

入了魔的蛮蛭有着九头九尾，这妖物善学婴儿啼哭，引诱凡人，好以吞食，想不到如今居然还能言语，嵇清柏不得不佩服这青山灵脉滋养万物的水平。

这蛮蛭见过不少凡人在被它吃掉前痛哭流涕的惊骇模样，但今天这个却很是不同。

它因山顶银蛟震慑，从不敢往高处冒进，原本井水不犯河水，它不打扰对方化龙，银蛟也不知它在山中吃人为乐，直到有一天，这灵蛟不知哪里搭错了神经，突然发怒，于是风云变色，吓得凡人再不敢深夜入山里来。

蚩蛭许久未再吃过新鲜的人肉，眼下嵇清柏这送上门的美餐它自然不会轻易放过，正准备动作，夜色里那人却突然不见了踪影。

嵇清柏蹲骑在高枝上，飞掷出手中镰刀，蚩蛭九尾一摆，躲过这一试探，九只脑袋同时抬起，嵇清柏看了一眼便觉得有些恶心。

他站起身，眉心一点芯火燃起，幻化成了上神之姿。

嵇清柏看着妖物那九个黑头十八双绿眼，皱起眉，冷冷道："你倒真是作恶多端，不知悔改。"

蚩蛭龇牙咧嘴，它本就脑袋多，此刻牙一露，更是密集一片，晃得人眼晕。

"我可不只是吃人。"其中一只狗头声如婴儿，说出来的话却令人胆寒，"有修为的小仙我也吃过不少呢。"

嵇清柏倒是不怀疑它吹牛，手腕一转，荆生神弓浮在半空，金光破开了夜色，映在嵇清柏寒铁似的脸上："那我今晚更不能放过你，必要将你斩入阿鼻地狱，告慰亡灵。"

檀章突然睁眼，四下望了一圈，发现自己躺在嵇清柏的床上。

银蛟夜能视物，没找到想要找的人，下意识抽了抽鼻翼。

嵇清柏的味道已经很淡了，该是出去了不少时候，檀章皱起眉，尾尖烦躁地打着响。他虽然被封了口，行动却不受阻，又等了一会儿，心头火气越烧越旺，嘴上的冰绫轻轻震颤。檀章眯着眼，不再犹豫，巨尾扫过窗棂，又弄塌了另外的半面墙。

银蛟冷冷睨了一眼，不觉有什么不妥，夜风徐徐扑面，檀章迎着风嗅了一嗅，蛟尾一动，朝着青山疾掠而去。

| 圩四 |

蚩蛭只是普通妖物的话，用嵇清柏的话说是想杀几只就杀几只，但入了魔的蚩蛭就有些麻烦。

这只蚩蛭吃的小仙可能还不少，看得出还想打嵇清柏的主意。因为身形过于巨大，九只脑袋几乎长到了背上。蚩蛭的尾巴和九尾狐还不一样，硬如罡风且臭气熏天。

蚩蛭的视野广阔，嵇清柏很难做到一击毙命，那几条尾巴又烦人得很，好几次扫着他眼前过去，嵇清柏不得不又退回安全距离。

荆生箭是他的魂芯之火铸成，如今明灯魂芯只剩了一根，嵇清柏养得不容易，用起来更是抠得狠。

蚩蛭不好杀，九个头死了三个还剩六个能用，嵇清柏与它绕了大半座山，树倒石飞。他飞至半空，举臂弯弓，又一箭射中了妖物其中一个脑袋，那蚩蛭显然恼羞成怒，竟是拼着同归于尽的心思，朝着嵇清柏扑来。

嵇清柏躲到一边，却不想蚩蛭在空中翻了个滚，九条尾巴凌空抽来，迎面砸在了嵇清柏的面门上。

他整个人被砸进了山壁中，脑袋震得嗡嗡直响，半边脸更是火辣辣地疼。蚩蛭抓住机会，又是一尾压下来，嵇清柏咬牙从山岩峭壁里撑起身，掠到一边，仙袍上满是泥土碎石。

蚩蛭还剩五个脑袋，其中一只狼头，獠牙外露，向着嵇清柏咬去，后者眯起眼，温热血水浸着半边脸，不躲反进，用荆生神弓卡住了狼头。

嵇清柏念了声诀，一团芯火出现在了他的掌心，蚩蛭察觉不对已经来不及了，嵇清柏不顾狼头獠牙，将芯火塞进了对方的喉咙口，一脚将蚩蛭踹飞出去。

转瞬间，蚩蛭周身燃起熊熊大火，嵇清柏捂着肩膀，冷眼看着妖物在火中厉声嚎叫。

脑袋上血流不止，嵇清柏站着觉得头重脚轻，很是吃力，他盘腿跌坐在地，尝试凝神聚法，结果风中突然传来异动，迫使他又警觉起来。

直到看到阴影里檀章的巨大蛟尾，嵇清柏才松了口气，又忍不住皱起眉来，问道："你怎么来了？这里不安全。"

檀章扫了一眼地上已经化成灰烬的蚩蛭，目光慢慢移到了嵇清柏的脸上。

这人差点破了相，半边脸上全是血，浓重的血腥味飘到银蛟鼻中。

伤口一时半会儿好不了，嵇清柏担心山中还有别的妖物，只能尽快下山。

银蛟乖乖跟在他身后。结果回去看到彻底塌了的房子时，嵇清柏的内心不可谓不绝望。

檀章完全没意识到问题的严重性，他甩着尾尖，红莲印记时深时浅，银蛟显然被嵇清柏的血勾得有些兴奋，总想着凑上来多闻几口。

嵇清柏眼下实在分不出多余法力捆他，耐着性子道："我得先疗伤。"

檀章眨了眨眼，这才仔细看了一番，皱起眉，似是觉得对方的伤口有些碍眼。

嵇清柏正在考虑重新找个安全又安静的地方，突然一阵天旋地转，回头发现自己被檀章提了起来。

银蛟巨尾一甩，嵇清柏眨眼间便到了山顶的天池边上。

下一秒，檀章毫不犹豫地将人扔了进去。

嵇清柏根本连憋气的时间都没有，呛了好几口水，整个人慢慢下沉，沉到一半时又觉得腰间一紧，银蛟不知何时游到了他身边，巨尾轻轻缠着。嵇清柏勉强施了咒，解了檀章的封口，清梦冰绫在水中散开，盖在了两人的头顶。

嵇清柏隔着一片水雾看着近在咫尺的人。

银蛟如鱼得水，尾尖轻快地拍打着池面。

嵇清柏毕竟不善水，只能被檀章拖着，回不到水面上。过了好一会儿，等到嵇清柏觉得自己都要泡发了，檀章才依依不舍将他带进了池底的洞中。

这儿显然是银蛟的老巢，檀章不知用了什么法术，洞口被一层水帘挡着，里头干净清爽，冬暖夏凉。

嵇清柏的身下是一张玉床，他发现自己动弹不得，清梦冰绫又湿又重，缠着手脚。

"你这法宝倒是挺听话的。"檀章望着嵇清柏肩膀上已经凝了层血痂的伤口，忍不住伸出了芯子。

嵇清柏实在怕他下嘴没个轻重，直接生吞了自己，只好硬着头皮劝道："有话好好说，你先放了我。"

檀章没说话，他的尾尖盘绕而上，扣住了嵇清柏的脖子，顶着对方的下巴，这姿势逼得嵇清柏不得不仰起头，露出脆弱的喉口，很是羞辱。

"你求我啊。"檀章平静道，"求我，我便放了你。"

自从在白朝口中知道了檀章因他犯了杀生之罪，无法承住无量境界，再入轮回度众生之苦后，嵇清柏便想这最后一世，无论如何要静心忍性，帮着佛尊平安度劫，重回无量。

檀章原本不该受如此多的苦，要不是自己，佛尊永远都是万重佛境中，红莲座上，悲天悯人的佛。

而嵇清柏宁可自己受天地玄雷的生死之劫，也不愿意檀章因他痛上一丝一毫。

银蛟此世不通人情世故，只要化龙后，通大能，飞升成佛，檀章便算是历劫成功，了却凡尘种种，重归无量。

嵇清柏实在不想这一世再铸他与佛尊的"缘分"，因为檀章注定会重归佛境，忘却一切。

佛尊为他受了万年玄雷之痛，嵇清柏想，自己又怎么会舍得让他继续痛下去呢？

檀章忘了一切也好，反正嵇清柏都会记得。

他只愿往后千万年还能陪着莲座上的佛，无论山河寂灭，还是日月重生。

佛度无量众人，而他心若灼火，只为度佛一人。

|圩五|

嵇清柏就算不答应檀章的要求，也制不住对方。

他们俩隔绝一切世外之物，在这方寸洞中朝夕相处，嵇清柏一日醒来，颇有些回到了佛境万重渊的感觉。

他转头看向睡在旁边的檀章。

银蛟偶尔在睡梦中会彻底变回蛟龙模样，龙角低垂着，安静地贴着嵇清柏。

禁制在几天前便已经解了，嵇清柏站起身，活动了下手脚，将清梦冰绫收进了袖中。

檀章睡得很熟，蛟尾一卷，没有碰到人，才不爽地慢慢醒转过来。

嵇清柏低头看着他，叹了口气，语重心长道："该修炼了，起来念经。"

檀章："……"他恨念经！

嵇清柏其实也不想念，但他想着银蛟虽不懂人情世故，但好歹未来要成佛，多念念经，培养些良善慈悲心肠也是好的。

"只要你乖乖念经，"嵇清柏打着商量说道，"我便再给你一百年修为。"

檀章不屑地撇了撇嘴。

嵇清柏再三劝诫自己要静心忍性，他摊开经书，才念了没几行，银蛟的尾巴又凑了上来。

嵇清柏深吸了一口气，说："老实点。"

檀章很不耐烦，且理直气壮地道："我又没不让你念经。"

嵇清柏无话可说，只能继续低头念经。

结果等他半天念完，檀章已经团成一团，睡着了。

银蛟的神海与嵇清柏第一次进入时相比并没有太多变化，红莲魂魄拢着花瓣，窥不见其心。

檀章的精元充沛，修为明显涨了不少。

嵇清柏心知化龙不可急于一时，但仔细算来，按着他如此大方给修为的频率，檀章不过百年，便可迎来玄雷天劫。

"你将来会是个不得了的人。"嵇清柏望着那玄空之境里的红莲，低声道，"六界无量，将皆于你眼底，生死慈悲，法印无极。"

嵇清柏叹了口气，有些说不下去，檀章在自己的神识里倒不是蛟龙的样子，他上半身恢复了人姿。

"你总说我会成佛。"檀章歪着脑袋，表情颇有几分天真，"我为何要成佛？"

嵇清柏低头看着他，笑了笑，说："天尊早已式微，无量失衡，众生疾苦，总得有人出来承住这六界。"

檀章皱着眉，固执地问："为何是我？"

嵇清柏答不出来，总不能说因为只有你有这玄境灵台、红莲魂魄，方能执掌无量，命承六界。

他现在这般看着檀章，偶尔会想，那个真正在成佛之前，无忧无虑的蛟龙，是否也从未心甘情愿，成为那佛境万重，只与虚无相伴，千万年孤寂的佛尊呢？

银蛟看着嵇清柏的表情，奇怪那人为何沉默，他盯了一会儿，又觉得嵇清柏似是情绪低落。

"你不要难过。"檀章突然道，他的蛟尾卷起，红莲印记血色鲜明，"你要我成佛，我成佛便是了。"

银蛟像是想到了什么，愉悦地拍着蛟尾，语气甚是得意："到时候无量六界，不论你在哪儿，我都能和你在一起。"

| 圩六 |

这天之后，整个青山的妖怪大概都是被檀章洗了脑，嵇清柏也连带着沾了光，到哪儿都受万众敬仰。

他现在下个山就怕碰到小妖开路，尴尬不说，还极其闹腾，前八个后四个，恨不得锣鼓喧天彩旗飘飘。

檀章自从决定成佛后，还搞了个昭告天下的仪式，青山的大王要成佛，妖怪们当然觉得很厉害，不过天地诞生至今，除了几个天尊外，妖怪精魔也不太明白成佛的道理，只觉大王要飞升，整个青山都有面子。

嵇清柏算是明白了，妖怪和人还真没什么区别，特别是凑莫名其妙热闹的时候。

村里的房子被檀章弄塌后，阿樵倒是挺积极帮忙的，嵇清柏也不想一直住在天池洞里，于是隔三岔五地下山去盖屋子。阿樵很好奇跟着下来的檀章，青山大王骑在墙上刷泥，等着嵇清柏把砖头递上来。

阿樵偷偷看了他几次，忍不住问嵇清柏："房子真是他弄塌的？"

嵇清柏点头，笑道："要不然人家怎么肯干活将功赎罪？"

阿樵不解："看着挺斯文的啊……"

嵇清柏跟着他看过去，心想哪儿斯文了，下半身变成尾巴的时候随便用点力都能把人给勒死。

檀章又挑了两担子泥水回来，看到阿樵皱了皱眉，问："他怎么不干活？"

嵇清柏无奈道："阿樵是来帮忙的，是客人。"

檀章撇了撇嘴："那也不能老缠着你。"他说完，拉了嵇清柏到身边，下逐客令道："你走吧，我来盖房子，你太没用了。"

阿樵："……"

其实青山大王不怎么喜欢待在村里，人间没太多意思，活物命还短，几十年过眼云烟，他与嵇清柏模样都没变，隔壁的阿樵却已经是老态龙钟、白发苍苍了。

上了年纪后，阿樵活得倒是通透，他明白嵇清柏和檀章并非凡人，但也不曾多想，早年他与村里的木女成了亲，育有一子，如今也已成家立业。

嵇清柏虽然明白这便是普通凡人的命数，但看着他人的一辈子，子子孙孙，繁衍生息，又颇有些感慨。

他与檀章都是空有万年岁月，却是要比凡人过得还寂寞。

偶尔他也会觉得似乎就这样生活下去也挺好，好像成佛不成佛，无量不无量，都与这人间烟火没什么太大关系。

青山百年不老，部落村庄却是换了一代又一代，这一年更是极不太平，时疫饥荒，掳掠战争，世态炎凉，人命如草芥。

檀章不堪其扰，带着嵇清柏回了青山顶上的天池。

只是这山里的小妖也比往年来得不安分。

嵇清柏这些日子每次算卦卜云，夜观星象，都心事重重，檀章近来修为大涨，已隐隐有化龙的预兆。

"你怕什么？"银蛟笑着说，"九天玄雷而已，我又不是承不住。"

嵇清柏哭笑不得："你都没挨过九天玄雷，你怎么知道你承得住？"

檀章尾尖轻摆，红莲印记越发鲜艳，嵇清柏沉默了一会儿，又道："而且不只是九天玄雷，化龙之后便是通大能，成无量，到时候你要受的可不只是天雷而已。"

传说混沌龙成无量佛前，受的是天地悲痛，方能大彻大悟，修得圆满，嵇清柏不知这天地悲痛到底痛的是什么，以至于一日想八百多次，愁得毛都快掉光了。

又过了一年，青山顶上不知何时居然长出了一棵辛夷花树，嵇清柏第一次看到有些惊讶，一日清晨，那树居然还开花了。

嵇清柏站在树下，抬头看着红红白白一树琳琅。

檀章半身蛟尾躺在池中，树上花瓣落了他满头满脸，银蛟叼了一朵在嘴里，游到了池边。

嵇清柏蹲下身，檀章甩着尾尖，将花放在他的掌心里。

"这花可太香了。"嵇清柏忍不住笑起来。

之后花又开了几次，一人一蛟总不会错过赏花的时候，嵇清柏偶尔看着花树下的檀章，恍如置身梦境，又仿佛回到了佛境中的万重渊里。

他看向银蛟脚踝，那里空空如也。

嵇清柏晚上有些睡不着，檀章似乎也没什么睡意。

"我有样东西要给你。"嵇清柏突然道，他手掌一翻，忘川铃金光闪闪，亮了夜色。

檀章眯着眼看了半天，没说话。

嵇清柏继续道："我之前给你戴过，但戴不上。"

檀章撑起了头。

嵇清柏抱着他的蛟尾，手有些抖。

铃铛在他手上是没有一点声响的，银蛟的蛟尾安静地竖起，红莲印记似血一般，嵇清柏伸出手，将铃铛慢慢系了上去。

檀章皱起了眉，似乎觉得有些不舒服，蛟尾轻轻一动，铃铛发出了清脆悦耳的一声"叮当"。

嵇清柏松开了手，忘川铃这次再也没掉下来。

云层骤起，从远处悬空聚来，混着滚滚雷声，嵇清柏脸色大变，突然一道惊雷落下，檀章瞬间化成巨蛟，挡在了他的上方。

嵇清柏下意识扶住蛟头，发现对方眉心一处裂了道纹。

檀章闷哼一声，似乎忍着剧痛，突然挣脱，盘旋着飞出洞口。

嵇清柏召出清梦冰绫，挡在了半空中。

十几道雷接连落下，冰绫挡了一半，残破不堪，嵇清柏捂住胸口，喉口腥潮翻涌，眼看着剩下的雷全部砸在了银蛟身上。

檀章再也忍不住，悲声嘶鸣，在云层上扭滚成了一团。

银蛟被血浸透，身上再无一片白鳞，残红如雨一般落下，嵇清柏仰着头，分不清自己脸上是泪还是檀章的血水，他纵身想跃入雷区，却被檀章周围的结界弹开。

银蛟的蛟尾高高竖起，红莲印记在电闪雷鸣中清晰可怖，突然鳞片开裂，须毛如水草一般绵绵密密地长出，檀章痛苦低吟，后腹伸出两只爪。

嵇清柏焦急地望向云顶，那里竟是出了九个旋涡，他想起当年自己飞升上神，光一个旋涡就差点要了他命去，如此九个，嵇清柏只觉两眼一黑，差点从云层上摔了下来。

| 圩七 |

檀章的结界没撑多少时候，大概是太痛了，第三个云涡里的雷劈完，结界直接应声而裂，嵇清柏一个踉跄，跌进了雷区。

银蛟此时已经看得出龙的形貌，身形巨大，只不过浴着血海，完全没有一丝好皮。

嵇清柏趁着天雷还未落下，用全部修为张开了结界，罩住了一人一龙。

檀章掀开一边眼皮，金色的竖瞳像根针一样。他朝着嵇清柏龇了龇牙。

"我知道你痛。"嵇清柏苦笑着抱住龙头，轻轻捻着龙嘴边的长须，低声道，"别怕，我陪着你。"

玄雷落下，嵇清柏咬牙扛住，他幸好是上神境界，就算元魂中只剩了一根灯芯，一时半会儿还算是撑得住。

不过说实话的确痛得半死，五脏六腑跟挪了位一样，他喉咙口的血没咽住，顺着嘴角流下，檀章伸出胸前的龙爪扒拉着嵇清柏，低沉地呜咽了几声。

玄雷一道道落下，嵇清柏到最后痛得都有些麻木了，他承到第六个云涡时神识都有些涣散，结界再次碎裂，被檀章按到了身下。

龙头昂扬，檀章发出了清越的龙吟，一声高过一声，他朝着云层咆哮，玄雷落在他的龙角上，又将龙头按入了云里。

嵇清柏虽缓了一阵，神海中却已灵力枯竭，只能干看着檀章身中数雷，血肉都烧成了焦炭。嵇清柏咬牙念咒，重新召出清梦冰绫，想护住檀章，银龙却在这时低下头，双角间的鳞片像蝴蝶翅膀一般翻动起来。

最后一个云涡落下了金色玄雷，檀章原来的双角被连根劈断，银鳞飞舞，断角处紫气环绕，生出了三杈。

嵇清柏终于松了口气，真龙角生，玄雷劫度，檀章龙身上的焦黑血肉渐渐褪去，银色鳞片犹如日照华彩，光芒璀璨。

云层散去，竟已是白日，真龙落在云端，嵇清柏听到了远处传来的梵音。

化龙之后便要成佛，顺序并无问题，嵇清柏却越发紧张起来，他总觉得隐隐遗漏了什么，却一时又想不太起来。

檀章恢复了人姿，他脚踝上一闪，嵇清柏突然睁大了眼，惊骇道："小心！"

忘川铃中生出了无数荆棘，扎进了檀章的血肉，嵇清柏抱住了从云端落下的人，眼看着荆棘疯狂蔓延，直指檀章的心口！

嵇清柏的眉心之火一瞬燃起，随之缓缓熄灭。

他双手按住了那丛荆棘尖刺，最后一根灯芯燎起的火焰，温柔地裹住了檀章的心脏。

流光一般的火如血一样，淌遍了荆棘蔓延的地方，最后汇聚到了忘川铃上，凝成了一串金色的环。

灯芯耗尽，嵇清柏已凝不住自己的元魂，魂尽便魄散，弥留之际，嵇清柏只听到一声悲怆龙吟声震寰宇。檀章不知道要带他去哪儿，但仙人魂飞魄散后，肉身自然会跟着灰飞烟灭。

西方祥瑞生辉，极乐梵音降世。

混沌大通，众生无量，万佛归境。

朝临花城，驼山寺的无量殿中，坐在轮椅上的郎君突然抬起了头，他已是到了风烛残年，却苟延残喘至今，万般寻死不能。

无量佛像前燃着万盏长明灯，上头只有一个人的名字，他抖着手取下腕间那人给他系上的结绳，轻轻按在了心口附近。

大元景丰帝下葬之日，陆长生奉旨亲自扶棺入帝陵，他将嵇玉绣的那只残破荷包放在了檀章的心口处，双手合十，叹息着念了一句"阿弥陀佛"。

南无站在万重境前，白朝跪地，磕头道："佛尊乃无量之主，不该为妄念所困，您若不顾这六界无量，犯了弑神之罪，必将万劫不复啊！"

檀章面朝红莲命盘，他将忘川铃交给白朝，淡淡道："最后一世，把它给嵇清柏，让他来找我。"

万重渊开，无量佛归境，白朝在一片虚无中见到了檀章。

如今再度轮回之劫，佛尊无量大成，法印早已突破无极，白朝看了一眼又不知多了多少重的虚无幻境，只觉头皮一阵发麻。

檀章左手捻诀，竟是生生取出了自己的红莲魂魄。

白朝瞠目结舌，看着那原本含苞待放的莲瓣徐徐绽开。

莲心中央正是嵇清柏下界给出的那两根灯芯。

白朝忙低下头不敢再看，檀章将灯芯取出，放进了忘川铃中，他将铃铛递给白朝，突然笑了一笑："佛尊乃无量之主，不该为妄念所困，你之前说的的确没错。"

白朝："……"

"妄念生，则无量死。"檀章低着头，平静道，"既然如此，我便该与这妄念同生共死，永不分离。"

白朝最近忙得心力交瘁，以至于借酒浇愁的时候不得不拉上白虎仙南师来听自己倒苦水。

南师还在为梦貘上神的死伤心，在神境一线天里一边喝着酒，一边哭哭啼啼。

"他之前还说等他从佛境退休了回来带着我去东海泡汤呢。"南师边喝酒边抽噎着，他看了一眼白朝，嘟囔道，"给我留点花生米……"

白朝翻了个白眼："你做梦呢？还退休，上头那位死都不会放了嵇玉。"

南师眨了眨眼："可清柏不是死了吗？"

白朝叹了口气："死什么啊？元魂灯芯一根没少，甚至现在还有佛尊忘川铃帮忙滋养着，我已经放红莲命里了，就等天地精华再孕育出一只原身，到时候又是个完完整整的梦貘上神嵇清柏。"

南师张着嘴，神情非常震惊："那我岂不是白哭了？！"

"谁让你哭了？"白朝烦躁地挥了挥手，"佛尊怎么可能让上神出事？你到底知不知道你以前每次去佛境我都好担心你变成一只白虎啊！"

"啊？"南师莫名其妙，"我好不容易修炼成神，怎么会突然变回灵兽啊？！"

白朝已经懒得再解释了，他想起之前看到檀章已能将自身魂魄离体就觉得离谱，曾经佛尊还只是与无量相当，互相能够制约平衡，如今历劫归来，檀章的法印已不是无量能约束，嵇清柏要再不回来，不是无量失不失衡的问题了，而是佛尊心情一个不好，直接毁了这六界都有可能。

南师当然也发现了这天道已不同往日，但咱也不敢说，也不敢问啊！

反正现在六界太平，无量佛暂时也看不出什么毁天灭世的趋向，但白朝是真的急啊！

南师只能安慰他："这种事得看缘分，急也没用啊。"

白朝生无可恋，眼神像看个死人："你知道佛尊最后一个劫是什么劫吗？"

南师眨了眨眼："什么劫？"

白朝叹了口气："万苦中最难的生劫，但凡是个活物，出生诞世一刻均如一张白纸，万不会有分毫前尘妄念。你还记得你飞升之前的事吗？"

南师摇头："当然不记得，飞升一刻便是前缘尽了，就算是金焰炽凤，入轮回也得讲规矩啊。"

白朝点了点头，淡淡道："所以说，无量是有规矩的，凡人要喝孟婆汤，神仙得忘前尘事，可现在有人不想讲规矩了。

"这次佛尊历劫，最后一世便是'生'，他本与无量能平起平坐，忘川铃压着他的灵台不生妄念，不被无量恶果所噬，也不用受红莲命盘管着，但总有一天，忘川铃压不住了，无量因他生了妄念当然得惩罚他。"

白朝叹了口气，感慨道："咱们佛尊呀，为了这'妄念'，可是在和整个无量斗智斗勇呢。"

南师啧了一声，抱怨道："佛尊也真是，都已是无量了，还生什么妄念啊……当佛不好吗？"

白朝喝着酒，没说话。生灵活物还真是有意思，当凡人的时候追求得道飞升，长命百岁，等到终于成仙了，又想着万年修为法印无极，南师想不明白，得了整个无量众生的佛尊为何会生"妄念"。

可妄念到底又是什么呢？

在神境一线天里，众神能赏百年人间烟火，白朝一低头，看着街头巷尾，盛世太平，南师跟着他望过去，笑道："人间逢喜事，也真是热闹。"

白朝点了点头，他想起嵇清柏在千年前历劫那回，世道很不太平，但嵇玉活得却光明，神仙历劫本就苦，那几日佛境里檀章看着似乎没什么变化，其实不然。

"他那时候大概就恨着这无量吧。"白朝自言自语地喃喃。

南师没有听清，问道："什么？"

白朝眯眼喝酒，想了想，笑道："佛尊也是不容易，之前大概在莲座上与无量拼杀过千百回了，这回终于是赢了。"

南师没怎么明白，主要还是想不通："嵇清柏不像普通神仙也就罢了，佛尊也是，还不想当佛，你说他们在瞎折腾啥？怕寂寞呀？"

白朝睨了他一眼，凉飕飕道："嵇玉当上神的时候，上天入地地折腾闯祸，你不也跟在他屁股后面开心得要死吗？要不是佛尊把他拘在了佛境里，他干的每一件缺德事儿，都有你的功劳！"

南师："……"

白朝又喝了口酒，突然笑道："这妄念生得不冤枉啊。"

南师偷吃了仙鹤的花生米，差点卡到喉咙，咳了半天，莫名其妙地问："什么不冤枉？"

白朝不说话，他抢来花生米弹着白虎仙的脑门，又低头看着一线天里的繁华盛世，心想，和凡人比，神仙还真是太寂寞了啊。

喝完酒，白朝当然要赶着回红莲命盘底下看看绑着灯芯的忘川铃怎么样了，结果才去，就发现佛尊也在。

檀章现在不用戴着忘川铃了，样子虽然还和从前一样，了无尘埃，慈悲无情，但白朝总觉得有些别扭。

就比如现在。

佛尊主动问他："去喝酒了？"

放以前，檀章真不会和他说一句话，应该说几百年连面都见不着一回。

跟上头人走太近，是很有压力的，白朝规规矩矩磕头，老实道："与白虎仙小聚了几杯。"

"南师啊，"檀章似乎笑了下，淡淡道，"他许久没来了。"

白朝："……"他心想，嵇清柏不在他来个鬼啊！再说以前他来得勤快了几次就被你暗地里做手脚去管了人间俗事，如今还说这些也太假了吧？

佛尊突然看他一眼，又说："嵇清柏喜欢活物，他以后能常来。"

白朝："……"他忘了现在檀章法印已在无量之上，万物在他面前都得显形，藏也藏不住。

白朝不敢再腹诽，他悄悄去看红莲命盘，第一眼没看到忘川铃时还有些不太确定，揉了揉眼睛，又看了第二次。

"嗯？！"白朝疯了，顾不得礼数，吓得半死地喊道，"忘川铃呢？！"

佛尊却很淡定，左手捻诀，算了半晌，慢条斯理道："该是找到托生了。"

白朝一脸迷茫，心想：你都这么牛了，怎么会算不到？！

檀章双手插袖，看着红莲命盘，突然挑眉一笑，平静道："无量别的事干不了，瞒着我藏个人倒还挺容易的。"

白朝："……"

| 圩八 |

太平天下，盛世当年，萧国如今国力强盛，周边属国皆为拥趸，人间的真龙天子自是天降紫微星，只是不知为何后宫子嗣难出，直至

最近皇后才诞下麟儿。

要说这太子也古怪，说是一日皇后梦中逢天地托梦，说肚子里的孩子乃梦神降世，起先帝后都不怎么相信，直至太子出世，脚踝上竟挂了串铃铛，正好三个，却是取也取不下来。

事已至此，萧国王庭也只能拿太子当转世神仙一样养着，可好不容易得来一子，又怕未来飞升成仙，人世再不可见。

幸好，平安长到十六岁，萧国嵇太子还像个普通人，也没对修炼飞升什么的感兴趣过。

因为四海升平，嵇太子也没太大的储君压力，平时上课三天打鱼，两天晒网，学了不少玩乐的东西。

丞相家的小儿子陆长生是嵇太子伴读，两人关系如同穿一条裤子，好得没边。

这不晨读刚结束，嵇太子又想着怎么闯祸了。

"我可不能再带你出宫了。"陆伴读小小年纪唠唠叨叨，"上次皇上就说了，你怎么折腾都行，就是不能随便出宫，免得碰到什么乱七八糟的机缘。"

嵇太子可不信什么机缘，但自己脚踝上的铃铛的确怎么都拿不下来，只好说："怪力乱神的东西信它干什么？我们就去骑骑马。"

陆伴读还是不肯："你就会闯祸，闯了祸又是我擦屁股！"

嵇太子冤枉："瞎说！上次可没有！我也挨了揍的！"

陆长生实在不知道说什么了，嵇太子就一副"打死我也要出去玩"的态度，于是只能乔装打扮了一番，两人偷偷从昏时门出去。

"清柏，"陆伴读在外头喊自家太子的字，"你挑一匹马？"

嵇清柏在市集口的马市看了半天，最后挑了一匹枣红色的公马。

陆长生牵着马，让太子坐上头，正巧这几日过节，整个城中道两边全是人，热热闹闹的小摊商贩，闺秀们也出来了，莺莺燕燕鸟语花香，嵇清柏闻着脂粉的味道，一路往前晃悠。

天色不晚，城门还开着，两人一路逛出去也没遇到什么阻拦，城外是田野山郊，萧国的国寺也在行宫附近，嵇清柏说是想出来玩，但其实也不敢玩得太晚，他心痒山上那片辛夷花树，最近听宫女说开了花，很是绝色芬芳。

太子与伴读共乘一骑，到了山脚下，嵇清柏已经闻到了隐隐花香，他也等不及陆长生拴好马，自己先行爬了上去。

结果陆长生一回头，连太子影子都没看到，吓得半死。

嵇清柏自己也没想到这天会暗得这么快。

他爬到半山腰，路就已经看不太清了，树影斑驳，月光从枝干的缝隙间落下来，映在清泉巨石上。嵇清柏歇了会儿脚，鼻尖是馥郁的香气。

结果等了半天，陆长生也没来。

嵇清柏有些心慌，不是慌天晚没人，是慌自己的小伴读去告状，一想到自己父母的脸，嵇太子就觉得脑壳疼。

爬山爬到这里，自然也不可能下去了，嵇清柏理了理袍子，便继续往山上爬，等到了山顶，才觉一片豁然开朗。

宫女果然没有骗他，这山顶的辛夷花树林大得像一片接天的海，红白花朵绽在枝头上，像漫天云朵，遮在了月光下。

嵇清柏抬头赏着花，刚往里走了几步，又突然停下。

有人比他先来了一步，站在花树下，听到动静，才回过头来。

嵇清柏眨了眨眼，这人的穿着不像是萧国的服饰，轻纱白袍，却赤着脚，长发冠起，也没任何发饰，目光比那月色还清冷，空空静静，不似凡物。

嵇清柏不知怎的，突然就想到了"机缘"这两个字，心头一跳，不再敢往前去。

那人却还是看着他。

嵇清柏硬着头皮，行了一礼："小生不知公子在此，多有叨扰，多有叨扰。"说完，才转身想跑，面前的"公子"突然开了口。

"你来赏花？"他问。

嵇清柏没想到"公子"会说话，毕竟这环境，这天气，还有这月光花香的，这人站在树底下就不像个凡人，谪仙似的，关键脸还美。

"公子"不但说话了，还问他是不是赏花，嵇清柏就怕别是什么仙人指路，哆嗦了半天，才答了一句"是"。

"公子"似乎笑了下，说："那就一起赏吧。"

嵇清柏又乖乖答应了一声"是"，回过神来才觉得自己有病，答应那么快干什么？！

但答应都答应了，也不能现在跑吧？嵇清柏磨蹭着过去，与那"公子"一同站在树下，抬头僵硬地看花。

看了半天，嵇清柏觉得无论如何得说些什么。

结果花都看重影了，他也没能开口，最后只能放弃似的叹了口气，一低头看到对方赤着的双脚，突然鬼使神差地低声问道："公子不冷吗？"

辛夷花耐寒，能越冬，山上的夜晚又冷，这人还赤着脚，嵇清柏总觉得怕是要冻着。

"公子"跟着他低头看了一眼，没说话。

嵇清柏盯着那冷雪一样的足半晌，突然弯下腰，脱下了自己的靴。

"给你穿吧。"他说。

嵇清柏没穿袜子，脱了鞋后便是两只光脚，其中一只脚踝上还戴着串铃铛，跟着他的动作轻轻发出了"丁零"两声。

"公子"的目光凝在他的那串铃铛上。

嵇清柏不太好意思，一只脚挡在前面，遮住那脚踝，催促道："你快穿上。"

"公子"抬头看了他一眼，慢慢套上了靴子。

要说这轻纱白袍与黑色马靴搭配起来是不伦不类了些，但人长得跟谪仙一样，穿啥都不重要了。

嵇清柏轮换着拿脚底取暖，看着人家穿自己靴子却忍不住笑。

"公子"侧头看他，轻声问："你笑什么？"

嵇清柏笑容不减，他心情极好，笑着回："我父母总说我有什么机缘，你看这不就是吗？"

| 圩九 |

嵇清柏刚想与"公子"互通名姓，结果还没开口，便听到远处陆长生在喊自己。

"太子殿下！"陆伴读实在是慌了神，也不顾隐瞒嵇太子的身份了，在花树林里到处走着寻人，"你在哪儿？太子殿下？！"

嵇清柏赶忙叫他："我在这儿！"

他话音刚落又觉得有些冒失，回头正想解释，那谪仙般的"公子"却突然没了影。

嵇清柏原地转了一圈，半天回不过神来。

陆长生终于找到了他："我的太子爷爷啊！"

他真是涕泪横流，看到嵇清柏光着的脚，差点晕厥过去："你鞋呢？！"

嵇清柏还在找"公子"，低头看了一眼光着的脚，不在乎道："送人了。"

陆长生崩溃道："送谁了？！"

嵇清柏眨了眨眼，一时语塞，他总不能说送了"机缘"。自从他出生后，整个萧国对神仙之事都讳莫如深，帝王也不喜怪力乱神、妖魔传说，虽然陆伴读整日苦口婆心，不想他遇到怪事，可如今真遇到了，说给陆长生听他大概转头就能向皇帝皇后告状。

陆伴读见太子含糊着说不清楚，心里头那个急啊，但又不能真的和嵇清柏生气，只能脱了自己的鞋让太子穿上。

"殿下下次记得穿双袜子吧。"陆长生恨不得跪在地上求人了,"您可金贵着呢,要是有什么万一,我得给您陪葬啊!"

嵇清柏穿上鞋踹了一下他屁股,吊儿郎当道:"瞎讲了,你就是大富大贵、平安百岁的命,不许说不吉利的话。"

陆长生白了他一眼,扶着太子一块儿往山下走,嵇清柏骑上马的时候还忍不住回头望向山顶的花树林,想到那谪仙似的"公子",又轻轻叹了口气。

那天之后,嵇清柏在宫里老实待了大半个月,就连陆长生都觉得太子乖得有些不正常,不过天寒地冻,嵇太子不愿出去,陆伴读还是高兴的,两人散课后在太子书房里看话本、吃蜜饯,地龙烧得暖和,嵇清柏趴在美人榻上,光着一双细白小腿。

陆长生看书看累了,蜷着身在一旁睡得跟猪一样。

嵇清柏趴在外头,面前摆着神仙志怪的话本子,嘴里叼着颗梅子,双脚跷起,脚踝上的铃铛随着动作晃悠,"丁零丁零"地轻声响着。

一旁的熏香炉子袅袅升烟,嵇清柏看本子看得入迷,没发现那烟雾绕到了他的眼前。

最先闻到的是一股甜味。

嵇清柏还在低头看书,舔了舔嘴里的话梅,才觉得有些不对,慢半拍抬起头时,隔着榻上的纱帘又看不太清楚。

他下意识推了推身旁的陆长生。

伴读睡得跟死了一样,还打呼噜。

嵇清柏暗骂了一声,抱着书跪坐起来。

"谁啊?"他小心翼翼地问了句,又给自己壮胆似的,喊了一声,"来人!"

无人应他。

嵇清柏终于有些慌了起来,他用力推了推自己的伴读,陆长生还是不醒。

甜味越来越浓，像糖水一样，嵇清柏慌乱中想下床穿鞋，脚踝上的铃铛一阵"丁零"乱响。

一双白玉似的手掀起纱幔，嵇清柏抬头，看到了那日辛夷花树下谪仙似的"公子"。

"你怎么在这儿？！"嵇清柏又惊又喜，早把先前那点恐惧扔到了九霄云外。他问完才意识到对方果然不是凡人，要不然这禁宫森严，哪能这么随便进来？

"公子"没说话，只低头看着他的一双脚。

嵇清柏又不好意思地把脚收了回去，抱着腿问道："我上次还没问你名字呢？"

"公子"抬起头，目光落到了嵇清柏脸上，似乎笑了一笑，说："檀章，字纥涯。"

嵇清柏默念了两遍，刚想说话，就听对方道："我知道你叫什么。"

嵇清柏讪讪地摸了摸头，心想不愧是神仙，自己想什么居然都能知道。

檀章这回倒没再赤着脚，他不知从哪儿变出了嵇清柏的马靴，放在了榻下："物归原主。"

嵇清柏笑起来："一双靴子而已，劳你费心了。"

檀章没说话，他突然伸出手，递到了嵇清柏面前："走了。"

嵇清柏眨了眨眼，不解道："去哪儿？"

檀章："你之前说我是你的'机缘'，机缘到，你便该飞升了。"

嵇清柏满脸震惊，一头雾水，心想，凡人成仙就这么简单的吗？"机缘"说到就到，让你飞升就能飞升？！

"可、可我现在还不想飞升啊。"嵇清柏很是为难，他看着对方如玉般的掌心，不知为何却有些难受，"我是萧国唯一的太子，我要是飞升成神仙了，萧国怎么办？我的父母怎么办？"

檀章眉眼不动，微低着头，沉默半刻，将手轻轻放进了袖中。

"你不愿意，我便不逼你。"他说着，突然弯下腰，用指尖拨了拨那串铃铛，平静道，"天凉，殿下记得要穿袜子。"

嵇清柏："……"

　　太子殿下后来每天都乖乖穿上了袜子，陆长生发现时还有些惊讶，毕竟之前好说歹说多少回了，嵇清柏就没认真听过，就算听进去了，也是今天穿了明天忘，回头午睡一起来，发现他又光着脚踩在地上。

　　要说光着脚也不是不行，太子殿下的脚踝秀美，又挂着串铃铛，每当跑跳时动作大些，"丁零"声满宫都能听见。

　　说来也奇怪，这铃铛声却不扰人，如同大家闺秀腰间盘玉，走起路来环佩叮当。

　　那一日午后，嵇清柏又是连着几日没再见过檀章。

　　他对着自己从小穿一条裤子的伴读都没多提过一句，偶尔半夜梦醒，又忍不住想那人会不会再来。

　　陆长生好几个白天见他魂不守舍、哈欠连天，忍不住问道："你晚上做什么去了？"

　　嵇清柏没好气道："我能做什么去？"

　　陆长生不信："你别是宠幸了什么人，晚上颠鸾倒凤没睡好吧？少年龙马精神，你注意些身体。"

　　嵇清柏愣了愣，随即涨红了脸，张了张嘴，却又不知该怎么反驳。

｜圆｜

　　自从说了那些个混账话后，陆长生似乎认定了他晚上宠幸宫人的事实，还偷偷搞了避子药来给他，认真严肃地说："你还没大婚，宠幸宫人就算了，要注意着些。"

　　嵇清柏有口难言，回了宫就把避子药给扔了。大冬天他的寝宫里也烧着地龙，热得心口都烫，于是脱了鞋子，扒了袜子，又赤着脚在殿里走来走去。

铃铛声音清清脆脆，宫女们看见了低声笑着，被嵇清柏赶了出去。

"殿下记得冷之前把袜子穿回去。"大宫女笑着提醒他，"可别冻着了。"

嵇清柏挥了挥手："知道了知道了。"他趴在床上，又跷着脚晃来晃去。

太子寝宫里就只有他一人，嵇清柏躺了一会儿，又忍不住翻身起来，举着夜明灯爬到书架上。他想找本经书看看，照了半天，发现都是些话本子。

外头天黑得快，宫灯只亮了几盏，光线昏黄，影影绰绰，嵇清柏没找到想要的经书，一回头，突然看到昏灯暗影下立着个人，吓得手里的夜明灯差点没拿稳。

他"哎呀"了一声，却觉腰上一紧，檀章护着他，稳稳落到了地上。

嵇清柏盯着近在咫尺的脸没敢大声呼气。

檀章低下头看了眼他的脚，淡淡道："殿下又没穿袜子。"

嵇清柏脸红了一红，解释说："我白天穿了……回来热了才脱的。"

檀章不置可否，他松开了人，又把手放进了袖子里，表情平静，看不出喜怒。嵇清柏一时半会儿也不知该说些什么，酝酿半天，才有些紧张结巴地问道："你这几天去哪儿了？"

檀章想了想，才道："没有去哪里。"

嵇清柏有些惊讶："一直在宫里吗？"

檀章点头："是。"

嵇清柏笑起来："那你怎么不来看我？"

檀章望着他，目光里映着昏黄烛火，明明灭灭，他问："殿下有事找我吗？"

嵇清柏愣了下，面上腾地烧起了火，支支吾吾道："那什么……这毕竟是禁宫，我怕你被人发现了，不安全。"

"殿下多虑了。"檀章轻笑了下，伸手，取过了嵇清柏手里的夜明灯，转头看着太子道："这人间，只有殿下能看得到我。"

嵇清柏没怎么想明白檀章那句话的意思，他迷迷糊糊被对方牵住了手腕，殿中烛火似萤灯，檀章每踏出一步，光影流转成花，落在了他的足下。

嵇清柏被扶上了榻，檀章弯下腰，为他穿上袜子，又轻轻拨了拨他脚踝上的铃铛。

"殿下什么时候愿意和我走？"檀章问道，"我等着殿下。"

嵇清柏当晚自是又没睡好，他想着檀章那"等"的意思，惶恐是不是真就"机缘"到了，他得飞升成仙，以至于第二天白日差点从马上摔下来，吓得陆长生当机立断换了车辇。

"殿下最近到底怎么回事？"陆伴读又开始唠叨，"你这是撞邪了吧？整日恍恍惚惚的。"

嵇清柏有气无力地看了他一眼，抱怨道："前面冤枉我颠鸾倒凤，现在又瞎说什么撞邪，你就不能盼点我好的？"

陆长生："你这样子看着就不好，到底出什么事了？"

嵇清柏皱着眉，想了想，还是说了："我最近好像是真遇到'机缘'了。"

陆伴读瞪大了眼睛，他抖着声音问道："什、什么机缘？"

嵇清柏无奈道："飞升成仙的机缘，那日我们去山上赏花，我碰到了个神仙……他说我机缘已到，该跟他走了。"

陆长生惊恐地捂住了嘴。

他们现在正是去行宫的路上，许是这阵子太子精神不济也让皇帝皇后担心，便想着过完年带着太子去行宫休养一阵时日，陆长生身为伴读自然随侍左右，听到嵇清柏说的话，他差点没当场炸成一朵焰火。

"你怎么不早说！"陆伴读气到头痛欲裂，"这么重要的事儿，殿下怎么能瞒着皇上皇后呢！"

嵇清柏皱着眉："他们本就不喜这些玄乎东西，再说我出生时的传言你又不是不知道，说出来也是徒增烦恼。"

陆长生气结："那也不能瞒着，要是那神仙来了，硬要带殿下走，萧国怎么办？！"

嵇清柏摇了摇头："我没答应他，他也不逼我，人家可是好神仙。"

陆长生："……"

什么好神仙坏神仙的？！这是被灌了迷魂药吧？！

行宫建在山清水秀的地方，离嵇清柏之前赏花的山也不远，可惜陆长生死盯着人，太子也没办法再去赏花，只能乖乖待在行宫内，将遇上"机缘"的事儿一五一十告诉给了皇帝皇后。

帝后倒是没表现出特别惊讶的样子，但忧心神伤肯定是有的，特别是皇后，听完便轻声啜泣起来。

嵇清柏讲不下去了，只能温声劝慰道："母后，那神仙并不逼迫我，我还是萧国的太子呢。"

皇帝眉心深锁，摇了摇头："你有所不知，十年前朕与你母后请了不少高人来卜卦，结果都是天命不可违，你命数终会有变数。"

嵇清柏眨了眨眼，异想天开道："神仙要是愿意，可以同我们一起生活在宫中，这不也能算是机缘吗？"

皇后大概也没想到自己儿子会这么天真，擦着眼泪哽咽道："人妖都有别，就别说神仙和人了，岂能生活在一处？你说你见过，那神仙长什么样？"

嵇清柏想了想："嗯……长得很好看。"

"是个倾城倾国的美人。"嵇清柏又强调了一遍，"他走起路来，地上都开花。"

皇帝硬着头皮打断自己儿子："他是神仙，讲话要注意些。"

嵇清柏"哦"了一声，乖乖闭了嘴不再瞎讲了。

一家三口围着坐了半天也想不出什么太好的主意，只能先让太子去休息。陆长生跟着嵇清柏走到半道，前面的太子突然转过身，伴读差点把鼻子撞断了。

"你说，"嵇清柏的表情非常严肃，他认真问道，"我要是邀请他来宫中，他会不会答应？"

陆长生："……"

| 圆一 |

这听着似乎像天方夜谭，但嵇清柏还是忍不住越想越多，萧国国力强盛，民风开放，帝王家也如普通百姓家一般，规矩尊卑没那么多，他这个太子能当得如此逍遥也是托这太平盛世的福。

帝王在行宫放松享乐，带的仆从并不多，嵇清柏整日与陆长生冬猎玩雪，神仙的事情倒也不急于一时，皇帝皇后比太子本人操心，偷摸着还请了高人来算卦，嵇清柏知道后担心了一阵子檀章会不会被发现，结果一无所获，高人什么都没卦出来。

白天猎到的鹿和熊被堆在了太子殿前，嵇清柏让宫女们温了酒，与陆长生小酌几杯，入夜后，伴读睡在偏殿，嵇清柏一个人坐在屋檐下喝酒，身边炭炉暖人，他喝得鼻尖冒汗，忍不住脱了靴子。

这回嵇清柏没敢再脱袜子，他喝着酒，发现不知何时有细细绒绒的雪飘下来，静谧无声地落在了地上。

太子的酒量很好，喝了一壶也才是微醺的程度，嵇清柏晃着酒壶，看着冬夜雪中透出隐隐约约的光，一朵红莲绽开，他眨了眨眼，以为自己看错了，皑皑白雪上的鲜红璀璨耀目，莲花绽开一朵，又一朵。

檀章踏着雪与莲，慢慢走到了太子的面前。

嵇清柏的酒壶摔到了地上，檀章低头看了一眼，没什么表情，目光又落回了太子的脚上。

嵇清柏舌头都大了，急急忙忙道："我……我今天穿袜子了。"

檀章点头："我看到了。"

他弯下腰，拾起了嵇清柏的酒壶，酒香混着甜味绕在鼻尖上，嵇清柏两颊酡红，像是醉得厉害。

檀章笑了一下："殿下喝多了？"

嵇清柏摇头："没有没有……这酒不醉人。"

他说完这话，又觉得有些此地无银三百两，忍不住偷偷看了檀章一眼。

谪仙似的人没说话，雪落在檀章身上又像没落着，他似与天地共一色，他伸出手，扶起了嵇清柏。

檀章将人放在榻上，一抬头，便见嵇清柏望着自己。

"我要是一直不飞升，你怎么办？"嵇清柏忍不住问道。

檀章平静道："人世不过百年而已，我等得起。"

嵇清柏第二日醒来只觉喉咙干渴，头痛欲裂，他在床上躺了许久，忆起昨日与檀章的对话，心内翻江倒海，混乱不堪，一个鲤鱼打挺坐了起来。

结果还没坐稳，他便看到陆伴读跪坐在榻下，一脸严肃地看着他。

嵇清柏："……"

陆长生的目光在他脸上停了一会儿，慢慢移到了旁边，嵇清柏跟着看过去，只见檀章坐在榻边的罗汉床上，慢条斯理地喝着茶。

嵇清柏很是惊讶："你没走？！"

陆长生重重地"哼"了一声，阴阳怪气道："私闯禁宫可是重罪，我要喊一嗓子，你就完了！"

嵇清柏立马道："不许喊！"

陆长生那个委屈啊："殿下！你真是被下降头了！"

嵇清柏还没说话，就听到"啪"一声，檀章合上了茶碗盖，看着陆长生淡淡道："我以后就住在这宫里了，你可得懂规矩。"

嵇清柏："……"

陆长生："……"

檀章见人间帝王也没什么拘束，他坐在嵇清柏身边，姿势闲散，倒像是帝后拜见他一般。

既然是太子的"机缘"，又是仙人，皇帝皇后也不敢得罪，只是一想到先前高人为儿子"卜卦"的结果，任凭是谁，脸色都不会太好看。

"神仙入宫毕竟是大事。"皇帝好歹是一国之君，对方哪怕是神仙，他也不能太落了下乘，"不可如此儿戏。"

嵇清柏皱眉，刚想反驳，一旁的檀章左手结印，虚化一指，突然变换了模样。

别说太子，饶是帝后都一副目瞪口呆的表情，陆长生更是半张着嘴，指着檀章说不出半句话来。

面前的绝色女子朝帝后微微欠身，张口却还是檀章原本的声音。

| 圆二 |

神仙不拘男女，檀章这么一幻化，帝后更是惊惧他的身份，哪敢再反对？一个不妥当，这"机缘"万一就带着太子飞升了，萧国百年后岂不是要亡国？

不过太子宫中突然多出一"女子"这事儿，也不能处理得太随便，得给神仙编排个经历，于是这活儿就交给了陆伴读。

陆长生从来没这么屈辱地做过文章，还得装作深明大义，写太子行宫遇刺，巧遇江湖侠女出手相助，女侠身手了得，为报女侠恩情，太子特意拜师，将女侠接入宫中以礼相待……他编得自己都要信了。

檀章如今光明正大住进了太子的行宫，几日后更是一块儿回了皇宫，光明正大地做起了"江湖侠女"。

檀章入宫后，两人并不经常见面，难得见到的几次，檀章还是女装的样子。

仙人不论男女相，均是倾国倾城的容貌，嵇清柏偶尔看见檀章，还是觉得有些别扭。

自从檀章幻化了女貌后，真是应了"云想衣裳花想容"那句诗，姿容妍丽，天下无人可匹，他变了样子也比嵇清柏高近半个头，宫中嬷嬷大概是没见过这么身材颀长的女子，抬着脑袋讲话都不敢大声，再加"侠女"名声在外，嬷嬷也都是惜命的，不敢真的拿宫规拘束檀章，怕成侠女的刀下亡魂。

等到只剩下他们两人时，嵇清柏对着面前的美人又突然不好意思起来。

"你要不要变回来？"他忍不住问，"我认识你时你就是男人，现在这样总觉得怪怪的……"

檀章笑了一笑，却并没有变回去。

| 圆三 |

皇帝早朝后在书房召见嵇清柏，他叹了口气，面色复杂地提起檀章："他是你的机缘，又不是凡间之人，朕与你母后不敢横加干预，只希望他能好好待你，让萧国百年平安。"

嵇清柏当时刚接过监国的担子，磕头道："父皇放心，儿臣定让萧国盛世昌荣，不负您与先辈们的心血。"

檀章白天仍旧恢复成女子的样貌，整个后宫都知他身份特殊，虽是江湖儿女，但也不用学任何规矩，他有时去给帝后请安，递茶的时候，对方托着茶碗的手都有些抖。

皇后屏退了旁人，也不敢真的坐着受他的礼，象征性地寒暄了几句，皇后才有些难以启齿道："太子身负仙缘，尘缘淡薄，以致一直没有子嗣，神仙可有办法……"

檀章的表情平静，淡淡道："生儿育女并不是难事，皇后不用担心。"

皇后眨了眨眼，似乎并不是太相信。

檀章喝了口茶，突然笑了一笑："太子想要几个就能有几个。"

皇后："……"

萧国能昌盛至今，与王室贤能脱不开干系，萧国皇帝均不贪恋权位，在太子及冠那年，皇帝便将朝政全部交予了嵇清柏，自个儿带着皇后颐养天年去了。

太子当了皇帝，虽然天下太平，政绩突出，但大臣们闲了也挺八卦的，隔三岔五就要旁敲侧击新皇的后宫空虚，子嗣单薄。

这些话当然陆陆续续也传进了檀章耳中。

以至于嵇清柏一日上朝，还未过半，管事太监突然跌跌撞撞地跑进来，过程中还在御阶上绊了一跤，干脆磕头激动地报喜道："恭喜皇上！贺喜皇上！宫中有喜了！"

嵇清柏："嗯？！"

大臣们倒是都觉得万分高兴，萧国果然鸿运昌隆，当今皇帝可比当年太上皇得子来得容易多了。嵇清柏却呆坐在龙椅上，只觉一切荒谬至极。

他下了朝便急急忙忙赶去了后宫。

檀章招手让他过来。

"只是个法术而已。"檀章道，"陛下怕什么？"

嵇清柏头痛："前面那些人说什么，就让他们去说好了，我又不在乎。"

檀章没说话。

他三世经历人间事，谈不上有多喜这凡尘，无量佛本就情浅缘淡，六界都只是他眼底的一抹香灰罢了，凡人热闹，却也多贪婪恶祟，佛尊三世历劫度苦，嵇清柏也陪着他尝尽了人间恶业，瞧遍了众生丑相。

此世嵇清柏在萧国托生，成了人间帝王，既然这人如今还想留在红尘里，那么不论恶业还是丑相，檀章都不愿嵇清柏再尝一次。

用檀章的话说，人参娃娃拼出来的孩子与凡人无异，配得上皇亲国戚的身份。

"当年那小火娃便是莲藕铸身。"檀章把玩着手里的人参须，不屑道，"不也是李靖的亲儿子吗？"

嵇清柏瞧他如此随意评价三太子和托塔天王，心底有些发虚，但又想这人在他梦里的样子，还是有些底气的。

说到做梦，新帝这几年来，梦里真是天马行空得很。

嵇清柏总会在梦里见到檀章。

更奇怪的是，梦里的自己，也不是个人。

他长着一副猪身狮子脸，鬃毛毛量惊人，四爪肉乎乎的，在花果林子的瀑布下戏水玩耍，檀章一人坐在溪边垂钓，头顶的辛夷花树上繁花茂盛，花香里带着甜味，飘落了人满身。

嵇清柏在水里玩了半天，叼了一尾鱼上岸。

不过那鱼在岸边草地上扑腾了一会儿，便化成了一缕烟灰消散，他忍不住撇了撇嘴，爪子扒拉几下，无趣地趴在了檀章的脚边。

目光所及之处，便是檀章那冷雪一般的足。

"你在看什么？"檀章低头看向他，突然问道。

嵇清柏伸出爪子，轻轻拨弄了一下对方脚踝上的铃铛，满是无知无畏，轻巧地问道："尊上，您为什么总是戴着忘川铃呢？"

| 圆四 |

梦戛然而止，醒来时却又心悸难过，嵇清柏浑浑噩噩地睁开眼，才发现眼角带泪，竟不知自己何时哭过。

檀章梦中戴的那串铃铛，正与他如今脚踝上的一模一样，嵇清柏猜那便是自己与对方的"机缘"，但又不知，神佛此世来找他会否就为了这么一串铃铛。

檀章连日见他心神不宁，倒也没说什么，晚上睡觉时，嵇清柏翻来覆去半天，被檀章捏住了后脖颈。

"你又梦到了什么？"后颈处有些痒，檀章手下力道不轻，嵇清柏被捏得浑身发软。

他张了张嘴，半天才低声道："我脚上的铃铛……你要拿回去吗？"

檀章的动作顿了顿，他侧过身，撑起头，看着皇帝，问："我为什么要拿回去？"

嵇清柏支支吾吾道："原本不是该戴在你脚上的吗……"

檀章挑眉，许是猜到他梦见了些东西，淡淡道："它现在是你的，我也拿不下来。"

嵇清柏既是不解又有些惊讶，他听着檀章继续道："忘川铃原本我戴着是为了抑制妄念邪祟，保灵台清明。"

嵇清柏眨了眨眼："现在不用了吗？"

檀章露出些笑意，看着嵇清柏道："现在有你了，你在，我与这无量才能活着。"

萧国宫中终于迎来了一对龙凤胎，为此，一直在外远游的太后和太上皇都急忙赶了回来。

看到一对粉雕玉琢的奶娃娃，太后喜得不知该如何是好。

嵇清柏的心情还是有些复杂的，虽说只是人参拼成，但上头都滴了自己的血，硬要算成自己的血脉，也没什么错。

再加小孩儿是真的可爱，嵇清柏抱了几个月，就算是小猫小狗，都能感情深厚到不离不弃，就别说人了。

公主和太子跟嵇清柏像一个模子刻出来的，不知是不是人参精的关系，俩孩子都很早慧。

檀章不怎么管小孩儿的成长问题，嵇清柏却很上心，早早就安排了太傅和伴读，等太子和公主稍微懂事些，便一块手拉着手去学堂读书。

嵇清柏执政的第十五年，边境不是很太平，萧国武将不多，几个镇守边关的将军倒都有些真本事，不过也有横空出世的，陆长生最近送上的军令书中，就提到了一个姓鸣的军师。

"等大军班师回朝，肯定是要重赏的。"嵇清柏如今而立过半，整个人成熟稳重了不少，陆长生前两年也坐到了丞相之位，下朝后，君臣在书房里正说着话，就看到太监掀起门帘，把外头的人恭敬地迎了进来。

檀章丝毫没有什么女子不该擅闯前殿的自觉，何况他名义上还是太子的师父，便大大方方地坐在了嵇清柏的身边。

陆长生忍不住捂脸，他真的是没眼看。

檀章自然也看到了军令书，眉眼动了一下，颇有些冷淡道："鸣军师该是不会来的。"

嵇清柏愣了愣，惊讶道："你认识他？"

檀章看了他一眼，意味不明："是个故人，但不熟。"

嵇清柏没搞明白他这话里话外透出的意思，单纯烦恼了下这军师要是不来，赏赐可怎么办？

檀章提议道："派人送去就行了，让他知道陛下有这个心。"

嵇清柏觉得这主意也行，问："派谁呢？"

檀章："事关皇家脸面，自然丞相亲自去一趟比较好。"

"什么？"莫名其妙被砸了一脑袋的陆长生表情非常震惊，"我去？！"

嵇清柏皱着眉，他隐隐觉得不是太稳妥，但又一时半会儿想不出错处，只好说："丞相亲自去，会不会太兴师动众了？"

陆长生毕竟从小就是太子伴读，锦衣玉食了大半辈子，细皮嫩肉的，一下子去那么苦寒的地方，路上更是舟车劳顿，想想都有些作孽。

檀章一副"你别太宠他了"的表情，看着陆长生，颇有些挑衅：

"丞相不会吃不了这点苦吧。"

陆丞相正襟危坐,一副决不能被这个妖人看扁了去的表情,严肃道:"臣可以!"

嵇清柏:"……"

檀章淡定地喝茶,半晌后,才催促了皇帝一声:"陛下,拟旨吧。"

几个月后,陆丞相终于出发去了边关,当然,这暂且不细说。

再说回宫里,公主马上要行及笄大礼,饶是嵇清柏也要感慨一句岁月无情,转眼俩人参精居然都长这么大了。

孩童绕膝的时日一去不复返,太子和公主又懂事得很,功课骑射、礼仪规矩都挑不出任何错处。

就好像他们长他们的,嵇清柏这个做"父亲"的就只是造他们出来的一个不相干的人一样,他们对嵇清柏态度恭敬又疏离。

"精怪灵物没有一个不怕造物的佛尊。"檀章表情淡淡,"你第一次见我也怕得要命。"

嵇清柏陆续做了这么多年的梦,差不多也摸清了一半自己"前身"到底是个什么东西,只是还没梦到他到底是怎么死的。

"脑补"太多,晚上就容易睡不着。

嵇清柏在黑暗里睁着双眼问檀章:"我要是现在和你飞升了,是不是你就不用再等我了?"

檀章沉默许久,才慢慢道:"我已经等了几万年,不差这么点时候。"

嵇清柏喉咙一哽,再也说不出一个字来。

沉默了一会儿,檀章忍不住笑了,问:"你哭什么?"

嵇清柏吸了吸鼻子,瓮声瓮气道:"我不当人间的皇帝了,你带我走吧。"

檀章似乎叹了口气,说:"等太子长大吧。"

顿了顿,他声音里带着笑:"你爱这无量人间,我知道。"

| 圆五 |

陆丞相去了边关之后，整整半年，这细皮嫩肉的年轻丞相似乎就突然没了回来的意思。

嵇清柏为此去了不少道圣旨，甚至一度以为大军在那儿拘了人不放，结果陆长生寄回来的家书里都是申明自己是自愿留在那儿的。

嵇清柏这就不太懂了，转念一想，以为丞相在那儿是找到了意中人，于是又寄书信，劝他把姑娘带回来成亲。

过了半个月，陆长生才又带话回来，含糊其词，意思还是决定待那儿不回来了。

嵇清柏甚是无语，没想到就去边关打个赏，居然还赔了个丞相进去……

檀章却似乎并不惊讶，只说："你就别操心了。"

于是当晚嵇清柏又做了一个梦，第二天醒来表情有些古怪。

檀章对于他梦到什么都不会觉得惊讶了，嵇清柏盯着他看了半晌，问道："鸣军师就是金焰炽凤？"

檀章点了点头："该是没错。"

嵇清柏叹了口气："他怎么不回朝呢？"

檀章笑了下："我真身在此，他当然不敢。"

嵇清柏想到梦里那段纠葛劫难，头就疼得厉害，他不知道自己还要做多久的梦才能把前身那么多事儿都给梦清楚。

但梦得越多也越能明白，檀章说等了他几万年这话，真不是哄他的。

太子和公主在一天天长大，太子及冠那年，嵇清柏已经想着要放权，让太子监国。

陆长生这么多年后终于带着鸣寰进了一次朝，不过佛尊镇殿，金焰炽凤仍是不敢入宫来，陆长生只能单独一人与皇帝见面。

陆丞相如今对檀章也没什么偏见了，毕竟自己身边的也不是个人。

嵇清柏倒是不担心鸣裒对他不好，只是两人总在边关，也太辛苦了。

"待久就习惯了。"陆长生明显一副人在万事足的模样，他见周围没外人，才小心翼翼道，"陛下可知檀章的仙位可高得很呢。"

嵇清柏做了那么多年梦当然知道，他咳了一声，淡淡道："这些都是虚的。"

陆长生叹了口气："但人家毕竟是神仙，不老不死，陛下想过百年后怎么办吗？"

嵇清柏反问他："你想过？"

长生愣了愣，笑道："圣妖也会涅槃，等臣老了死了，他必不会独留在此世间。"

嵇清柏张了张嘴，一时有些感慨万千，这轮回因果、来来往往的也有千百年，今世要不是檀章做主，鸣裒大概也是一辈子都见不到长生的。

两人聚了小半日，陆长生便告辞出了宫。

嵇清柏回到寝殿，檀章正坐在床上随意翻着话本子，看到他进来，才问道："人走了？"

嵇清柏点头，檀章白日里都是女人模样，他扮了这么久侠女倒也不腻味，越发像那么回事了。

"我以为你永远不会让鸣裒见到长生呢。"嵇清柏坐在他身边，低声说道。

檀章翻过一页纸，淡淡道："原本是这么打算的，但你心口有那圣妖的一滴血，我这人一向赏罚分明，不喜欠人人情。"

嵇清柏忍俊不禁，故意问道："那你还不让他进宫来？"

檀章看了他一眼，没什么表情道："他见长生可以，但见你不行。"

顿了顿，他又说："我能让陆长生在你身边这么久就已经够慈悲的了，以前在佛境里，你身边哪看得见第二个活物？"

嵇清柏想到白虎精南师就有些不忍，他看着檀章，也不知该劝慰些什么。

檀章转过头突然道："你长白头发了。"

嵇清柏歪过脑袋，轻声说："你帮我拔了？"

檀章没有动，看了许久，才说："留着吧。"

之后又过了不少年岁，等到太子而立之年，嵇清柏宣布退位，将萧国玉玺交到了太子的手里。

他起初还有些担心人参精的帝王生涯，几年下来，发现精果然是成精的，就跟人一样，无甚区别。

不过神仙还是神仙，嵇清柏都过了知天命之年了，檀章仍是谪仙容貌，半点不老。

"我前几日做梦，又梦到了你历劫的事。"嵇清柏年纪上去后有些嗜睡，梦多，话也多，"心疼你吃了太多苦。"

檀章没说话，他看着嵇清柏的脸，后者忍不住捂住，不让他看。

"老了，不好看。"嵇清柏说。

檀章笑着说："我历劫时也老过，你不都见了？"

嵇清柏想了想，闷闷道："那不一样，佛尊就算老了，也好看的。"

檀章低声笑了笑，没有说话。

第二天，嵇清柏醒来时便发现檀章变换了容貌。

檀章不再是谪仙模样，多了皱纹，生了华发，与他看着年岁甚是相当。

嵇清柏张了几次嘴，想说的话还没到嘴边，眼却先热了。

檀章如此这般，一日一日陪着嵇清柏慢慢变老下去。

太子治国有方，天下盛世繁华，嵇清柏晚年与檀章游历四海，倒也不知是什么缘分，居然好几次碰上了陆长生与鸣寰。

四人隔得有些远，鸣寰见到檀章不敢近前，佛尊如今法印已在无量之上，圣妖可不愿为了半点冒犯，就赔上小命。

四人没聚多久，便又再次分别，嵇清柏在回去的路上才觉得身子似乎不太爽利。

"我是真的年纪大了。"嵇清柏叹气道，"该是差不多时候，要跟着你飞升了。"

檀章口吻平静："你别瞎想。"

嵇清柏摇了摇头："我是想和你走的。"

檀章似是没料到嵇清柏会说这话，半晌才低语："睡吧。"

嵇清柏闭上眼，模模糊糊地问道："醒来后，我便飞升了吗？"

檀章似乎说了什么，嵇清柏却并没有听清，他似睡非睡，又似醒非醒，跌入梦中，又飞上了云端。

他听到玄雷之声，却无半点痛意，脚踝上的铃铛"丁零"作响，每走一步，云上便绽出了一朵红莲。

南师从一朵云里露出老虎脑袋，看到他，眼泪就下来了："清柏啊！你终于飞升了啊！"

嵇清柏发现自己居然什么都记得，甚是惊讶："佛尊呢？"

南师上前来拉他："祥瑞快开了，你该入佛境啦。"

嵇清柏跟着他继续往前走，有些想不明白："我怎么什么都还记得？玄雷也没劈在我身上呢？"

南师回头看了他一眼，有些没好气道："你有佛尊护着，不用守无量的规矩，无量奈何不了你！"

他话音刚落，祥瑞生辉，五彩光华落在了云端，妙音鸟反抱琵琶环绕飞出，一左一右飞在了嵇清柏的身边。

南师从后面推了他一把："快去吧！别让佛尊等急了！"

嵇清柏迷迷糊糊被妙音鸟引着往前走，他踩上了通天梯，佛境万重渊已开，白朝站在御前，低头望着他。

"你回来了。"白朝叹息一句，扫了一眼他的脚踝，有些悻悻地道，"幸好佛尊法印无极，留着你的灯芯，要不然这无量还不知道会变成什么样呢。"

嵇清柏抬起脚，忍不住问："那佛尊没了忘川铃怎么办？"

"什么怎么办？"白朝像看个傻瓜似的，不耐烦地挥了挥手，说，"以后，你就是他的忘川铃。"

妙音鸟似是等不及了，拉扯着嵇清柏赶快爬上通天梯，这真不怪嵇清柏动作慢，通天梯已是佛尊地盘，除了檀章自己，所有神仙都只能走着上去，等终于到顶时，连嵇清柏都有些吃不消，撑着膝盖喘了半天气。

白朝在一旁冷眼旁观半天，见嵇清柏准备进去了，突然道："我最后多嘴一句。"

嵇清柏："嗯？"

白朝："你这进去了，便是无边虚妄，除了你和佛尊，万年间都不会再有旁人，你可想好了。"

嵇清柏愣了愣，随即笑了起来。

"我见一座青山千万年，觉得甚是妩媚。"他往前踏出一步，万重渊开，辛夷花漫天盛放，红白花瓣飘飘洒洒，盈盈满袖花香。

嵇清柏没有回头，他眼中只有站在一树辛夷花下的檀章。

"我见青山多妩媚，料青山见我应如是。"

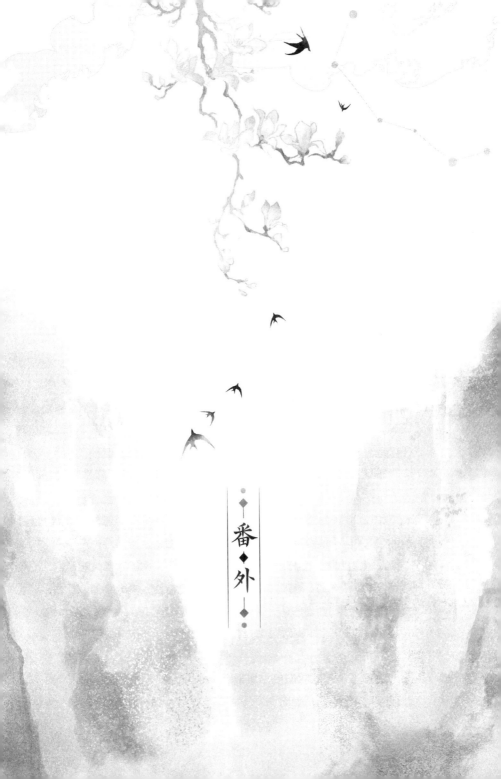

番◆外

| 凡人 |

这时候嵇清柏差不多刚刚历劫回来。

他是上神境界，每隔千年还得入一次下界的因果轮回，这倒是没什么，按他的修为法力，下界历劫吃不了什么大亏，以至于这次归境后乍一看到白朝跪在地上拼红莲命盘时，嵇清柏很是惊讶。

白朝也看到了他，表情像看个死人。

嵇清柏只好上前，揖了一礼："白朝上神……这是？"

白朝显然不想同他说话，但周身法力与往日不同，似是被下了什么禁术。

"恭喜清柏上神历劫归境。"白朝皮笑肉不笑地阴阳怪气道，"上神此次真是富贵险中求，修为又涨了不少。"

嵇清柏没明白"富贵险中求"的意思，但修为涨了不少还真是没错，虽然但凡归境便是了却前尘，不再记得下界的劫数，但看这一身法力，嵇清柏自己也清楚该是度了个大劫。

他倒不是好奇的性子，偏要弄个明白，毕竟神仙多少寿数了，每样事情都要搞得明明白白的话，日子得过得累死。

往年也有历劫后，仍旧了不断因果孽缘的仙者，往往下场都不是好的。

妄念心魔难破，自断仙根，废了万年修为的不算什么，神魂俱灭，不存六界，才叫真正凄惨。

白朝似乎不想再与他说话，不耐烦地挥了挥手赶他走。

嵇清柏摸了摸鼻子，隐隐觉着该是闯了祸，便也不好意思自讨没趣。

恰逢妙音鸟从万重门中左右飞出，五彩祥云为阶，飘然而下，迎在了他的身边。

"尊上呢？"下界虽就短短几十载，但嵇清柏倒也惦记着莲花台上那位尊者。

妙音鸟咯咯笑着，声如梵音："无量久候多时，上神一直不回，才派我们来迎的。"说完，又看了白朝一眼。

与嵇清柏不同，白朝难得来一趟佛境，专管红莲命盘，平时没有召唤入不了无量万重。

他跪在地上，大气也不敢出，全然没有刚才对着嵇清柏时的骨气，甚是唯唯诺诺。

妙音鸟催着嵇清柏动身："上神快和我们走吧，无量要等急了。"

嵇清柏只能跟着妙音鸟进了万重门。

结果刚一踏进去，便看到了本该在莲花座上的人。

檀章左手结印，两只妙音鸟似一缕青烟，转瞬即逝。

嵇清柏没想到这人会出无量殿，惊讶到忘了礼数，唤了一声"尊上"。

佛尊的目光落到了他的身上，似是打量了一番，清冷道："历劫归境，方得圆满。"

嵇清柏终于回过神来，跪地行了礼，檀章不置可否，转身独自回了无量殿中。

嵇清柏明显有些丈二和尚摸不着头脑，但以往佛尊的脾气也古怪得很，他便没再多想，找了常去的花果林子化了真身，上蹿下跳地胡闹一番。

要说佛境万重渊，能进来的神仙实在是少得可怜，常常几千几万年都只有佛尊和他两个人，其他上神要进来，也得等檀章召唤，许多修为不到，进来连人身都保持不了，白虎仙南师便是其中之一，每次在门口人模人样的，进来就是只肥硕白虎，檀章偶尔会叫他，嵇清柏心里是期盼的。

他们的真身都是灵物精怪，万重渊里又有数不清的丛林花果，南师陪他玩耍，真正是解闷的好友。

时间久了，南师对他倒有些恨铁不成钢："你都飞升上神这么久了，怎么还像个稚子顽童，佛尊都不管你？"

嵇清柏睁大了眼睛，不服道："我来了这儿才学了一堆规矩呢，尊上还教我念经，不准我随便掉毛，你评评理，掉毛是能控制的吗？"

南师无语，只好说："是不能控制……"

嵇清柏叹了口气："我以前可是闯过龙宫，在蓬莱池里洗澡的神仙呢，现在就只能待在这佛境里，万重渊是不错，但别说活神仙了，鸡毛都看不见一根。"

南师想了想，觉得有些不对，但又说不太明白，只好劝他："但佛尊对你也不错啊，想想有几个神仙能受法印福泽的？也就只有你了。"

嵇清柏倒也不是耐不住寂寞，檀章虽然脾气古怪，但一个月最多只与他共处七天，并不是难以忍受，时间久了，嵇清柏胆子也大了不少，天冷变回真身躺在莲花床上，翻开肚皮，檀章心情好时还会给他挠挠。

原本以为自己历劫归来，作息一切照旧，没想到第二日便被檀章从花果林子里拎了出来。

他正睡得云里雾里，真身鬃毛乱成一团，睡眼惺忪间看到佛尊面无表情的脸吓得差点元魂出窍。

"尊上……"嵇清柏被捏着后颈皮，一时半会儿变不回人身，"您怎么来了？"

檀章没说话，突然将他翻过肚子，一下一下挠着他的毛，嵇清柏一个没忍住，舒服地打起了呼噜，长尾甩了几甩，勾住了佛尊的脚踝。

后来的事儿，便是他俩破天荒地在花果林子里，幕天席地地睡了个午觉。

以至于嵇清柏都觉得佛尊是不是哪儿出了问题。

更诡异的是，第二天檀章又来了。

这次嵇清柏有准备，提前变了人身，佛尊找到他也不要他干什么，无须他念经，也不教训规矩，两人在溪边钓了半天莫须有的鱼，晚上又宿在了林子里。

连续七八天后，嵇清柏觉得这样不行，他皮糙肉厚的能随便找地方团一晚，无量佛不去莲花台，和他在这儿成天闲逛，算什么样子!

可这话提了几次，檀章似乎就只是听听而已。

嵇清柏烦躁地把鱼钩甩出去，没想过了一会儿，居然真的有鱼咬了钩，他钓上来一条巨大的锦鲤。

嵇清柏："……"哪儿来的鱼啊?! 万重渊里怎么可能有别的活物?!

檀章看了一眼，似是明白他在想什么，淡淡道："这样有趣些。"

嵇清柏不敢吱声，整个万重渊说白了，全由无量幻化而成，就连妙音鸟也是佛尊化出的虚妄之物，嵇清柏来时，明知都是假的，待久了却也会忘了这茬儿。

他突然发现，南师已经很久没来过了。

这万重境里，始终不变的只有他和檀章。

"有你就够了。"佛尊轻指一点。

嵇清柏抬头，只见漫天的辛夷花瓣飘落下来，花香盈满了他的衣袖。

| 食梦 |

在入佛境之前，嵇清柏是个天不怕地不怕的闯祸精。

因着他的元魂是一盏上古明灯，也算是开天辟地的通灵宝器，所以哪怕是刚飞升上神那会儿，凭他的法力，位列仙班的上头几位也不敢小瞧了他。

幸而嵇清柏飞升前只是一只八尺山头的食梦貘精怪，远离市井人气，宛如稚子幼童。他飞升前就是一方大王，管理着几座山上的小妖，不论在神仙还是妖怪里都颇有人气。

既然位列仙班了，那不论天上地下就都是有头有脸的人物，天庭每逢神仙宴都是众仙家集会之日，嵇清柏第一次去就出了不小的风头，连天帝都对他印象深刻。

神仙之间也是要交朋友的，嵇清柏在神仙宴上出了风头后，便和白虎仙成了酒友，对方要比他早飞升一百年，修为也算不错，两人的真身都是毛发旺盛型的，很容易便成为至交，平日里经常相约着一块儿鸡飞狗跳。

除了南师外，司命仙鹤白朝虽然不与他们同流合污，但也算难得说得上话的，许是平常看顾红莲命盘的缘故，白朝在神仙里向来自矜得很，毕竟是在佛尊手底下当差，档次都与他们这些上神有差距。

嵇清柏非常喜欢在东海里泡汤，龙王因着他法力至臻敢怒不敢言，前有齐天大圣，后有他这个梦貘上神，东海每次都要感慨为什么受伤的总是他们。

南师借着嵇清柏的光，也来东海蹭澡，白朝知道了嗤之以鼻："你们别闹太狠了，真闯了大祸，上头的人可要讲规矩的。"

嵇清柏还是小孩子脾气，不怎么服软："我能闯什么大祸？不就射个明珠，砍个麒麟角吗，上头哪有那么小气？"

白朝知他天不怕地不怕，拧着眉也懒得多说，近来六界不是太稳，佛尊毕竟承着整个无量，就算有忘川铃辅佐，也没办法全然保证灵台清明一尘不染，许是该有什么动作也说不定。

南师见友人愁眉不展，还挺心大地劝慰："你要不也来泡一泡澡？放松下？"

白朝朝天冷淡地翻了个白眼，说："我没空。"

南师："你没空什么呀？无量有佛尊守着，万年见不到一回，你还怕他怪你渎职之罪？"

白朝只好说："佛尊近来无量不稳，我得守着红莲命盘，你们别玩疯了，小心龙王去天帝那告状。"

仙鹤不来，嵇清柏便和南师两人玩了个痛快，泡完澡，嵇清柏又想着去蓬莱转一圈，那边的麒麟看着他都躲着走，两人没办法，玩了会儿玉兔和玄龟，才心满意足地回了自个儿的山头。

佛境万重渊中。

莲座上的人睁开眼，轻敛了眉目，左手拈诀，妙音鸟缓缓从座下飞出。

佛尊一身白纱袍，起身而立，他长发散着，眉心映着一朵六瓣红莲，双足似冷雪，脚踝上金铃叮当。

这无边虚空之境，只他一人，佛尊并不觉得有多寂寞，最多整个六界无量的善恶让他头痛了些。

通天梯上有人上来，佛尊眉心微动，指尖轻挥，妙音鸟便飞了出去。

白朝站在御阶前，低头看着天帝。

妙音鸟口吐梵音，轻问道："天帝所为何事？"

天帝伏地磕头，白朝眼角一跳，直觉这老不死的是来告状的。

果不其然，天帝声泪俱下，骂的正是位列仙班才一百年不到的嵇清柏。

白朝越听脑袋越痛，心想都是些什么玩意儿？！

嵇清柏东海泡澡就算了，还用荆生神弓射了天帝脑袋上的夜明珠？！他心想这人还有什么事儿没干过？！当年那石头缝里蹦出来的猴子都没他这么会折腾的！

妙音鸟久久不语，白朝都有些没底，照理说这种事佛尊绝对不会管，但如今出来问了，管不管也就是一句话的事。

白朝犹豫再三，岑着胆子帮忙劝了一句："上神才飞升百年，孩童心性，的确不怎么懂规矩，但他元魂乃上古明灯，真身又是一只食梦貘，修为至臻，法力精纯，掌管八尺山头，约束山中精怪一心向善，惠泽人间，还望尊上网开一面。"

妙音鸟眼波流转，玉喙微张，对着天帝慈悲道："本尊心中有数，你且回去吧。"

嵇清柏一大早在八尺山头巡视了一番，敲打几个精怪灵物好好修炼，转头又去九尾狐的洞中看他有没有抓什么野男人回来。九尾狐都快被他烦死了，叉着腰骂："我是狐妖，我修炼是要吸精气的，你整天来管着我不许我吸，我都吃果子了，你还要我咋样？！"

嵇清柏半点不心软："你能吸妖气啊，反正不能吸人的，我现在位列仙班，人间开祠庙供奉着我呢，我得负责任。"

狐妖气得差点晕厥过去。

嵇清柏教育完了山里的精怪灵物，又飞去天上摘了盘王母的蟠桃，等回了八尺山头，边吃桃子边进了自己洞里，结果一脚还没踏进去，天上风云乍起，嵇清柏一个激灵，以为山中又有谁要飞升。

他心肠热得很，摩拳擦掌跃跃欲试地扔下桃子准备去护法，结果刚拿了清梦冰绫在手上，便觉得这云的颜色不太对。

五彩祥瑞生辉，金光流云似那天洪水，从苍穹泄下，落在他洞前一汪碧池中。

嵇清柏目瞪口呆地站在原地，见那金光里飞出了两只妙音鸟，反抱琵琶，梵音阵阵，一人白袍长纱，半遮了面容，眉心一朵六瓣莲，赤脚踩着流云，足下莲花一步一朵，徐徐行至他洞前。

嵇清柏："……"这装得太可以了，嵇清柏心想，当了快一百年上神，他怎么就没想出这么有排面的出场方式？！

莲花上的人目光似是转了一圈，最后才落在嵇清柏的脸上，声如环佩硁硁："梦貘上神？"

嵇清柏被这么个人看着，不自觉也矜持了起来，刻意理了理仙袍，作了一揖，文绉绉道："在下正是嵇清柏，请问上神是？"

话音刚落，两只妙音鸟突然一前一后飞来，绕着他转了一圈，嵇清柏只觉天灵盖上一沉，威压如云顶般罩来，他膝盖一软，直接跪在了地上。

面前的莲花盛放，佛尊伸出两指，抬起了他的下巴，端详片刻，轻轻笑了一笑："想不到区区梦神，居然长得如此一副好样貌。"

先前就说，嵇清柏的元魂是一盏上古明灯，至于为什么一只食梦貘的元魂却是盏灯，细说起来，嵇清柏自己都不是太能讲明白。

就像齐天大圣为什么是一只从石头里蹦出来的猴子一样。

元魂是明灯倒的确给了嵇清柏很多好处，修炼比别的灵物简单得多不说，飞升后更是法力精纯至臻。别的比他弱等的小仙看不透他的神魂，佛尊却不可能看不透。

嵇清柏被迫跪着起不来身时便觉出了大事不妙。

但对方法印无极，他想挣扎都挣扎不出什么劲儿来，要不是还有点实力，嵇清柏此刻连真身都能被佛尊直接拍出来。

佛尊抬着他的下巴，像是挑拣蔬菜瓜果，评价完便收回了手，静静放在袖中。

嵇清柏紧张得直冒汗，心里琢磨着到底哪儿得罪了这尊大佛，妙音鸟又飞过来，围着他转了几圈，玉嘴开合念道："梦貘上神食梦驱恶，无量佛尊召你入佛境，你可答应？"

嵇清柏被上头灵威压着一个字都说不出来，想不答应都不可能。

彩云铺路，流光溢彩，嵇清柏被两只妙音鸟衔着，乘起祥云，飞往西方极乐，天界之上还有通天梯，传说有无数阶，嵇清柏爬到一半真是满心绝望，一抬头，万重渊门又近在眼前。

白朝站在御阶上，神色复杂地看着他。

嵇清柏见到旧友终于松了口气，跟抓到救命稻草似的，恨不得直接抱上去。

白朝往旁边挪了一步，淡淡道："梦神请自重。"

嵇清柏垮着脸，快疯了："佛尊带我来这儿到底是干什么啊？！"

"刚不说了吗？食梦驱恶，佛尊掌管六界无量，时刻得保着灵台清明，不生邪妄，但无量之大，善恶之广，这十几万年下来，佛尊也有承不住的时候。"顿了顿，白朝同情地看了一眼嵇清柏，继续道，"你真身是一只食梦貘，元魂又是盏上古明灯，正好能帮着佛尊食恶念，清灵台，滋养佛尊神海，维系六界无量太平。"

嵇清柏："……"

敢情就是让他上来当苦力，陪睡陪吃陪工作啊！

白朝似乎看穿了他的想法，又补充了一句："放心，不是没好处，佛尊法印无极，你跟着他自然能得他反补，这六界之中，也无人能有佛尊这等境界，你就当是修行，还能平白得不少法力。"

无量佛的地位可说无人不知无人不晓，嵇清柏在飞升之前就早有耳闻，他毕竟刚成上神没多久，再加本就心思单纯，虽然无甚规矩，贪玩闯祸不少，但也兢兢业业管着八尺山头，盼着人间祠庙能给他多烧些香火。

这六界之内，无量佛的香火肯定是最旺的，嵇清柏光蹭都能蹭出百年香灰来。

至于修为法力什么的，反倒是无所谓了。

无论如何，都到了佛境，嵇清柏想回去也是不太可能了。

他原本以为食梦驱恶那是立马就要他去做的事儿，结果没想到佛尊把他带来后人却不见了，无量大殿他还进不去，只能远远瞧着人坐在莲花台上动也不动。

白朝进不来这万重渊，嵇清柏无聊得自己跑去门口与他唠嗑。

里面情形如何司命也没见过，只能略微猜到一点："佛尊每月会从莲花台上下来七日，你等着便是了。"

嵇清柏好奇道："他以前这七天都干些什么？"

白朝看他一眼，没好气道："佛境里有万重渊，佛尊想干什么就干什么，我又进不去，看不到，又怎会知？"

嵇清柏只觉匪夷所思："佛尊不见人的吗？万重渊呢？总有别的活物吧？"

"活物？"白朝像是听了什么笑话似的，摇了摇头，道，"万重渊都是佛尊幻化出的无边虚妄罢了，这佛境里除了佛尊，没有一个活物，现在倒是多了一个。"

他伸出手，指了指嵇清柏，促狭道："你这不来了吗？"

嵇清柏之前没见过万重渊，外头听过的传说倒是不少，说是万重渊呈现着六界万境，天上地下，山川湖泊，森林沙漠，人间鬼界。

于是老实了半个多月的獏最后终于是没忍住，随便找了个渊进去瞅了瞅，发现果然有意思得很。

虽然没一个活物，但佛尊幻化出的虚妄也挺热闹，人间还有一处金山银山，上头飞着虚幻美人，底下跑着玉石骏马。

嵇清柏待在这地方，梦里见的都是销金窟，他是人间梦神，做什么梦都能落到凡人的梦里，于是那阵子，天底下的肉体凡胎梦中都在发大财。

神仙当然也做梦，梦到都是金元宝还觉得奇怪，去和天帝说吧，天帝也不明白其中道理，搞得财神爷的日子都不好混，以为自己哪里出了问题。

嵇清柏这边睡得太好，以至于佛尊从莲花台上下来时，半天没找到人。

妙音鸟从莲座下飞出，话也不敢大声说了，佛尊在万重渊边轻轻一笑，两只鸟手上的琵琶差点没能抱住。

嵇清柏正睡得昏天黑地，突然一个激灵，一方法印当空压来，他从金山上滚落，吓得瞬间变回了真身。

佛尊低头看着面前的狮子脸，对方脖颈那一圈鬃毛抖得极其飘逸。

嵇清柏怕人又一巴掌下来把自己的元魂都给拍没了，压根儿没多想，伸出虎爪直接抱住了佛尊的腿。

佛尊动了下内敛的眉眼。

嵇清柏哪还管得上三七二十一，脑袋一晃，开始蹭，他的鬃毛养得甚好，油光水滑，细腻柔软，蹭人腿时熨帖舒适，全然没扎人的地方。

佛尊等他蹭了半天都没动，直到貘快蹭晕了，才伸出手，拎住了嵇清柏的颈皮。

"你倒是睡得高兴。"佛尊淡淡道，语气听不出什么埋怨来。

嵇清柏缩着四只爪子，他真身有些胖，被捏着颈皮时透出一股浓浓的委屈劲儿，小声哼哧了几下。

佛尊盯着他看了半响，突然将他夹到了胳膊底下，足下生花，飞回了无量殿中。

"变回去。"嵇清柏被扔到了莲花台上，佛尊居高临下看着他，冷声命令道，"继续睡。"

嵇清柏不是没想过伺候佛尊睡觉，毕竟他是一只食梦貘嘛，主要职责就是伺候人睡觉，更何况之前白朝就说过，他来干的活儿就是食梦驱恶，这本身对嵇清柏来说也不是什么难事。

无量殿中的灵压与外界大相径庭，修为差些的神仙根本维持不了人貌，嵇清柏本就害怕得要命，努力几次都还是食梦貘的样子，趴在莲座上瑟瑟发抖，就怕佛尊一个不高兴就废了他的修为贬他去凡间。

佛尊似乎等得有些不耐烦，也无所谓嵇清柏什么模样了，冷雪似的人躺上了莲座，一手把食梦貘圈住，上下薅着对方的后颈皮。

嵇清柏被揉捏得鸡皮疙瘩一阵又一阵，再加上之前睡多了，如今一时半会儿根本睡不着，只能闭着眼假寐。

结果装着装着，嵇清柏居然又睡了过去。

嵇清柏觉着自己真身会那么胖，大概也是太贪吃好睡的缘故。

既然佛尊让他来食梦，那对方的梦境，嵇清柏或多或少能窥探个一二，对方身份高尊，嵇清柏不敢在梦里造次，张嘴吃了一些后，才看到佛尊睡在了梦境深处。

巨龙卧莲。

嵇清柏仰起头仿佛在看一座盘起的小山，混沌龙的银白鳞片泛着琉璃光华，巨龙掀起一边眼皮，金瞳竖目，朝着底下的人喷了一口龙息。

嵇清柏："……"

梦中互通有无，佛尊的名讳嵇清柏自然能知道。

他也不敢在心里直呼对方姓名，只能战战兢兢地在巨龙周围吃着些零碎旧梦。

不得不说，佛尊法印无极，六界无人可比，就算只是梦境，也混杂着不少修为灵气，嵇清柏吃得高高兴兴，神魂神海得到滋养反补，要不是还在对方梦里，此刻舒服得他恨不得翻肚皮打嗝。

就这么断断续续地吃了睡睡了吃，等到嵇清柏从檀章梦中醒来，早已过了三个白日。

如今不再是佛尊梦里，他也敢在心里直呼对方名讳了。

檀章还未醒，嵇清柏偷偷摸摸幻化了人形，一低头发现对方袖子上全是自己掉的细碎绒毛。

这实在是不能怪他，人一紧张掉发，貘一紧张掉毛，那都是生理现象，控制不了，嵇清柏只能趴着小心翼翼地捡自己的毛，结果一抬头，就看到佛尊睁着眼睛望向这边。

嵇清柏捧着自己掉下的毛，可怜巴巴地看着对方，他也不知该说些什么，总不能讲我的毛特别韧你留着别丢这种话吧。

檀章指尖微动，捻起了他的一根毛，放在眼前轻轻晃了晃，突然问道："后羿的弓可是你绑的？"

嵇清柏没想到这事儿佛尊居然知道，心里一阵骄傲，笑意藏了半天没藏住，叽里呱啦就把后羿怎么找上他的，他又怎么帮着人家做弓的，最后后羿多厉害地射了那九个太阳的事儿一股脑儿都给说了。

佛尊听他讲完，意味不明地笑了下："天帝说你成天闯祸，不懂规矩，还真是没冤枉你。"

嵇清柏卡了个壳，随即怒从心起，生气道："他恶人先告状！"

檀章慢条斯理地睨了他一眼，道："你胆子倒是大了？"

嵇清柏张了张嘴，似乎颇觉得委屈，檀章一根一根拾起袖子上的毛，左手一挽，便化成了一缕烟尘。

转眼，嵇清柏突然发现自己站在万重渊里。

檀章足下莲花丛丛，他负手而立，目光随意扫过万重渊。

嵇清柏一脸莫名，忍不住问道："我们去哪儿？"

"随便找个地方，"檀章抬手，轻轻点了一处，他说，"带你下去遛遛。"

嵇清柏："……"

这情形似乎不太对，嵇清柏迷迷糊糊地想着，前一秒他还在夸后羿，夸完得知天帝居然在佛尊面前说自己坏话，他不高兴反驳了，檀章又觉得他胆子大。

结果到头来，佛尊还带着他来逛万重渊？

檀章话不多，带着他一个渊境逛完，再换一个渊境，等各色风景看了个遍，嵇清柏也不知对方到底什么意思。

万重渊中有一处花果林子，嵇清柏倒是挺喜欢的，留在那边徘徊半晌不舍得离开，檀章也不催他，站在辛夷花树下，看着嵇清柏变了模样钻进瀑布底下的溪流中。

嵇清柏玩了半天水，没看到半条鱼，才意识到这里是佛尊幻化出的虚妄，不该有活物。

他跑回岸上，抬头看着一树辛夷花开得秾艳芬芳，树下的人更是美得六界无颜色。

檀章开了一坛子酒。

花香馥郁，酒香清冽，嵇清柏见佛尊喝到一半，看向自己，问道："玩够了没？"

嵇清柏眨了眨眼："尊上的酒还没喝完呢。"

檀章手上的坛子已经没了。

"不可贪杯。"他淡淡道。

嵇清柏只能不情不愿地出了万重渊，他现在是人身，不能跟佛尊太近，辛夷花的香甜味道还未散去，檀章走路终于不再是一步一莲，但仍赤着双足，脚踝上戴着一串金铃，却行走无声。

嵇清柏好奇地多看了几眼，见檀章回头，又马上装作老实模样。

剩下接连四天，两人均是如此，睡了玩玩了吃喝，佛尊脾气不怎么好，嵇清柏要是疯过了头，也会被拍回真身，夹着尾巴耷拉下耳朵，他喜欢说话，檀章喝酒时，他便一样样讲自己下界过的逍遥日子，幸好之前闯的祸太多，五花八门，数不胜数，一件件细说起来比那人间话本子还要精彩。

"我把那麒麟角送给了南师，他可喜欢了，挂在洞里，特别好看。"嵇清柏睡醒后躺在檀章身边，他现在差不多已经习惯了佛境的日子。

年岁不显，一晃而过，境中早已不知过了多少年。

佛尊也不知什么习惯，这么大地方还要分一年四季，天冷了两人便不怎么出去，窝在莲床上。

嵇清柏起初不敢睡床，怕自己掉毛又惹得佛尊生气，后来发现对方其实并不介意，冬天更是将他真身抱在胸口，跟焐汤婆子似的。

莲床很大，之前看着没一丝人气，现在不然，多了绫罗绸缎、玉枕和乱七八糟的小坑意儿，还有堆得到处都是的人间话本。

"白虎仙南师？"檀章看着他，"你与他相熟？"

嵇清柏点头："我们可是至交，之前去哪儿他都跟在我屁股后面，麒麟角我送了他不少。"

佛尊敛了下眉，又突然问："麒麟角何种颜色？"

嵇清柏有些惊讶："尊上没见过吗？"

檀章不说话，一只手绕过嵇清柏的发尾打着卷儿，跟摸毛一样。

嵇清柏真以为他没见过，一下子积极起来，拍着胸脯道："我去给尊上弄一对角回来，等您下次从莲座上下来，就能看到啦！"

弄角这事儿，嵇清柏还叫上了南师，蓬莱上麒麟万匹，嵇清柏等了大半月才逮到了麒王，麒麟角不是随便砍就能砍下来的，得先与麒麟斗法，斗赢了，对方才会心甘情愿奉上双角。

南师对于好友一定要麒王的角表示不解，嵇清柏很是义正词严："这可是送给佛尊的角，自然是要最好的。"

南师颇有些吃味："送我就随便一只，送佛尊就得最好的，清柏你太偏心了！"

嵇清柏懒得与他多说，看见麒王出山便立马缠斗了上去。

麒麟之王可与普通麒麟不同，角覆鎏金，万年麟火不灭，自然法力高强，不容小觑。

南师肯定是打不过的，他看着嵇清柏也觉得悬，但人家修为毕竟在自己之上，元魂中又有上古神灯，真拼起来，胜算也不少。

嵇清柏打得十分艰难，与那麒王斗了有十天十夜，好几次都是生死边缘，一身狼狈，终是得了一对鎏金麒王角，乐得半天合不拢嘴。

他得赶着佛尊下莲座前回去，一身伤也来不及处理，风尘仆仆上了通天梯，开了万重门，直奔无量殿。

檀章睁开眼，双目平静无波，不悲不喜，不怒不嗔，嵇清柏站在殿门口探头探脑，也不觉得身上伤口疼，一腔热忱望着莲座上的人。

佛尊赤着脚，似踏雪踩花而来，停在了嵇清柏的面前。

"麒王角，给你的！"嵇清柏从背上卸下一对，那角鎏金闪闪，尖处一簇麟火熠熠不灭。

檀章低头看了半晌，伸手接过，指尖抚过那簇火，烫得心头都起了波澜。

嵇清柏浑然不知，只高兴佛尊收了他的一对角，心中无边欢喜。

"以后这角你可不能随便送给别人。"佛尊状似无意，面目平静道。

嵇清柏点了点头，哝了口气道："麒王万年才生出一对新角，除了尊上我也送不了旁人，而且那鹿太难打了！要不是我法力高强，早被踢进了那蓬莱池里，死好几次了。"

说完，他又撒娇似的，朝着檀章道："我辛苦弄来的角，尊上可要好好收着啊！"

佛尊既不答应也没不答应，只笑了笑。

"你也真是胡闹，上来就送佛尊麒王角。"在檀章历劫归来后，白朝一日与嵇清柏饮酒，提到此事，仍心有余悸，"麒王万年才得角成，鎏金骨，麟火尖，很是珍贵。"

嵇清柏摸了摸鼻子，哑口无言。

白朝不敢久留他喝酒，小酌几杯，就赶着嵇清柏回去。

檀章不在无量殿里，嵇清柏找了一圈，便被妙音鸟引去了花果林子里。

　　佛尊果然坐在辛夷花树下垂钓，嵇清柏靠近了，便闻到馥郁花香绕在了檀章的肩头。

　　"麒王最近的角该是又长好了。"嵇清柏靠在佛尊身边，抬头目光晶亮，盯着檀章的脸，"我再给你打一对回来？"

　　檀章低头，似是笑了："麒王万年没有角了，你别再闯祸。"

| 忘川铃 |

嵇清柏向来是个没规矩的。这是天庭众仙对他的评价。

入佛境之前，佛尊檀章便已听过他的名号，当然也就只是听说过而已。

佛尊与无量平起平坐，掌管着六界众生天命善恶，檀章法印无极，度无量众生，只每月有七日，才会从莲座上下来，净化灵台，维系善根。

他是天地间无悲无喜、不嗔不怒的佛，在佛境里幻化了万重渊，一人独享这无边寂寞。

只是这万年过去，六界善恶此消彼长，再是灵台清明也有惹上尘埃的时候，檀章一日从莲花座上下来，便觉无量不稳，脚上铃铛响了几声。

忘川铃。

忘川铃以他龙骨所炼，执掌戒律清规，若他灵台不清，滋生妄念，便令他心承玄雷之痛，此乃无量制衡他的法子。

檀章低头看了一眼自己的脚踝，并无太多表情。

就算是玄雷之痛，万年下来，他也早已习惯。

无量不稳，佛尊灵台便不清，如此长久下去，对六界众生并不是好事。

直到一日天帝上来告状，提到了嵇清柏。

"清柏上神真身乃一只食梦貘，元魂更是一盏上古明灯。"白朝跪在红莲命盘下为嵇清柏求情，"上神刚飞升一百年，稚子心性，虽是贪玩了些，但神魂臻净，纯良慧善，还望尊上饶他这一次吧。"

纯良慧善不假，但也是真的太"贪玩了些"。

檀章已不记得自己是第几次从莲座上下来，却连嵇清柏的影子都没见半分。他倒也不急，去了万重渊里的花果林中，果然在一片辛夷花树下找到了喝醉酒的人。

嵇清柏有一双柳叶眼，此刻红晕上脸，眼角边像开了朵桃花，他的睫毛纤长，半遮半掩着眼尾，喝着不知从哪儿来的青梅酒。

最近这人胆子大了不少，看到他已经不会吓得变回真身了。

"尊上，"嵇清柏看到他，似乎高兴得很，"你来啦！"

檀章看到了对方脚边的酒壶，这不是佛境里的东西，该是那只白虎仙带进来的。嵇清柏似乎还不觉得自己喝多了，看到檀章才想起来好像有什么事儿没做，想了半天，恍然大悟地拊掌道："我要伺候尊上睡觉呢！"

檀章："……"

旁边就是潭水，嵇清柏只觉脑袋一重，整个人被掀进了深潭里。

檀章站在潭边，冷冷瞧着嵇清柏在水里扑腾半天，等爬上来的时候早已仙袍尽湿，贴在了身上。

要知嵇清柏平时因为食梦驱恶的用处，早已和佛尊睡了不知道多少次，但因着他怕檀章得狠，无量殿中又法印极强，于是嵇清柏很难维持人身。

今儿喝了酒，嵇清柏胆子也跟着大了起来，他浑身湿答答也不在意，撩起额发含混问道："尊上生什么气呢……"

檀章闭了闭眼，只觉心上玄雷又痛了几分，很是烦躁。

嵇清柏酒壮人胆，就这么爬上了莲花台，没规没矩地催促着檀章："尊上快上来了，我们睡觉！"

檀章眉目低敛，他居高临下看着嵇清柏，问道："你可知你在同谁说话？"

嵇清柏眨了眨眼，桃花在他眼尾更艳了几分，他打了个酒嗝，有点大舌头："无、无量佛尊嘛……我、我来帮尊上食梦驱恶，你、你快躺下！"他似乎等得不耐烦了，竟是一把抓住了檀章的袖袍，将人拉上床来。

檀章挣脱这点拉扯的力气是有的，但不知怎么，许是分神一瞬，便顺着嵇清柏的力道上了床。

梦貘上神拽着佛尊歪倒在床上，口里喃喃自语不停，不久就进入了梦乡。

佛尊就算入梦也不会全然无知，檀章的真身是一条上古混沌龙，元魂是六瓣红莲，梦境中的巨龙卧莲，嵇清柏站在他面前时犹如在望一座小山。

喝醉了的梦貘上神梦里也很唠叨，吃梦就吃梦，吃完还要评价几句。

檀章听得不耐烦，睁开一只龙眼看向他。

"尊上啊，"嵇清柏仰着脑袋看他，"你太大了啊。"

檀章喷了一口龙息，嵇清柏便被吹了下去，他掉在了莲花瓣上，又被巨龙爪子捞起来，迷迷糊糊又吃了几口梦。

佛尊的梦里满是无极法印、绵延精魂，嵇清柏吃得越多，反补越多，自身修为大涨，神魂舒畅，檀章也不理他，任对方在自己的佛魂中来去，直到三日后醒来，嵇清柏才发觉自己闯了大祸。

他如今维持着人身，佛尊也未赶他下床，原本嵇清柏只敢睡在床尾，这次醒来却是在檀章身侧。

檀章倒是没怪罪什么，只后来不允许他再在佛境喝酒。

南师又被召上无量来陪他，酒当然不敢带了，两人玩闹时间久了些，檀章下莲座时，白虎还没走。

自从上次喝醉酒后，嵇清柏似乎没那么怕他了，梦貘上神骑在白虎背上，见到他露了个笑容："尊上！"

檀章淡淡看着他，又低头看了一眼南师，后者修为不行，在佛境只能是一副真身模样，看得出很是怕他。

嵇清柏送了白虎仙出境，回来后的表情似还有些舍不得，檀章低眉垂眼，突然问他："这次白虎仙可有带什么好东西给你？"

嵇清柏吓了一跳，以为他知道了，讪讪道："就带了几本人间话本子……"

檀章不置可否。

两人照常睡觉吃梦，醒来的时候嵇清柏又不能下莲床，看样子颇为无聊。

檀章觑了他一眼，淡淡道："南师送你的话本子呢？"

嵇清柏眨了眨眼："在啊。"

他似乎才反应过来，高兴道："我能拿上来看吗？"

檀章只说："你想看便看。"

嵇清柏于是高高兴兴把话本子搬上了莲床，见檀章不反对，之后更是越发大胆起来。

佛境四季，冬日还会落雪，嵇清柏都成神仙了居然还会怕冷，搬了一沓绫罗绸缎铺在莲床上，檀章觉得他有些像仓鼠，在床上待久了什么都爱往床上搬，人间买来的拨浪鼓都跟宝贝似的，搁在枕头旁边，还有各式小吃蜜饯，摆在他精心搜罗的瓷器碗里，搁到莲床边他在下界搞来的红木桌上。

本该满是禅意古朴的地方，被嵇清柏鼓捣得全是人间烟火味，梦神自己还不觉得有什么，裹着被子看小人书，看困了又滚一滚连着被子钻到了檀章身侧。

他呼出的气里有青茶香，淡淡融在了佛尊的眉眼上。

再后来嵇清柏又开始话多起来，讲他之前那么多年闯过的祸事，有些檀章还听过，不过他听的是一个版本，嵇清柏讲的又是另外一个版本。

"尊上该同我去看看那蓬莱岛，"嵇清柏说到高兴处，眉飞色舞，"玉兔玄龟，还有麒麟，可太有意思了。"

檀章也睡在被子上，撑着头，淡淡道："我出不了这佛境。"

嵇清柏："尊上没见过麒麟？"

檀章睁开眼，他一手绕着嵇清柏的发梢，冬日天凉，这人裹得比夏天严实多了，佛尊轻蹙了一下眉，故意问："麒麟角什么颜色的？"

嵇清柏不疑有他，拍胸脯道："我去给尊上猎一对来！"

麒麟王角，鎏金角尖，万年麟火不灭，嵇清柏一身伤地给他弄来后，檀章忍不住问他："你可知这对角有什么寓意？"

嵇清柏一问三不知，却兀自高兴得很："反正是最好的东西，送给尊上当然要送最好的！"

檀章看了他许久，突然问："我要什么你便给吗？"

嵇清柏笑道："这万重渊里只有我陪着尊上，尊上要什么，我当然都愿意给您找来啦。"

檀章不再说话，他将那对麒麟角挂在了莲座两边，妙音鸟飞出时偶尔还会撞到脑袋，抱怨了几次，佛尊却并不理会。

莲座上的七日似乎越发难熬起来，心上玄雷痛若灼火，但只要见到嵇清柏，那点痛楚就算不得什么。

白虎仙南师许久未再入境，嵇清柏还有些奇怪，偷摸着问白朝。

后者进不了万重渊，只能隔着门与他说话："好像上次被派去下界看管山林了。"

嵇清柏莫名其妙："山林有什么好看管的？"

白朝没好气道："这我哪知道？佛尊下的命令，底下人照办便是。"

嵇清柏没想到檀章还管这种小差，正想旁敲侧击地问问，就见那人一身白袍坐在辛夷花树下垂钓。

檀章见他来了，招了招手，说："过来。"

嵇清柏乖乖走过去，靠坐在了他的腿边。

辛夷花花香馥郁，檀章只觉舌尖隐隐泛着甜味，他闭了闭眼，脚踝上的铃铛轻轻动了一下，发出丁零的声响。

嵇清柏很是惊讶，他来佛境这么久，还是第一次听到这铃铛声，于是抬起脸，朝着檀章笑道："尊上，您的铃铛动了呢。"

檀章抛出鱼线，没什么表情地"嗯"了一声。

当然不知多少万年后，梦貘上神终于知道铃铛为何会动，而此时的铃铛已经到他脚踝上了。

| 掉毛 |

身为一只食梦貘，嵇清柏是会掉毛的。

这毛病千万年来一直都无法避免，所以他到了换季的日子就很少变回真身。

当然，他自认为自己的真身还是很威风好看的，虽然胖了一点，但鬃毛柔韧飘逸，而且他的虎爪非常萌，肉垫充满了弹性，长尾如鞭，顶上也缀着一团柔软的毛球，平时还能挠痒痒用。

在花果林子的幻境里，嵇清柏向来都是恢复真身后玩耍睡觉，只有回檀章的莲床上才会变回神仙模样，以免污了圣目。

不过就算这么谨慎了，也有意外的时候，比如佛尊檀章不知道什么毛病，在幻境里都要造出一年四季，冬天佛殿里没有地龙，莲床冰冰冷冷，檀章醒来时只觉脸颊边有细软的毛发搔动，他微微一转头就看到一头茂盛的鬃毛。

檀章："……"

嵇清柏许是冻傻了，什么时候变回真身的都不知道，他喉咙口发出的声音既像猪又像猫，动静还不小，也不怕扰了人清梦。

檀章低头看了他一会儿，突然伸手拂过他那一头鬃毛，随意扯了几下，发现手感居然还不错，嵇清柏睡梦里大概被扯痛了，哼哼唧唧地要把脑袋往下面埋。

食梦貘的体型其实非常大，真身就是头野兽，檀章见过他在花果林子里腾云驾雾时的模样，远看像一座小山，能遮半月，神兽都能自由控制体型，但睡熟了哪还记得那么多规矩，嵇清柏一兽占了半个莲床，肚皮朝上，露出底下柔软的毛发来。

檀章眯着眼，看到对方身上细小的绒毛像雪一样，铺在了床上。

嵇清柏睡得浑然不觉，他大概完全忘了自己掉毛的问题，甚至还翻了个身，于是这床绒毛从这半边，飘到了另一半边，檀章只觉眼前仿佛腾起了一片蒲公英种子，晃晃悠悠飘了满床。

佛尊额上青筋跳了跳，薅嵇清柏鬃毛的力度又大了几分，贴着这人的茸耳朵，冷声道："嵇玉。"

嵇清柏打了个低沉的呼噜，两只前虎爪去抓耳朵尖，几乎贴着檀章的脸挥过去，肉垫碰到了佛尊的面颊上。

檀章面无表情，按照他平时的脾气，这猪肯定是不能继续养了的，直接从天梯上扔下去都只是略施惩戒罢了，断不会让嵇清柏如此无法无天，但食梦貘又实在太暖和，除了掉毛这么一个缺点，睡在床上或搂在怀里都非常合适。

嵇清柏可不知道自己在睡梦里差点被扔出佛境，他醒来后发现自己变回了真身才知道闯了祸，一时迷迷茫茫，心里太急又变不回去，急得掉了更多的毛。

檀章居高临下看着他，冷淡道："你变小点。"

嵇清柏知道自己太大了，佛尊拎不动他的颈皮，但哪有哺乳动物喜欢一天到晚被人拎颈皮的？于是不情不愿，很是屈辱地变成了小猫大小。

檀章果然一伸手将他拎了起来，仔细打量，嵇清柏下肢蜷缩起来，不让他看光自己。

"你毛也不少。"檀章嗤笑了一声，他明明是清清冷冷的谪仙样，但说出来的话却不怎么讲究，甚至伸手拨弄了下嵇清柏的毛。

"把床上的毛收拾干净。"檀章将他扔回了莲床上，淡淡道。

嵇清柏变回了神仙模样，忍不住问："收拾完了呢？"

不怪他这么问，神兽的毛都是好东西，他的鬃毛就能制成弓弦，那可是六界的法宝神兵。

檀章想了想，似乎是笑了一下，他随口道："你随便做个毛毡吧。"

至于后来这毛毡越做越多，什么奇形怪状的东西都有就是后话了，反正嵇清柏的毛掉再多也没被真的扔掉过，檀章也从不让妙音鸟衔走做窝，甚至之后白羽鸿鹄降世，凰女想要讨干爹的毛做垫子檀章也没答应。

佛尊嫌弃归嫌弃，但嵇清柏的每一根毛都必须留在这佛境里，谁也不能拿了去。

| 妙音鸟 |

因为嵇清柏，所以佛境里是有四季的。

在他来之前肯定是没有这些东西，万重渊都是佛尊檀章幻化而成，飞禽走兽，奇珍异石，包罗万象，只是因为都是幻化，所以严格来说全是死物，包括妙音鸟。

嵇清柏刚来时，并不清楚妙音鸟只是佛尊的两缕神识，老觉得这两只鸟神神道道，平时都是非礼勿视、非礼勿言、非礼勿听，主要工作就是帮着佛尊传话召人。他初到佛境，除了在幻化的万重渊里整日玩耍外，连个说话的人都没有，可以说是相当寂寞。

这时候，两只鸟的存在就非常可贵。嵇清柏开始隔三岔五找它们唠嗑。

"佛尊每天都干什么呀？

"佛尊脾气怎么样？

"我要是不小心把销金窟里的犀牛角给掰断了，佛尊会不会生气啊？"

两只妙音鸟清冷地对视一眼，张开鸟喙，声音非人非鸟，似男似女："上神昨日掰断了犀牛角，前日在花果山林里刨了一棵辛夷花树，再前日还偷吃了尊者座下供奉的蟠桃。"

嵇清柏："……"

妙音鸟叹息一声，慢条斯理道："还有什么，是上神不敢干、不能干的？"

稽清柏倒是没察觉自己这是被监视了，在他看来，只要妙音鸟不告状，他们就是一伙的。

妙音鸟显然明白了他的想法，两只鸟虽然都没什么表情，但莫名就显得很无语，一副"你胆子真的很大"的样子。

后面稽清柏就开始拖着两条"鸟"尾巴开始闯祸。

万重渊虽然是幻化的，但稽清柏真身是一只食梦貘，有"化梦"的能力，他在幻境里胡天胡地，六界内的神仙人妖、猫猫狗狗都开始多梦起来，今天梦到天上掉明珠，明日就梦到山海大挪移，人做梦还好，只觉得新奇有趣，神仙做梦就非常头疼，怕有什么天相异兆，六界动荡。

天帝连续大半年没睡好，眼袋大得都跟他头上的夜明珠一样，最后实在受不了，亲自爬了通天梯来找佛尊指点迷梦。

檀章当日在莲花座上，并未来到下面的时候，他微微睁开眼，便看到自己座下两只"鸟"跟着一头胖狮子，在玩不知道从哪个地方找出来的绣花球。

妙音鸟乃佛尊两缕神识，檀章一睁眼它们自然知道，但并未有任何表示，稽清柏盘球盘得正高兴，脖子上一圈的鬃毛哗啦啦响，半点没发现有麻烦正找上门来。

天帝爬了万阶，累得毫无形象，蹲在地上喘气，白朝守在门口，也不给他开门。

天帝于是只能隔着门开始诉苦，他诉了半天，终于有妙音鸟从门里飞了出来。

天帝一脸欣喜，以为檀章终于要管事了，结果就听妙音鸟口吐佛声，居然是替檀章亲自传话来的。

"梦貘上神调皮，爱在万重渊内玩耍，众卿做梦只是梦而已，无须在意。"

天帝眨了眨眼，一时摸不透佛尊的意思，他态度谦卑，但还是有些不忿："稽玉上神……实在太胡闹了，他未进佛境时就无法无天惯了，还望尊上多加约束管教才好，免得叫他没了规矩。"

妙音鸟久未出声，就在白朝都忍不住偷偷看去时，只听两只妙音鸟的话里竟是带了笑意。

"天帝管好自己座下即可，至于我的人，"妙音鸟鸟喙轻抬，居高临下道，"他没有什么不能干、不敢干的。"

嵇清柏此时还在殿前盘他的球，见两只鸟飞回来，笑道："把那老头打发走了？"

妙音鸟们看了他一会儿，表情都讳莫如深。

嵇清柏浑然不觉，还显得特别高兴："谢谢你们替我瞒着呀，过几天佛尊醒了，你们就当什么都不知道，也别和他说，要不然他薅我毛。"

妙音鸟："……"

当然过了很久，嵇清柏才明白，为什么每次佛尊从莲座上下来，明明什么都不知道，妙音鸟也什么都没说，檀章却薅他毛薅得特别狠。

| 迢迢 |

陆长生向来觉得自己的命好得不得了，毕竟萧国盛世太平，他们陆家又是天家爱重的股肱之臣，他从小便被选为太子伴读，未来仕途更是一片光明。

太子登基后，果不其然，他年纪轻轻就拜了相，顺风顺水地快到而立之年时，似乎这"命好"的事儿，突然就断了。

先是边关很不太平，外族进犯，连着死了不少将军，萧国军备绝不贫弱，这战败的原因就有些玄乎，什么天机异象都有人拿来做文章，后来又突然出现一个不明不白的军师，居然带着几个残兵弱将接连大捷。

打赢了仗，皇帝自然要封赏。

如今这真龙天子可是他陆长生的发小。在陆丞相眼里，他这发小皇帝啥都好，就命数有些奇奇怪怪，但这毕竟有关皇家私密，陆长生也不能随便乱说。

大军每年过年班师回朝本是平常事，结果那鸣军师却不肯回来，皇帝没办法，只能遣人千里迢迢去打赏。

鸣军师可是救过国的人，前去封赏的人也不能太随便，想了半天，那奇怪神仙最后出了个主意，让他这个当丞相的去。

陆长生起初是不乐意的。

他久居都城，从小锦衣玉食，虽然没被养成个纨绔，但也细皮嫩肉金贵得很，边关那是什么地方？苦寒之地啊！大过年的去那种地方，无论是谁都不会太高兴。

但咱们陆丞相吧，骨子里又很倔强，皇帝和仙人一个唱白脸一个唱红脸，陆长生稀里糊涂，脑袋一热，就给答应了下来。

去就去吧，年初五迎过了财神，陆长生就带着两个仆从，后头跟着一车皇帝的赏赐，慢悠悠上了路。

从都城到边关，马队少说要跑三个月，这从雪天跑到入春，陆长生一路虽没惨得风餐露宿，但也住不上多好的客栈，有时候还得在野外安营扎寨。

等终于过了边城，进了沙草之地后，陆长生才真正开始吃苦头。

边关的雪还没化完，冷风没了遮挡，吹得人脸面生霜，青草被盖在皑皑白雪下面，马也不敢跑快，怕冰面打滑，刹不住蹄子。

陆长生出了城门的第一天嗓子眼就疼了半天。

他没出过这么远的门，一路又提心吊胆的，好不容易到了这儿，绷成一根紧绳的人突然放松，身子反而先吃不住了。

半夜发起高热，两个仆从急得像热锅上的蚂蚁。

边关大军距离此地还有段距离，半夜马队自然不能行路，为了提防狼群还生起了篝火。

雪不知什么时候又飘了起来，冷风呼呼，拍在陆长生的马车门帘上，年轻的丞相晕得迷迷糊糊，蜷缩在被褥里，手脚冻得像块冰，觉得自己得死在这路上。

外头风吹了半天，又突然传来了别的动静，陆长生怕是什么马匪，挣扎着又醒过来，他死了没关系，这车后头那么多赏赐呢，都是要给鸣军师的，怎能便宜了贼人？！

结果还没等他想出法子怎么对付马匪，车帘突然被人从外头掀了开来。

风裹着雪吹进了车里头，陆长生刚刚探出的头又很没出息地缩了回去，不知道是谁伸出手，贴着他滚烫的额头，又弯腰将他扶起来，出了马车。

"赏赐……"陆长生呵出的气都是热的，雾一样散在风里，他还记着那不知道样子的鸣军师。

扶着他的人顿了顿，吩咐了一句什么，陆长生没有听清，车轮滚滚，跟在了后面。

陆长生觉得自己被扶进了更暖和的地方，有药碗端上来，跟不要钱似的灌进他嘴里，丞相喝完觉得有些烧心，想吐出来，又被灌了像血似的一碗汤。

陆长生实在是没力气看清楚自己到底喝了些什么玩意儿，直到第二天醒过来，两个仆从正满脸担忧地在床边伺候着。

"大人醒了？"仆从终于松了口气，欢喜道，"大人已经睡三天了，您要再不醒，鸣军师就要给宫里送信了。"

陆长生听到了"鸣军师"三个字，不确定道："我们到军营了？"

仆从点头："您病倒那晚，正巧逢上军师带队巡兵，老天真是保佑着大人呢。"

陆长生表情有些诡异，他想起那晚扶着他的人，掌心贴着额头的触感清晰，却又像一场梦似的。

仆从退了出去，一会儿又端了碗药进来，陆长生没多想，端着喝一口，发现又有血腥味。

"里面有狼血，"仆从解释说，"对大人好的。"

陆长生可不觉得狼血对自己有啥好的，但好歹人家一片心意，只能皱着眉勉强喝了。

年轻的丞相想着要见军师一面，但对方似乎总是很忙。

今天巡兵，明天操练，后天又去打猎，陆长生想着现在又不是战时，军队不用休息的吗？！

更何况他是替皇帝来打赏的，这被赏的总不见人，这赏赐怎么办？

军师手底下的将士似乎都不是多贪慕赏赐的人，对丞相在军营里出没的事儿既不惊慌也不别扭，陆长生闲云野鹤般养着病，每日一碗带着狼血的药，喝得快习惯了，终于得来了鸣军师的消息。

残阳如血，一人骑在高头骏马之上奔来，陆长生站在自己的营帐前面，见马上的人并未穿着甲胄，红衣黑靴，长发简单束成了一把辫，进了营地才拉紧缰绳，马蹄高高扬起，尘土飞扬。

军师似乎也看到了他。

男人从马上下来，握着鞭子，走到了陆长生面前。

丞相抬起脑袋，发现这鸣军师看着脸色不好，一股病气又文弱得很，想不到能长这么高个儿。

"属下鸣寰，"军师屈下一边膝盖，竟是行了个大礼，语气平缓，"参见陆丞相。"

陆长生忙扶他起来，嘴上很是热情："鸣军师太客气啦，您还比我虚长几岁呢。"

他说完，又想着拉拢一番，笑了一笑，道："你要不介意，就唤我长生吧。"

陆长生是个文臣，再加一来就得了风寒，如今整个军营里就数他最为金贵。

倒不是说鸣寰表现得有多照顾他，而是这衣食住行各方面的细节都很值得推敲，先是吃食方面，这苦寒之地，鲜少有时令正季的水果，但陆长生每晚都能吃到，量虽然不多，但摆在粗糙的木碗里，莹莹润润，红绿可爱。

他白天念叨一句想吃都城绿水庵的酱鸭，于是晚上膳食里就能看到，回头被药苦了嘴，蜜饯都是从小吃惯了的青口梅，越是体贴入微，陆长生越是云里雾里，心内不定。

原本想着封赏完，他便回都城，继续当他的丞相，结果这丝丝缕缕的贴心，陆长生甚至怀疑这鸣军师是不是别有所图，想把他拘在这儿。

鸣寰倒并不会经常出现在他面前，人家一天非常忙碌，大清早天还未亮便起，训练操兵至午时，与众兵士在校场上一块儿吃饭，陆长生偶尔路过，见那人一副羸弱身子，却与五大三粗的将领们同吃同睡。

每次只要陆长生在校场边多停留那么一会儿，鸣寰似乎就能立刻发现他，目光远远望来，剑眉星目。

陆长生偶尔会想，这人怎么会当个武将？他要是在都城当个文官，那一定是烟花地里的风流客，春闺梦中的常驻人。

鸣寰放下碗，起身随意抹了下嘴，走到陆长生面前，打量了一番对方脸色，平静道："大人身体好了不少。"

陆长生和善地笑了笑，问他："皇上赏赐了不少好东西，军师怎么不用？"

鸣寰摇头："这边关，也用不太着。"

人家不肯用，陆长生也不能多劝什么，他犹豫着要不要提启程回朝的事，鸣寰看着他，突然道："今晚我给大人准备了羊肉锅，大人喝了能暖暖身子。"

陆长生一听有羊肉吃，又纠结了，回去的话怎么也说不出口，非常没骨气地答应了一声"好"。

晚上羊肉锅果然送到了陆长生的营帐里。

他如今身体还没完全养好，鸣寰似乎怕他吃多了上火，便只准备了一炉一锅，旁边还摆着各式内脏和小菜，陆长生一个人边烫边吃，滋味美得不行。

仆从见他吃得高兴，笑着试探道："这阵子正好是羊肉最肥美的季节，大人要是喜欢，不如多待点时候？"

陆长生显然没多想，既然有羊肉吃，他多待点时间也不会少块肉，宫里更没人来催，他老想着回去实在没必要。

想通了这点，陆长生对着鸣寰润物细无声般的殷勤似乎也没那么不适了，他每天吃了睡睡了吃，好好养着身体，转眼居然还胖了些。

等身体彻底大好了，陆长生又想着既然留下了，总不能终日无所事事，于是一日心血来潮，决定学骑马。

这话传到鸣寰耳里，军师似乎有些不敢置信："大人要学什么？"

陆长生一副摩拳擦掌、壮志凌云的模样："我在军队里什么都不做总是不好，不如学点有用的东西，军师找个将士教我便行，我不怕吃苦。"

鸣寰仔仔细细看着他，过了半晌，才慢慢道："大人要是真的想学，我教大人便是。"

陆长生"哎呀"了一声，不好意思地道："怎么好意思啊……军师您那么忙。"

鸣寰笑了一下："再忙，教大人骑马的时间还是有的。"

陆长生不知怎的，被他笑得面红，支支吾吾也就答应了下来。

第二天吃完午饭刚过半个时辰，鸣寰换了一身骑装，来到了他的营帐里。

因为在塞外，鸣寰的打扮并不似都城里的人，他不冠发，头发简简单单编成一束垂在胸前。

陆长生也换了一身普通的黑色骑装，他文人气质摆在那儿，细皮嫩肉，一个俊俏郎君。

鸣寰命人牵了一匹母马来，性子温顺，适合初学者。

但在陆长生看来还是有些难。

他踩着一边脚蹬，扶住马鞍，只觉腰后一暖，鸣寰半扶半抱着，从后面托住了他。

陆长生一抬头，就能看到对方的下巴，一个恍惚，差点没抓稳。

陆长生尴尬道："对不住啊。"

鸣寰神情淡淡："第一次上马，总会差一点。"他看着病弱，但其实膂力惊人，竟托着陆长生的后腰，将人硬是扶上了马背，随后牵过缰绳，带着马和人在校场里慢慢绕圈。

年轻的丞相在马背上一颠一颠，偶尔开小差去看牵着马的人，鸣寰背对着他，腰板笔直挺着。

走了差不多三四圈，鸣寰停下，抬头看着陆长生道："我与大人共骑，跑一圈试试。"

陆长生当然说好，也不知鸣寰怎么弄的，跃到他身后时居然半点声响都没有，回过头时自己的脊背就已经贴着一片温暖胸膛，军师伸出两臂将他围在身前，抓住了缰绳。

丞相动都不敢动。

鸣寰的双腿轻踢马腹，身下良驹小跑起来。

校场不够大，鸣寰跑了几圈便跑出了围栏。陆长生自小在锦绣堆里长大，从未如此自由驰骋过，他身子微微前倾，表情有些激动，塞外冷风如刀，割在他脸上都掩不住热情。

鸣寰低头看他，突然抬起一只手，虚虚遮住了他的下半张脸。

陆长生："嗯？"

鸣寰笑道："大人身体刚好些，别吃了风。"

陆长生两眼眨了下，乖乖任他遮着。

苍茫荒原，马儿自是想怎么跑就怎么跑，鸣寰把缰绳递到陆长生手里。

长生也到了成亲的年纪，都城里却没中意的姑娘，他看着鸣寰与自己差不多年纪，便忍不住试探了一下："鸣将军不回都城吗？家里可有许亲？"

鸣寰的表情似有些古怪，笑容轻慢道："我回不去都城，也见不了皇上。"

长生眨了眨眼，不解道："为何？"

鸣寰："你家皇帝的师父不同意。"

长生觉得更加莫名其妙了，檀章虽然是神仙幻化成的女子，但也几乎不干政，何时与这鸣将军交恶？

"那神仙可是无量真佛。"鸣寰突然道，"我与他有过节，去了就得魂飞魄散。"

长生张大了嘴，一脸震惊地看着鸣寰，紧张地结巴道："你、你怎么知道他不、不是人？！"

鸣寰淡淡一笑，指尖微动，只见一簇火燃于其上。

长生："……"

鸣寰灭了火，神色镇定："因为我也不是人。"

在檀章之前，年轻丞相并不相信什么神佛怪谈，直到太子遇到机缘，神仙当着他面变男变女，还用仙法弄出了孩子，才叫陆长生终于信了这些个邪门歪道。

如今有人在他面前又自称是神仙，什么金焰炽凤、千年涅槃、万年轮回一堆乱七八糟的，还给他玩"火"，陆长生从惊恐到镇定，到最后很是生无可恋，只想回都城去。

仆从知道后倒也不拦他，只说边境不稳，等鸣军师派人护卫丞相回去。

陆长生心情复杂地看着晚上送来的新鲜瓜果，头一次觉得有些愧疚。

第二天果然有下属来送行，丞相又开始磨磨蹭蹭起来，一会儿要带这个，一会儿要拿那个，半天才上了马车，回头又左顾右盼，忍不住问随军："鸣将军呢？"

下属是个冷面，说话像裹着冰碴子："前线告急，军师不能送大人，望大人谅解。"

陆长生怏怏地"哦"了一声，车轮往前滚，他又不舍得起来。

我许是病还没好。陆长生乱七八糟地想着。

马队毕竟走得不快，一天下来才翻了半座山，随行的人不多，冷面下属又不爱聊天，陆长生待在车里憋得无聊，出来跟车夫坐在一块儿吹冷风。

他回头望了几次，想着有没有人追上来送他，结果到了晚上也没见着熟悉的人影。

陆长生被仆从催着去睡觉。

"大人身体刚好，"仆从说，"该好好休息。"

陆长生只能进马车里去，他今天没新鲜的瓜果吃了，也没酱鸭没羊肉，丞相觉得委屈，车里还冷，裹着棉被都不暖和。陆长生迷迷糊糊想着自己马还没骑顺溜呢，怎么就走了呢？

他其实挺怕神仙的。

陆长生不得不承认。

他也不知道自己为什么怕这种东西，但是个人就该有畏惧，檀章出现时，他觉得太子总有一日会跟着对方飞升，他不舍得太子，自然就不喜欢檀章。

但鸣寰说自己不是人的时候，陆长生却没那么怕。

丞相又在心里叹了口气，他翻身又躺平，睡不太着，外面北风呼啸，隐隐有马蹄声渐近，陆长生不知是不是自己的错觉，车帘这时却被下属掀开，对方难得表情焦急。

"有马匪，大人躲一躲。"

陆长生也跟着紧张起来："马匪多吗？"

属下摇头："不知，大人会骑马吗？"

陆长生想到走之前他与鸣寰朝夕相处那么久，也没好意思说自己骑术不精，冷面下属扶着他下马车，牵了一匹马来，又扶着他上马背。

"大人先走，这马识路，找个地方藏起来。"冷面下属倒是挺镇定，"等马匪解决了，我们再来找大人。"

陆长生不敢问"你们能不能活着来找我"这种话，勉勉强强驱着马向前跑，结果黑灯瞎火，山路又崎岖，他跑了半天，身后居然还有人追来。

陆长生伏在马背上，心窝子凉成了冰坨，马匪能追来说明车队没拦住，都是刀口上舔血的人，用屁股想都知道被追上了结果会如何。

胯下的马突然嘶鸣，陆长生向后一摸，果然马臀上中了一箭。

这下骑术不精的人连马都控制不住了。

陆长生拉扯着缰绳，只觉手掌心都被磨出了血来，黑夜里他看不清路，中了箭的马更是胡乱奔着，身后的马蹄声越发清楚，明显不止一人，流矢贴着他身侧飞过，陆长生心下一片绝望。

直到一点火光从尽头烧了过来。

陆长生以为自己看错了，山林火烧得无声无息，从一点连绵成了一片，直至烧到了他的面前，骏马受惊，扬起前蹄，陆长生没拉住缰绳，正要落下，一人突然从身后捞住了他的背。

周围全是火，陆长生被人扶到了身前。

身下的坐骑不是马，似鹿非鹿，周身浴火，角好像没了，跑着的样子很是憋屈，丞相抬起头，鸣寰身披业火，整个人烧成了鎏金色。

陆长生置于一片火中，却半点没被烫伤，那鹿一样的东西还回头喷了他一口鼻息，鸣寰抽出了腰间鸳鸯，只横向一劈，他们便从马匪中奔袭了出去。

陆长生想回头看，却被鸣寰捂住了眼："别看，都烧成灰了。"

陆长生舌头打结地问道："我、我怎么没被烧成灰啊？"

鸣寰从胸腔里发出低沉的笑音，低头看着他："你有我的心头血，生生世世都无人可伤你。"

陆长生不知怎的，想起了那几碗带着血腥味的药，眼神复杂地看着背后的人。

鸣寰一路不停，带着他直奔军营，等到了地方，士兵们似乎完全不惊讶自己将军的模样，只不过个个离得都很远，怕业火伤了自己。

陆长生从"马"上下来才看清这鹿的样子，只是看了半天，也没看出个所以然来。

鸣寰从背上卸下一对角，递到了长生面前。

陆长生："嗯？"

鸣寰笑着道："麒麟王的角，万年才长出一对，如今猎来送给大人。"

麒麟王趴在一边，极其屈辱地发出一声悲鸣，陆长生想你当人面送人家的角给我，这像话吗……

但陆长生最后还是把角给收了，他摸了摸那角尖的麟火，心头一点点烫起来。

"要不……"年轻的丞相纠结了许久，才慢慢道，"我先不走吧？"

鸣寰似是有些意外，他本想着赶在陆长生回都城之前，拿了麒麟王的角赠予对方，这样以后他回去找人，嵇清柏能看在角的分上说服檀章同意他入宫，结果没想到陆长生居然不走了。

陆长生慢吞吞地解释："你看……这角你弄来也挺不容易的……"

麒麟王又悲愤地吼了一声。

陆长生心下愧疚，但也不想把角还给人家，他继续道："我骑术也还没学好……"

鸣寰挑了下眉。

陆长生："再说，刚刚将军救我一命，我也该知恩图报……"

鸣寰咧开嘴笑起来："大人要如何报恩？"

陆长生手一抖，差点没握住角，他头痛道："还没想好……"

鸣寰并没有逼他的意思，他等了太久，生死几世，长路迢迢，终于盼到这人心甘情愿地陪在自己身边。

陆长生并不知道对方心里想着什么，他叹了口气，最后说："将军明天再教我骑马吧？"

鸣寰看着陆长生，莞尔一笑，周身业火突然就熄了。

他说："大人想学，我教大人便是。"

图书在版编目（ＣＩＰ）数据

青山看我应如是 / 静水边著 . — 广州 : 广东旅游出版社 , 2023.7
ISBN 978-7-5570-3050-6

Ⅰ . ①青… Ⅱ . ①静… Ⅲ . ①长篇小说—中国—当代 Ⅳ . ① I247.5

中国国家版本馆 CIP 数据核字 (2023) 第 083457 号

青山看我应如是

QING SHAN KAN WO YING RU SHI

出 版 人：刘志松
责任编辑：陈　吉
责任技编：冼志良
责任校对：李瑞苑

广东旅游出版社出版发行
地址：广州市荔湾区沙面北街 71 号首、二层
邮编：510130
电话：020-87347732（总编室） 020-87348887（销售热线）
投稿邮箱：2026542779@qq.com
印刷：河北鹏润印刷有限公司
（地址：河北省沧州市肃宁县工业聚集区）
开本：880 毫米 ×1230 毫米　1/32
字数：263 千
印张：9.75
版次：2023 年 7 月第 1 版
印次：2023 年 7 月第 1 次印刷
定价：49.80 元